Das Buch

Als am 14. Februar in Konstanz eine junge Frau unerwartet stirbt, geraten die Bewohner der Stadt in Panik, weil ihr Tod in einem der sozialen Netzwerke angekündigt worden ist. Schon wenig später liest man von einem weiteren Opfer.

Allzu schnell ist ein Verdächtiger gefasst. Doch ein Motiv lässt sich nicht finden. Nachdem sich die Nachricht bewahrheitet und man seltsame Zeichnungen an den vorausgesagten Toten findet, beginnt die Jagd nach einem Phantom.

Die Konstanzer Polizei steht vor einem Rätsel. Wer steckt hinter den Morden, die scheinbar miteinander verflochten sind?

Die Autorin

Janette John ein Kind der Endsechziger, ist in Berlin aufgewachsen, hat dort studiert und ging danach beruflich ins Ausland. Nach ihrer Rückkehr war sie für ein paar Jahre in der Werbebranche tätig und etablierte sich schließlich im Vertriebswesen. Heute lebt sie mit ihrer Familie am Bodensee und verschwindet von Zeit zu Zeit in den Großstadttrubel ihrer Kindheit.

Von Janette John bisher erschienen:

Mit mörderischem Kalkül (Kripo Bodensee 1) * Per Deadline Mord (Kripo Bodensee 2) * Sein anderes Ich (Kripo Bodensee 3) * Kaum 24 Stunden (Kripo Bodensee 4) * Zeit voller Zorn (Kripo Bodensee 5) * Todesteufel (Kripo Bodensee 4 & 5) * Der 14. Februar (Kripo Bodensee 7) * Wenn Hoffnung stirbt (Kripo Bodensee 8) * Brief ohne Absender (Kripo Bodensee 9) * Herzmord (Kripo Bodensee 7 & 8)

JANETTE JOHN

HERZMORD

BODENSEE-KRIMI

Zwei spektakuläre Fälle der Kripo Bodensee
in einem Band

Bibliografische Information der Deutschen Nationalbibliothek:
Die Deutsche Nationalbibliothek verzeichnet diese Publikation in
der Deutschen Nationalbibliografie; detaillierte bibliografische Daten
sind im Internet über www.dnb.de abrufbar.

1. Auflage, März 2019
- Sammelband -
auch als E-Book erhältlich
Copyright: © 2019 Janette John
Alle Rechte vorbehalten
Nachdruck, auch auszugsweise nicht gestattet
Cover: © Shutterstock - G.K. / A-Star / venusty
Grittany Design: www.grittany-design.de
Lektorat: Svenja Heinemann
Korrektorat/Lektorat: www.sks-heinen.de
Janette John
c/o AutorenServices.de
Birkenallee 24
36037 Fulda

Herstellung und Verlag:
BoD – Books on Demand, Norderstedt

ISBN 978-3-7494-4769-5

Mehr Infos zur Autorin unter
www.janettejohn.de

Wer liebt, verzeiht.
Wer es nicht tut, wird es ein Leben lang bedauern.
Janette John

Was würdest **DU** antworten,
wenn man **DICH** fragt,
wie definierst **DU** Glück?

Jahre zuvor

»Treten Sie bitte beiseite! Ich bin von der Zeitung und möchte ein paar Fotos schießen. Hat jemand etwas gesehen?«, schimpfte der blonde hagere Kerl mit blassem Gesicht der Menge entgegen und hielt die Kamera auf das schreckliche Geschehen gerichtet.

Eine korpulente Dame dicht neben ihm schaute missmutig und ließ sich unsanft wegdrängen, indes eine Stimme aus der hinteren Reihe rief: »Das Motorrad hat sie einfach überrollt.«

Überall klebte Blut.

Auf dem Asphalt, an den Fahrrädern, selbst an einem Pkw.

Die Sirenen vom Rettungswagen rückten unaufhaltsam näher, sie kamen zum Erliegen und man wusste, Hilfe eilte herbei. Unweigerlich und mit Schaulust ausgestattet bildeten die Leute eine Schneise, damit die beiden Notärzte in ihren roten Anzügen zu den Verunfallten vordringen konnten.

»Machen Sie bitte Platz, damit wir unsere Arbeit tun können!«, schimpfte einer der Ärzte, während der andere sich ein erstes Bild von den Angefahrenen verschaffte. *Vermutlich Mutter mit Kind*, dachte er.

Durch die Wucht des Aufpralls war das Fahrrad der Frau auf einen nahe gelegenen Rasen geschleudert worden, derweil sie am Straßenrand regungslos liegen geblieben war. Das kleine Mädchen lag ein paar Meter von ihr entfernt und wimmerte leise. Wie es schien, hatte sie es weniger schwer getroffen.

Nachdem der Arzt nur noch den Tod der Frau feststellen konnte, legte er eine Plane über sie und kümmerte sich um das verunfallte Kind.

»Gott, wie furchtbar«, rief eine ältere Dame in die Menge und hielt sich vor Schreck die Hand vor den Mund. »Diese Raser heutzutage. Verbieten müsste man die, verbieten.« Unterdessen eine andere fragte: »Haben Sie gesehen, wie das passiert ist?«

Die Ältere schüttelte den Kopf, derweil sich ein Jugendlicher mit Igelschnitt und Piercing in Nase und Mund in das Gespräch drängte. »Aber ich habe alles gesehen«, tat er wichtig.

»Wie? Sie haben alles gesehen?«, mischte sich der Reporter ein. »Dann erzählen Sie mal!«

Der junge Kerl schaute ihn trotzig an. »Mhm, das kostet aber was.«

Die ältere Dame war entsetzt und konnte nicht glauben, was sie gerade hörte. »Sie sollten sich was schämen. Wenn es der Wahrheitsfindung dient, müssen Sie ihm alles sagen«, rief sie empört und schüttelte den Kopf.

»Dem? Wer sagt Ihnen, dass der von der Zeitung ist? Wenn die Polizei kommt, erzähle ich denen schon, was ich gesehen habe. Keine Sorge.« *Die kann mich mal kreuzweise.*

»Junger Mann, Sie haben recht«, drängte sich eine tiefe Stimme von hinten in die Auseinandersetzung. »Dennoch missbillige ich Ihre Haltung, aus einer solchen Katastrophe Nutzen zu ziehen.«

Doch den Tadel ignorierte er genau wie das Geschwätz der alten Dame, welches er ohnehin nicht ernst zu nehmen schien. Stattdessen drehte er sich trotzig weg und lief ein paar Schritte, die Hände in seine Bomberjacke verschanzt, weiter. Wenig später blieb er stehen, derweil ein paar Meter entfernt ein leises Flehen zu hören war. »Mama, Mama«, stöhnte mit schwacher Stimme das verunglückte Mädchen, dessen Kopf seitlich auf dem blutverschmierten Asphalt lag.

Der Notarzt, der sich inzwischen über sie gebeugt und mit der Untersuchung begonnen hatte, streichelte vorsichtig ihren Kopf und sprach beruhigend auf die Kleine ein. Im gleichen Moment näherte sich von hinten ein uniformierter Polizist, der mit seiner Kollegin am Unfallort eingetroffen war. Nachdem man sich mit der Lage vertraut gemacht hatte, begab man sich an die Absperrung der Unglücksstelle. In der Zwischenzeit hatte sich ein gutes Dutzend Schaulustiger eingefunden, welche die Situation auszunutzen versuchten und damit begonnen hatten, das Ereignis zu filmen.

»Stellen Sie sofort die Geräte aus!«, ertönte es strafend von der Uniformierten. »Und löschen Sie die Aufnahmen, sonst machen Sie sich strafbar.«

Der Februarmorgen war grau und bitterkalt und suggerierte ein Bild vom nahenden Tod, den man diesem Monat nicht zuzuschreiben vermochte.

1. Eine Stunde vor dem Unfall

Isabell drehte das Gas bis zum Anschlag durch und jagte mit einhundert Sachen durch die Stadt. Viel zu schnell, das wusste sie. Doch sie wollte raus, dieses Arschloch hinter sich lassen, welches ihr offenbart hatte, dass er mit der Rothaarigen ein Verhältnis gehabt hatte, was aber längst beendet sei. *Von wegen.* Zum Glück schaltete die Ampel auf Rot, sodass sie gezwungen wurde, ihr Motorrad zu drosseln.

Wohin sie wollte, wusste sie nicht. Einfach nur fort. Raus aus der Stadt, nach Frankreich oder in die nahe gelegene Schweiz. Hauptsache weg. Ein, zwei Tage würden genügen. Sollte er doch glauben, sie wäre verschwunden.

»Blöder Kerl, fahr endlich!«, schimpfte Isabell dem vor ihr stehenden Kleinwagen zu und begann zu hupen. Sie überlegte kurz, links an ihm vorbeizufahren, ihn zu überholen, um alles hinter sich zu lassen. Zur Grenze waren es nur noch wenige Kilometer. Doch der Typ vor ihr, vermutlich ein älterer Mann, tat nichts dergleichen, damit sie vorbeifahren konnte. Im Gegenteil. Amüsiert blickte er in den Rückspiegel, zog Grimassen und fuhr schließlich, für sie viel zu langsam, an.

Wutentbrannt zog Isabell an ihm vorbei und zeigte einen Stinkefinger. Sodann schaute sie genervt auf die Kraftstoffanzeige, um festzustellen, dass der Tank fast leer war. Sie musste dringend eine Tankstelle aufsuchen, wenn sie die nächsten Stunden ungestört über die Schweizer Autobahn brettern wollte. Nur lag die Höchstgeschwindigkeit bei den Eidgenossen bei 120 km/h, was für eine ungestüme Motorradfahrerin, wie sie eine war, nicht akzeptabel war.

Ein letzter Blick in den Rückspiegel ließ sie seine Lichthupe wahrnehmen und ihn irgendwann aus den Augen verlieren. *Mann, so ein Knallkopf,* dachte sie und bog in die nächste Straße ein, die an diesem Mittwochvormittag mit noch mehr Idioten und Fahranfängern gesegnet war wie eben zuvor. Ein Fahrschulauto tuckerte vor ihr her und zwang sie erneut zum Langsamfahren. Isabell kochte vor Wut. *Mann, was ist denn heute bloß los? Haben sich denn alle gegen mich verschworen? Bloß gut, dass Ende der Woche die Lehrveranstaltungen an der Uni vorbei sind. Ein paar Tage Fehlzeit bekommt eh keiner mit. Bin ich halt krank.*

Na warte, du Schlampe, meinte der Rentner, der sich im Gegensatz zu Isabell einen Spaß daraus machte, vormittags in die Stadt zu fahren, um Streit zu suchen. An seiner Gattin, die im letzten Jahr verstorben war, konnte er sich nicht mehr auslassen und fand sein neues Hobby inzwischen viel aufregender als die Reibereien mit ihr. Andere gingen in den Supermarkt, um Kontakte zu knüpfen, er suchte die Reibung auf der Straße.

Walter Glase fuhr der Motorradfahrerin nach. Insgeheim freute er sich, dass sie von einem Fahrschüler ausgebremst worden war und ihn nicht einmal bemerkt hatte. Erst als beide Fahrzeuge zeitgleich an der Tankstelle einbogen, erkannte sie den Nissan Micra älteren Baujahres wieder. Seine froschgrüne Farbe war unübersehbar.

Isabell schob das Visier hoch. »Macht Ihnen wohl Spaß, andere zu drangsalieren, hä?«, brüllte sie ihn an und stieg von ihrer BMW. Obwohl sie einen Helm trug, war ihr Schreien deutlich zu hören.

Glase, ein klein gewachsener Mann mit kräftigen

Schultern, der trotz seiner Statur drahtig wirkte, zeigte sich gelassen. »Schöne Maschine, vielleicht ein bisschen zu groß für Sie.«

»Was kümmert Sie mein Motorrad? Schauen Sie lieber, dass Sie Land gewinnen, sonst zeige ich Sie noch an.«

Doch genau darauf zielte Glases Andeutung ab. Er machte sich einen Spaß daraus, die junge Frau zu schikanieren, die in seinen Augen noch viel zu jung war, um ein derart teures Motorrad zu führen.

»Tun Sie sich keinen Zwang an. Allerdings wüsste ich schon gerne, was Sie mir vorzuwerfen haben.«

»Nötigung und Pöbelei!«, antwortete Isabell barsch, während er aus voller Kehle lachte.

»Kommen Sie, niemand hat Sie genötigt. Ganz im Gegenteil. Sie haben mir einen Stinkefinger gezeigt und ich habe mich nur gewehrt«, meinte Glase mit listigem Blick.

Isabell drehte sich von ihm weg, ließ ihn stehen. Mit Wut im Bauch zog sie den Tankschlauch aus der Säule und befüllte das Motorrad. Nur schnell weg, war ihre Devise und sich bloß nicht über den Kerl erneut aufregen. Sie hatte andere Sorgen und keine Zeit für Streitereien. Sollte er seine Langeweile irgendwo ausleben, jedoch nicht bei ihr. Als sie alles zu ihrer Zufriedenheit erledigt hatte und feststellen konnte, dass er das Weite gesucht hatte, fuhr sie weiter.

Isabell lenkte ihre Konzentration zurück auf die Straße, als sie unverhofft den grünen Nissan vorne rechts auf einem Parkplatz stehen sah. Ohne nachzudenken, zog sie den Lenker nach links, um ungesehen voranzukommen, und vergaß zu blinken. Jemand brüllte sie an, was sie nur schwach wahrnahm. Kurz drauf raste sie auf einen Fahrradweg zu und übersah zwei heranfahrende Räder. Ihr Hupen hatte man anscheinend überhört. Erschrocken krallte sie die Hände auf den Motorradlenker, überlegte, warum die zwei Radfahrer ohne Helm unterwegs waren, und hörte Sekunden später einen dumpfen Knall. Im Anschluss verlor sie das Bewusstsein.

»Hören Sie mich?«, sprach jemand zu ihr, dessen Stimme langsam in ihr Unterbewusstsein drang.

Isabell öffnete die Augen und schaute in zwei stahlblaue Pupillen. *Wo bin ich?*, war ihr erster Gedanke und *wieso glotzt der mich an? Was ist mit mir? Bin ich etwa tot? Der Himmel, wo ist der Himmel? Wenn ich ihn sehe, bin ich es nicht.*

»Sie hatten einen Unfall. Erinnern Sie sich?«, fragte sie ein Mann, dessen Atem nach Rauch schmeckte. Zeitgleich erschien ihr ein kleines Licht, das derjenige immerzu auf sie warf.

Und wenn ich gerade sterbe und die Helligkeit eine Nahtoderfahrung ist? Nein! Isabell begann zu zittern.

Das Licht erlosch.

Bin ich jetzt tot?, grübelte sie und wollte sich bemerkbar machen.

»Wir bringen Sie gleich ins Krankenhaus. Wie es aussieht, haben Sie eine Gehirnerschütterung erlitten, aber ...« Was der Mann danach zu ihr sagte, bekam Isabell nur noch bruchstückhaft mit. Worte wie »In Lebensgefahr« sowie »Wir konnten nichts mehr für sie tun« prägten sich in ihr Hirn. Möglicherweise träumte sie auch nur.

Ein paar Tage darauf

Zaghaft klopfte es an der Tür. Viel zu leise, wie Isabell fand, und sie bat deshalb denjenigen nicht herein. Erst als sich das Klopfen an der Krankenzimmertür wiederholte, tat sie es.

Eine Frau mit kurzem Haar, ausgerechnet rot, steckte ihren Kopf in das Zimmer hinein und erkundigte sich nach Isabells Namen. Nachdem die im Bett Liegende diesen bestätigt hatte, trat die Besucherin ein und offenbarte ihre Polizeiuniform.

Was will die hier?, hirnte Isabell, was ihr letztendlich egal war, da sie sich wieder gesund fühlte und ihr der Arzt erst am Vormittag noch gesagt hatte, man würde sie in den nächsten Tagen entlassen. Den Rest erledigte dann ihre Mutter. Ihr war bekannt, dass sie einen Unfall gehabt hatte, bei dem ihr Motorrad erheblichen Sachschaden erlitten hatte und sie selbst mit ein paar Blessuren davongekommen war. Doch die Hintergründe ihres Hierseins kannte sie nicht.

Die Polizistin, kaum älter als Isabell, stellte sich ihr als Sandra Weissbauer vor und reichte die Hand. »Wie geht es Ihnen, Frau Nissen?« Während sie sprach, nahm sie sich einen Stuhl und postierte ihn ans Bett.

Isabell schluckte und presste ein »Ganz gut« über die Lippen.

»Das freut mich für Sie«, begann die Rothaarige mit fester Stimme. »Können Sie sich noch an den Unfall erinnern?«, dabei musterte sie die Kranke.

»Nur vage«, stotterte Isabell. »Ich, iich, iich muss links abgebogen sein und, ich weiß es nicht mehr. Es gab einen Knall, dumpf, weit weg und dann wurde mir schwarz vor Augen.« Isabells Stimme gewann an Kraft. »Wenn die Polizei schon zu mir kommt, muss etwas Schlimmes passiert sein. Habe ich recht?« Die junge

Frau schaute in die Augen der anderen, so als wartete sie auf eine Antwort.

Für einen Augenblick schwiegen beide, bis die Polizistin zu reden begann: »So wie es aussieht, haben Sie Mutter und Kind überfahren. Sie waren mit dem Fahrrad unterwegs. Die Mutter ...«, sie stockte kurz, »... verstarb noch an der Unglücksstelle. Die Achtjährige schwebt immer noch in Lebensgefahr. Die Ärzte können nicht sagen, ob sie durchkommen wird. Auf alle Fälle wird sie Zeit ihres Lebens behindert bleiben.«

2. Ein halbes Jahr danach

Magdalena Nissen, die eingehüllt in einem geblümten Designerkleid am Schreibtisch saß, tippte an ihrer Rede für den örtlichen Kleintierzüchterverein. Die fortwährende Hitze ließ sie schwitzen und ihren Achselschweiß wahrnehmen, dem sie sofort mit einem Deodorant entgegenwirkte. Nichts war ihr peinlicher als das. *Hach, diese Wärme ist unerträglich,* dachte sie und korrigierte weiter am Text, derweil ein zarter Zitrusduft in ihrer Nase lag. Der Blick über ihren Schreibtisch, der mit Bergen von Akten, Büroutensilien, einer Mineralwasserflasche mit Glas, einer Kaffeetasse, Nippesfiguren und einem Urlaubsfoto mit Tochter und Mann zugestellt worden war, ließ sie kurz zusammenzucken. Diese Unordnung begleitete sie nun schon seit Jahren und jeder Anflug des Aufräumens scheiterte kläglich an ihrer Ungeduld. Für Ordnung war sie einfach nicht geschaffen, obwohl sie wusste, dass sie mit ihr besser durch das Leben kommen würde.

Gerade als sie das Wasserglas an ihre Lippen setzen wollte, klingelte das Telefon, das sie fast überhört hätte, da die Klimaanlage auf Hochtouren lief.

»Nissen!«, meldete sie sich unkonzentriert und hoffte, eines der rasch zu beantwortenden Gespräche angenommen zu haben.

»Magdalena Nissen? Die Mutter von Isabell Nissen?«, erkundigte sich eine ihr unbekannte Stimme. Dem Klang nach war sie männlich, eher jung statt alt.

Angesichts der Hitze und ihrer guten Laune wäre sie fast gewillt gewesen, dem Anrufer mit einer netten Geste entgegenzukommen, bis sie begriff, hier meinte es jemand ernst. *Wieso fragt er mich das?* »Mit wem spreche ich denn?«, begegnete sie demjenigen mit einer Gegenfrage.

»Das tut hier nichts zur Sache. Sind Sie's oder nicht?«, stocherte er weiter.

»Hören Sie, junger Mann, ich erteile prinzipiell keine Auskünfte über meine Familie am Telefon. Wenn Sie mich sprechen wollen, holen Sie sich bitte einen Termin bei meiner Sekretärin. Sie wird Ihnen meine Sprechzeiten gerne nennen. Doch jetzt habe ich zu tun.« Gerade als sie im Begriff war aufzulegen, ertönte ein kurzer Schrei, den sie so schnell nicht wieder vergessen sollte.

»Stopp! Ich will fünfzigtausend!«

Magdalena Nissen schossen die Gedanken nur so durch den Kopf. *Für was?* Eine leise Vorahnung beschlich sie, doch die Idee war so abwegig wie ein baldiges Gewitter. Ihre Hände begannen feucht zu werden und sie wechselte den Hörer von der linken in die rechte Hand.

»Haben Sie mich verstanden? Ich will fünfzigtausend in nicht nummerierten Scheinen. Ich gebe Ihnen Bescheid, wann und wo die Übergabe stattfinden wird. Und noch etwas, keine Bullen, sonst gebe ich der Presse einen Tipp.«

Presse? ... Was will er der Presse sagen? ... Was um Himmels willen? »Wieso sollte ich Ihnen so viel Geld geben? Und dazu noch freiwillig?«

Das Schnaufen am anderen Ende der Leitung war unüberhörbar.

»Verdammte Scheiße, das wissen Sie nicht? Stellen Sie sich doch nicht dümmer, als Sie sind. Ich weiß es, dann wissen Sie es auch!«

Ruhe bewahren, Magdalena, und nicht aus der Fassung bringen lassen! »Junger Mann, als Stadträtin habe ich jeden Tag mit zwielichtigen Gestalten zu tun. Nur dass diese keine kleinen Ganoven sind wie Sie, sondern Politiker. Und glauben Sie mir, deren Methoden unterscheiden sich kaum von den Ihren. Also, entweder Sie rücken jetzt mit der Sprache heraus oder ich erkläre unser Gespräch für beendet.«

Am anderen Ende der Leitung wurde es still.

»Also gut. Was meinen Sie wohl, was die Polizei sagen würde, wenn sie wüsste, dass Ihre Tochter den Motorradunfall vor einem halben Jahr unter Drogeneinfluss verursacht hat?« Er machte absichtlich eine Pause, wohl um eine Reaktion abzuwarten, die aber nicht kam. »Im Übrigen ist die Kleine heute Morgen im Krankenhaus verstorben.«

»*Verstorben?*«, wiederholte die Stadträtin einsilbig.

»Ach, das wussten Sie nicht? Läuft gerade im Fernsehen.«

Raus aus meiner Leitung! Raus aus meinem Leben!, schoss es Magdalena Nissen durch den Kopf. *Ich will nichts davon wissen, jetzt nicht und auch sonst nicht. Leg auf und sag, dass ich einem üblen Traum erlegen bin, einem, wie er schäbiger nicht sein könnte. Nein, ich will nicht! Für Nachrichten dieser Art ist mein Leben nicht geschaffen. Bisher verlief es aalglatt. Ich habe einen Mann und eine wohlgeratene Tochter. Isabell studiert und hat gute Freunde. Von denen nimmt doch keiner Drogen. Und sie erst recht nicht. Dieser Mann lügt. Ein Betrüger, der mich abzocken will. Aber nicht mit mir. Dem werde ich es zeigen … Tod? Das Mädchen ist tot? Wie furchtbar … Nächste Woche beginnt die Verhandlung. Isabell wird wohl mit einem blauen Auge davonkommen, zumal die zwei ohne Helm unterwegs waren. Unsere Tochter trifft keine Schuld.*

18

»Sind Sie noch dran?«, ertönte plötzlich die Stimme, von der Magdalena Nissen erhofft hatte, nur davon zu träumen. Das Diesseits war erneut allgegenwärtig. Aber das Schlimmste, es war kein Traum, sondern ein Albtraum, aus dem sie irgendwie wieder herauskommen musste. Sie konnte nicht zulassen, dass ihr Leben wie eine Seifenblase zerplatzte. Dafür hatte sie nicht all die Jahre gekämpft, sich den Demütigungen anderer unterworfen, um sich kurz vor dem Ziel ihrer politischen Karriere von einem dahergelaufenen Erpresser alles zunichtemachen zu lassen. Nicht sie, die Kämpfernatur.

»Ja! Drogen sagten Sie? Können Sie das beweisen?«

»Blöde Frage. Würde ich sonst anrufen? Also was ist mit dem Geld?«

»Liefern Sie mir die Beweise, dann bekommen Sie Ihr Geld! Andernfalls wird das eine Sache für die Staatsanwaltschaft.« Sie hatte das Ruder zu ihren Gunsten herumgerissen. Hoffte sie.

»Ich rufe Sie in einer Stunde zurück. Sehen Sie zu, dass Sie die Kohle auftreiben, sonst landet mein Beweis bei der Polizei.« Ohne ein Wort des Abschieds legte er auf und ließ die Frau einen gellenden Schrei ausstoßen. »Isabell, was hast du nur getan?«, flüsterte sie dann leise. Das Telefon entglitt ihren Fingern und fiel auf den Schreibtisch. *Wenn das stimmt, kann sie das Studium vergessen und kommt nicht mit einer Bewährungsstrafe davon. Dann kann ich sie nicht mehr beschützen. Ich muss mit ihr reden, und zwar sofort.*

Zitternd griff sie zum Hörer und wählte die Nummer der Tochter, die sich am anderen Ende der Leitung müde anhörte.

»Mutz, was gibt es denn? Hast du mal auf die Uhr geschaut?«

Es war kurz vor zwölf, am Mittag.

»Ich muss mit dir reden. Sofort! Wir treffen uns in fünfzehn Minuten daheim.«

Isabell, die erst aufgestanden war, weil sie nachts zuvor auf einer Party gewesen war, gähnte vor sich hin. »Geht's nicht auch später? Ich habe Ferien. Bin eben erst aus dem Bett.«

»NEIN! Wir müssen reden. JETZT!«

»Ist ja schon gut, ich komme«, tat Isabell genervt und rollte mit den Augen. Auf ein Vieraugengespräch hatte sie keine Lust. Wahrscheinlich wollte die Mutter ihr nur erklären, dass sie nicht derart in den Tag leben könne. Als Nutznießerin der elterlichen Finanzen blieb ihr keine Wahl. Immerhin hatte sie das Angebot des Vaters, in dessen Anwaltskanzlei zu arbeiten, dankend abgelehnt. Sie brauche Zeit zum Lernen, hatte sie gesagt.

***

»Bingo! Na, das ging leichter, als ich glaubte«, freute sich Felix Hertle und gab dem Prepaid-Handy als Zeichen seiner guten Dienste einen Kuss. Danach nahm er den Akku aus dem Gehäuse. »Die fünfzigtausend kann ich wunderbar gebrauchen. Für die ist das doch nur ein Taschengeld. Die Schlampe soll bezahlen. Bloß gut, dass ich die Tüte mit dem Crystal Meth vom Boden aufgehoben habe. Dass es keine Bonbons waren, war mir von Anfang an klar. Wer trägt das Zeug auch in der Jacke offen spazieren?« Gehässig rieb er sich die Hände.

»Du meinst *wir*, Schatz! *Wir* können das Geld gut gebrauchen, jetzt, wo ich schwanger bin«, wies Anika ihn zurecht.

Felix schaute halbherzig auf den Siebenmonatsbauch,

streichelte ihn und bejahte. »Mensch, was wir uns alles davon kaufen können. Mal abgesehen von den Reisen. Endlich raus aus dem Trott. Als Erstes schmeiße ich den Job in der scheiß Wurstfabrik hin. Jeden Tag dasselbe.«

Anika schaute streng nach links zu ihrem Freund, der es sich neben ihr auf einer Parkbank bequem gemacht hatte und dessen Beine ausgestreckt waren.

»Hast du 'nen Arsch offen? He Alter, ich bin schwanger. Und einer von uns muss die Kohle ranschaffen. Ich kann das schlecht tun«, nörgelte sie sofort drauflos und stellte sich empört vor den jungen Mann.

Felix kratzte sein Kinn. »Halt die Luft an. Mit der Knete brauche ich nicht mehr malochen. Dann geht's uns doch gut.« Um sich zu beruhigen, zog er eine Zigarettenschachtel hervor und entnahm ihr einen Glimmstängel. »Willst du eine?«

Jetzt reichte es Anika. »Geht's noch?« Sie zeigte auf ihren Bauch. »Sehe ich so aus, als ob ich rauchen sollte? Mann, kotzt du mich an. Und, wie machen wir weiter?«

»Die Olle wird zur Bank gehen, das Geld holen und mir bringen. Fertig ist der Lack.«

»So einfach ist das also?«, fragte Anika genervt.

»Klar, wieso nicht?«

»Und wenn Sie dich anzeigt?«

»Blödsinn. Das wird sie niemals tun. Dann lasse ich ihre Tochter hopsgehen. Überleg mal, wenn die Bullen spitzkriegen, dass ihre Kleine kifft, hängen die ihr einen Doppelmord an.«

»He, wie blöd muss man eigentlich sein? Das war ein Unfall und kein Mord«, entgegnete Anika energisch.

»Mir doch egal. Jedenfalls landet die Kuh hinter

Gittern. Glaube mir, da holen sie die feinen Anwälte nicht mehr raus.«

***

»Ruhe! Ich bitte Sie endlich um Ruhe, sonst verweise ich Sie des Saals!«, rief der zuständige Richter in schwarzer Robe in die Menge und schaute den Nebenkläger mit bohrendem Blick an. »Sie können gerne in Berufung gehen, Herr …«, dabei sah er in die Akte und las dessen Namen vor.

»Freispruch? *Diese* Frau hat meine Familie auf dem Gewissen. Und *Sie* sprechen sie frei?«, schrie der hagere Mann mit zittriger Stimme ihm entgegen. »Sie gehört hinter Gitter. Meine Tochter war erst acht. Hören Sie! Acht Jahre, sie hatte das Leben noch vor sich.« Wütend preschte er vom Stuhl hoch, presste seine feuchten Hände an die Tischkante und formte kurz darauf eine Faust.

»Zum letzten Mal, geben Sie endlich Ruhe.«

Wenig später brachten zwei Uniformierte den Mann aus dem Gericht.

Fünf Jahre später

3. Der 14. Februar

Als Nadine am Mittwoch kurz nach acht in das Büro trat, war im Gegensatz zu sonst etwas anders. Die Kollegen, die bereits anwesend waren, wirkten ungewöhnlich fröhlich.

»Ist irgendetwas?«, fragte sie irritiert. »Habe ich was verpasst?«

Verunsichert hängte sie ihren Daunenmantel in den Schrank, der, wie sie feststellen musste, nicht mehr der Zeit entsprach und dringend ausrangiert werden sollte. Danach ging sie zu ihrem Arbeitsplatz.

Man schwieg sich aus, ließ die Kollegin im Ungewissen, bis sie mit einem Aufschrei die Stille brach. Auf ihrem Tisch stand eine Blumenvase mit einer Mixtur aus bunten Blumen, darunter eine roséfarbene Rose, die irgendwie nicht zum Strauß zu passen schien. Ihr erster Gedanke galt Daniel, ihrem Chef, mit dem sie nun schon seit Jahren ein Katz-und-Maus-Spiel führte. Etwas kam ihnen immer dazwischen und mit der Zeit kühlten die Gefühle ab, bis die Routine jedes Fünkchen erlosch. Dass sie sich mochten, stand außer Frage, nur der geeignete Moment war nie.

Was konnte sie sagen? Danke? Und wenn ja zu wem? Doch die Angelegenheit sollte sich rasch von selbst erledigen. Hufnagel, der langjährige Kollege, kam ihr zuvor.

»Zwar ist niemand von uns mit Ihnen verbandelt, Frau Andres, doch in Anbetracht der mehrjährigen gemeinsamen Tätigkeit haben wir uns gedacht, lassen wir mal Blumen sprechen.« Seinem Gesicht entnahm sie ein gewisses Wohlwollen.

Nadine wurde stutzig und erkundigte sich: »Heute ist aber nicht mein Geburtstag.«

»Stimmt«, unterbrach sie Selzer. »DU arbeitest bei der Kripo. Denk nach!«

Doch so lange sie sich auch das Hirn zermarterte, sie kam zu keinem Ergebnis, bis sie Hübner mit einem unflätigen »Heute ist der 14. Februar, macht es da nicht klick?« informierte. Der Ton war herablassend und man spürte, dass die Idee eines Blumengrußes keinesfalls von ihm stammte. Vielmehr steckten Hufnagel und Selzer hinter der Geste, während Hübner sich ihnen wahrscheinlich nur angeschlossen hatte. Sonst hätte es ein negatives Licht auf ihn geworfen. Und der Schein eines intakten Kollegenkreises musste gewahrt bleiben. Wobei er das auch war, wenn Hübner nicht permanent durch seine Art über die Stränge geschlagen hätte. Mit seinen ein Meter siebzig dürstete es ihm nach Aufmerksamkeit, wenngleich sie manchmal unerfreulich war. Und dennoch, mit dem, was er im Job tat, zählte er zu den Besten. Einen dunklen Fleck hatte wohl jeder.

Bei Nadine fiel der Groschen.

»Dreht es sich um den Valentinstag?«, gab sie zweifelnd zurück. »Leute, das ist der Tag der Verliebten. Also wem habe ich den Strauß zu verdanken?«, setzte sie schmunzelnd nach. Blumen hatte ihr lange keiner mehr geschenkt. Und wenn sie nun schon einmal da waren, warum sollte sie sich daran nicht erfreuen? Zögerlich näherte sie sich der Vase, um am Grün zu riechen, als unerwartet Selzers Telefon klingelte. Doch die Neugier auf das Gespräch war größer als der Wunsch, den Duft der Blumen zu empfangen. Sie spitzte die Ohren.

»Interessant … Es gibt genügend Spinner, die alles

Mögliche in den sozialen Netzwerken posten.« Jemand schien Selzer zu unterbrechen, bis er ihm das Wort abschnitt.»Vergiss die Nachricht. Ist bestimmt nur eine Fake News. Ein Wichtigtuer, der sich nach Anerkennung sehnt ... Eine von den Falschmeldungen, die Tag für Tag über unsere Seiten tickern ... Internetmeldungen, die keiner prüft. Leider glauben es die Leute.« Selzer verabschiedete sich und versprach, der Sache nachzugehen. Gleichfalls legte er auf und wirkte nachdenklich.

»Was ist los?«, wollte Nadine wissen.

»Warum tut jemand so etwas?« Er gab sich selbst eine Antwort. »Um Aufsehen zu erregen, sich der Öffentlichkeit preiszugeben. Nur wozu?«

»Du sprichst in Rätseln.« Nadine wirkte genervt und stocherte erneut nach. »Daniel, *was* ist los?«

Auch bei den anderen rief Selzers Heimlichtuerei Interesse hervor.

Selzer schien nachdenklich.

»Daniel, jetzt sag schon, was los ist! Oder ist es privat?« Nadine bohrte weiter, bis er zu reden begann: »Nichts Privates. Nur weiß ich nicht, was ich davon halten kann. Sollen wir dem nachgehen oder es dabei belassen?«

»Herr Selzer, wenn Sie weiter Ihr Ratespiel fortsetzen, können wir weder das eine noch das andere tun«, unterbrach ihn Rudolf Hufnagel, der mit der Andeutung ebenso wenig etwas anfangen konnte.

Selzer rieb sich den Mund. »Ein Bekannter rief mich soeben an und meinte, dass eine ungeheure Nachricht in den Medien kursiert. Jemand deutet darin den Tod einer Frau an und schreibt von vergifteten Blumen. Ausgerechnet heute.« Gleichzeitig starrte er auf die

Blumenvase seiner Mitarbeiterin.

Nadine horchte auf. »Und wo genau soll das Szenario stattfinden? Etwa in Konstanz?« Sie zweifelte an der Nachricht und deren Glaubwürdigkeit und hielt die Info für das Machwerk irgendwelcher Spinner.

Selzer atmete ein paarmal tief durch, so tief, dass ihm die Lungen schmerzten.

»Was schlagen Sie vor?«, fragte er und schaute in die Augen der anderen.

Nadine ergriff das Wort. »Ich gehe dem nach. Wo genau macht die Nachricht die Runde?«

»In Facebook.«

»*In Facebook?*«, wiederholte sie ungläubig. »Okay. Ich schaue gleich mal nach. Hast du einen Anhaltspunkt auf die Identität dieses Idioten? Irgendeinen Namen oder Nickname?«

Selzer schüttelte den Kopf und verwies lediglich auf die Andeutung seines Bekannten.

»Damit kommen wir nicht weiter, es sei denn, die Nachricht wird geteilt. Was die Leute gerne machen, wenn ihnen die Sache interessant erscheint oder sie darum gebeten werden. Ich schau trotzdem mal.« Nadine begab sich an die Arbeit und loggte sich in ihren Account ein. Doch außer ein paar Freundschafts- anfragen, einigen privaten Nachrichten und lustigen Videos zum Valentinstag konnte sie keinerlei Auffälligkeiten entdecken. Das soziale Netzwerk wirkte wie jeden Tag. »Ich kann nichts finden«, erklärte die junge Frau, während sie mit der Maus über die Internetseite scrollte.

»Okay, warten wir ab. Ich rufe Lutz zurück. Gegebenenfalls hat er was Neues für mich.« Ferner zweifelte Selzer, ob er die Blumen der Kollegin entsorgen sollte, entschied sich jedoch dagegen, um sich nicht zum Gespött der Leute zu machen.

Nadine verdrehte die Augen. »Wie du meinst.«

***

Erst wenige Wochen, nachdem er sich endgültig dazu entschlossen hatte, diese Frau zu töten, schickte er sich an, sein Vorhaben in die Tat umzusetzen. Die Entscheidung war ihm nicht leichtgefallen. Doch es musste sein. Er tat es für sie. Nur für sie. Er war kein Mörder, so wie die anderen. Nein, vielmehr gehörte er zu den Guten, den Liebenswerten, zu denen, auf die man sich verlassen konnte. Doch nachdem man ihm alles genommen hatte, was er liebte, sollte sich das ändern. In dieser Form hatte er es nie geplant. Irgendeine Macht nahm Besitz von ihm, eine die er nie für möglich gehalten hatte. Zu solchen Taten neigten für gewöhnlich die anderen, die aus den Filmen oder diejenigen, welche einer dunklen Gesinnung angehörten. Nicht er.

Normalerweise hätte er alles so belassen. Mit der Traurigkeit hatte er gelernt zu leben und gehofft, irgendwie zum Tode zu gelangen. Doch nicht einmal das hatte er in die Tat umsetzen können. Am Ende verließ ihn der Mut. Warum es so weit kommen konnte, hatte er aus dem Gedächtnis gestrichen. Jetzt gab es keinen Weg zurück. Das Leben war längst aus den Fugen geraten. Wäre nur dieser Zufall nicht gewesen, denn langsam hatte er wieder begonnen zu existieren. Zumindest hatte er es versucht. Ohne sie, die ihm dermaßen fehlten.

Jeden Tag.

Jede Stunde.

Jede Sekunde.

Rund um die Uhr.

Es waren die kleinen Dinge, die er so vermisste. Wie das grelle Schreien seiner Tochter, wenn sie nach ihm gerufen hatte. Lange hatte er darauf warten müssen, bis ihr erstes *Papa* kam. Unter keinen Umständen durfte er den Klang ihrer Stimme verlieren. Würde er das tun, war die Kleine für immer fort. Verschwunden aus seinem Kopf. Ausgelöscht, gleich dem Drücken der Delete-Taste auf dem Computer. Die einzige Aufnahme, die er von ihnen besessen hatte, war ein Mitschnitt auf dem Anrufbeantworter eine Woche vor dem grausamen Unfall. Zu diesem Zeitpunkt war seine Frau mit dem Kind unterwegs gewesen, um einkaufen zu gehen. *Man werde sich verspäten*, hatte man ihm darin mitgeteilt, während die Mutter von der Tochter ständig beim Telefonieren unterbrochen wurde. Die Kleine wollte unbedingt ein Kleid anprobieren. Unglücklicherweise hatte er die dreißig Sekunden später gelöscht. Und jetzt war diese Erinnerung für immer fort, genau wie seine Familie, deren Worte ihm noch bis heute in den Ohren lagen. »Warte nicht auf uns. Saskia lässt sich mal wieder Zeit. Du kennst sie ja«, rief seine Frau Manuela genervt in den Hörer, jedoch nicht ohne ein hörbares Schmunzeln von sich zu geben. Gleich danach legte sie auf, unterdessen er lächelnd den Kopf schüttelte und sie keinesfalls darum beneidet hatte. *Kleine Frauen waren nicht besser als große.* Am Abend folgte dann die Modenschau. Saskia präsentierte in den Pumps der Mutter ihr neues Kleid. Das Polaroid, das er von ihr geschossen hatte, hing noch immer am Kühlschrank. *Saskia in Mamas Schuhen*, war darauf zu lesen und ein Smiley mit dem

Vermerk *Februar 2013.*

Und jetzt waren da nur noch die Kisten, in denen ihr kurzes Leben steckte. Sortiert nach Anziehsachen, die ihm wertvollsten Malbüchern und Spielsachen. Bunte Kartons mit beklebten Fotos und gemalten Bildern. Die kleine schwarze Abendtasche mit Swarovskisteinen, die er Manuela zum Hochzeitstag geschenkt hatte, wollte er partout nicht aus der Hand legen. Der Gedanke, sie wäre verloren, nicht mehr sichtbar, machte ihm zu schaffen. Er roch an ihr und vernahm den zarten Veilchenduft. Würde er verschwinden, würde sie es auch. Inhalierend legte er die Tasche beiseite, um den Plan verwirklichen zu können. Allerdings durfte niemand erfahren, wer er war und warum er all das tat.

Eine düstere und unbändige Kraft durchfloss ihn bei dem Gedanken, der ihn die letzten Jahre begleitet hatte. Gefesselt in seinem Handeln, es zu tun, ohne wenn und aber. Er war einer Obsession erlegen. Sie war wie eine Macht, die an ihm zog, in die Tiefe seines menschlichen Daseins. Schwarz wie die Nacht, undurchdringlich, aber sichtbar.

Er ging der Arbeit nach. Täglich, ohne Unterlass. Den Kunden war er es schuldig. Sorgte er doch für angenehme Momente. Nicht wie ein Bestatter, der mit dem Tod zu tun hatte und trotzdem die Tätigkeit mochte. Nein, er war dem Leben zugewandt. Farbenfroh gleich einer Malpalette, wohlriechend wie Parfüm am schlanken Hals einer Frau. Und dennoch folgte er dunklen Zielen, die er nicht mehr aus dem Kopf entfernen konnte.

In seiner Vorstellung hatte er Pläne geschmiedet und daran getüftelt, um ihren Tod herbeizuführen. Immer und immer wieder. Hinter der Maske der Unbescholtenheit war die eines grausamen Mörders entstanden, ohne getötet zu haben. Im Geiste hatte er das längst getan. Nun galt es, daraus Realität werden zu lassen. Die Ankündigung in Facebook hatte er vollbracht. Kurz und beängstigend. Nichts anderes lag ihm im Sinn. 24 Stunden Panik erzeugen. Stunde um Stunde eine böse Neuigkeit.

***

Nadine schaute auf die Blumen. Eine Mischung aus pastellfarbenen Ranunkeln, passenden Tulpen und einer einzigen Rose. Es hatte den Anschein, als wäre sie erst im Nachhinein hinzugefügt worden. Zumindest wirkte sie verloren. Die Vase stand eine gute Armlänge von ihr entfernt auf dem Schreibtisch. Nadine wollte daran riechen, wie üblich, wenn sie einen Strauß geschenkt bekommen hatte. Jedoch seit dem Ende der Beziehung mit Marcel sollte ihr das nicht mehr passieren. *Wieso eine Rose? Von wem stammt sie? Etwa von Daniel?*

Obwohl der Vormittag zäh angelaufen war, fanden die Kollegen rasch zum Alltäglichen zurück. Die Fake News taten sie vorerst als unbedeutend ab. Dennoch nahm man sie ernst. Doch ohne eine Tote, die weder gemeldet noch gefunden wurde, blieb die Nachricht ohne Resultat. Der Verfasser konnte mit einer Geldstrafe rechnen, sollte man ihn finden. Zugleich saß den Beamten der Fall des vermissten Jungen vom vergangenen Sommer noch immer in den Gliedern. Der Mordfall hatte für Furore gesorgt, da er von einem … doch daran wollte keiner mehr denken. Die Gemüter hatten sich längst beruhigt.

Nadine beschloss, sich erneut in Facebook

einzuloggen. Die erste Meldung, die sie ereilte, war die über einen weitläufigen Freund, den sie nie kennengelernt hatte, doch aufgrund einer Freundschaftsanfrage bestätigt hatte. Zwischen den beiden gab es einen netten, wenn auch losen Schriftverkehr. Der Mann war gestern einem Krebsleiden erlegen, las sie, gepostet von einer Bekannten. Erschüttert sendete sie eine Kondolenz. Danach suchte sie nach einer Nachricht, die, sollte sie der Wahrheit entsprechen, den Tod einer Frau ankündigte. Doch außer den üblichen News unter den Schreibenden konnte sie nichts Auffälliges entdecken. Sie beließ es dabei, wandte sich ihrer ursprünglichen Arbeit zu, während die Freude an den Blumen nachließ.

Selzers Telefon klingelte erneut, rasch nahm er ab.

»Was, schon wieder?«, fragte er nach, stand auf und hielt den Hörer noch in den Händen. Gleichzeitig schaltete er die Freisprechanlage an. Die Stimme des Mannes klang wie das Brummen eines Bären. Tief und ausladend, dennoch gut verständlich. »Ja, Daniel. Hier stimmt etwas nicht. Das geht über einen Scherz hinaus. Sag, habt ihr schon irgendwas erreichen können? Existiert die angekündigte Tote? Hoffen wir, dass es nur eine Finte ist. Ansonsten solltet ihr schnellstens was unternehmen.«

Selzer hasste es, wenn man sich in seine Arbeit mischte. Zudem kannte er den Anrufer nur oberflächlich von einem Bier her.

»Kennst du den Nicknamen des Kerls?«, stocherte Selzer nach.

»14. Februar.«

»*14. Februar?*«, wiederholte Daniel skeptisch und erhielt eine bejahende Antwort.

Nadine tat überrascht, ging sofort an ihren PC und suchte danach. Die Seite war neu und erst gestern gestartet worden. Es gab weder Freunde noch Fotos auf ihr. Die Informationen darauf schienen dürftig. Ein Geburtsdatum, mehr nicht. *14. Februar 1975.* Nur entsprach es der Wahrheit? Immerhin tummelten sich hier so manche Gestalten.

»Ich kann nichts finden. Sind Sie sich sicher?«, fragte Nadine den Blick aufs Telefon gerichtet und vernahm ein lautes Ja. Sie schaute ihre Kollegen ratlos an. »Mhm, dann muss der Beitrag gleich nach dem Erscheinen wieder gelöscht worden sein. Anders kann ich mir das nicht erklären.«

Selzers Bekannter stimmte ihr zu und empfahl, den Account im Auge zu behalten, zumal die Nachricht den Leuten Angst machte.

»Gut, wir gehen dem nach, Herr …?«, erkundigte sich Nadine.

»… Faulhaber. Lutz Faulhaber.«

Nadine machte sich eine Notiz auf einem Post-it. »Dieser Mann, sollte es einer sein, hätte heute seinen dreiundvierzigsten Geburtstag. Aber wieso schreibt jemand so etwas am Valentinstag?«, stellte sie die Frage in den Raum.

Selzer beendete das Gespräch und legte auf.

Hübner schaute skeptisch und schien geistig abwesend. Er hielt es keineswegs für unmöglich, dass der Verfasser sich nur einen Scherz erlauben wollte. »Vielleicht aus einer Laune heraus«, meinte er zunächst. »Wenn ich mich an die vielen Falschmeldungen erinnere, die dort kursieren, dann will ich gar nicht erst daran denken, wie es um die Sicherheitsvorkehrungen bestellt ist.«

»Hübi, das ist nicht von der Hand zu weisen«, unterstützte ihn Nadine. »Wenn ich mir überlege, wie viele Mitglieder dieses soziale Netzwerk inzwischen hat, wird mir angst und bange. Da kann jeder schreiben, was er will. Hauptsache, er bekommt die Öffentlichkeit, die er sich wünscht.« Dem war nichts entgegenzusetzen. Nadine warf Hübner ein zustimmendes Nicken zu. Gleichzeitig gab sie sich damit nicht zufrieden. »Wieso heute? Am Valentinstag?«

Hufnagel, der sich setzen wollte, stellte sich hinter seinen Bürostuhl und umfasste die Lehne.

»Weil an einem Tag wie diesen die Leute den Medien besonders zugewandt sind. Sie kleben förmlich an den Bildschirmen oder Radiosendern. Überlegen Sie mal, wie viele Männer ihren Frauen heute ihre Liebe bekunden. Ihnen Heiratsanträge machen. Oder die Frischverliebten, die ihren Angebeteten das erste Mal sagen, dass sie sie lieben. Der 14. Februar wird inzwischen wie Weihnachten und Ostern gefeiert. Ganz zu schweigen von den Einnahmen der Floristen und Parfümerien.«

Obwohl Nadine ein technischer Laie war, zweifelte sie an der Echtheit der Nachricht. »Wir müssen rausfinden, wer das ist.«

»Wie willst du das anstellen? Bei Facebook nachfragen und die bitten, uns die Identität des Typen preiszugeben?«, widersprach Selzer vehement. »Die Zeit haben wir nicht, Nadine. Sollte seine Ankündigung stimmen, passiert *heute* noch etwas und nicht erst in ein paar Tagen. So kommen wir nicht weiter. Lass uns die Sache anders angehen.«

»Anders?« Nadine war fassungslos. »Ich verstehe dich nicht.«

»Ganz einfach, wir machen uns auf die Suche nach ihm. Wir locken ihn aus dem Bau. Schreib ihm ein paar Zeilen! Irgendetwas Belangloses. Vielleicht, dass du seine Nachricht nicht verstanden hast. Möglicherweise antwortet er.«

Nadine schaute Daniel entrüstet an.

»Auf keinen Fall. Damit er auf meinen Account aufmerksam wird und bei mir herumstochern kann? Ne, Daniel, nicht mit mir.«

»Du hast mich missverstanden. Natürlich nicht mit deinem Privataccount. Leg dir einfach einen neuen zu, so wie er und trete mit ihm in Kontakt. Bei Facebook dauert das nicht lange, und du kannst gleich reagieren.«

Sie stimmte Daniel mit einem unguten Gefühl zu. Zudem war sie die Einzige neben ihm, die sich mit dem Medium bestens auszukennen schien. Hübner und Hufnagel hielten nichts davon, wobei sie Hübner das nicht abnahm. Dem Erzählen nach war ihm das soziale Netzwerk nicht fremd. Während Nadine sich ein neues Benutzerkonto zulegte, wollte sie kurz an ihren Blumen riechen. Bereits aus der Ferne verströmte der Strauß etwas Besonderes. Ranunkeln waren ursprünglich in Zentralasien beheimatet und fanden durch Umwege ihren Weg nach Europa. Hätte Nadine gewusst, dass ihr botanischer Name *Ranunculus* lautete, was zugleich die lateinische Übersetzung *Fröschlein* in sich barg, wäre sie wohl überrascht. Die Farbenpracht verströmte gute Laune und erinnerte sie an die Arbeit, die zwar weniger erfreulich war, aber getan werden musste. Erneut kam sie vom Wunsch des Riechens ab.

Derweil Selzer und Hufnagel angeregt miteinander sprachen, starrte Nadine auf ihren Bildschirm. *Was soll ich dem schreiben? Was Belangloses, meinte Daniel. Soll ich ihn fragen, warum er solche Nachrichten verbreitet? Wie albern ist das denn?* Vorsichtig legte sie die Hände auf die Tastatur und begann zu tippen. Doch jedes Wort, das ihre Finger hervorholten, löschte sie sofort wieder, um es mit einem neuen, wie sie fand besseren, zu ersetzen. Egal, wie sie sich auch bemühte, ihr gelang kein vernünftiger Satz, außer einem *Hallo wie gehts?*

Nadine wurde aus ihren Gedanken gerissen, als sie Frau Kleinschmidt, die Büroperle, in das Zimmer kommen sah. Mit sofortiger Wirkung erstarb das angeregte Gespräch zwischen den Herren. Ein Bestaunen der Eingetretenen begann, weil sie mit ihrer eng anliegenden goldglänzenden Hose für Aufmerksamkeit sorgte. Gleichermaßen brachte der Pullover ihren Busen reizvoll zur Geltung.

Frau Kleinschmidt schien Zeit zu haben. Sie schaute sich neugierig um, als suchte sie ein Opfer für ein nettes Geplauder. Hufnagel, der den Blick nicht von ihr lassen konnte, entsprach genau ihrem Wunsch. Und so kam man im Gespräch vom heutigen Wetter bis hin zum Unterschied zwischen Mann und Frau. Nadine war genervt und konnte sich nicht mehr auf die Arbeit konzentrieren.

4. Blumen des Todes

Nach zwanzig Minuten hatte Nadine endlich ihre Ruhe. Die beiden gebürtigen Konstanzer hatten nichts Besseres zu tun, als über gemeinsame Bekannte zu diskutieren. Wie etwa über Frau Färber, deren Mann kürzlich verstorben war und die daher zurückgezogen lebte. Oder Frau Kerner, ebenso Witwe, die aber nur noch am Reisen war. Die beiden Frauen nahmen das Schicksal unterschiedlich an.

Selzer, dem das Geplauder gleichermaßen missfiel, hatte sich zu einer angeblichen Besprechung abgemeldet. Was er oft tat, wenn er sich nach Ruhe sehnte, während Nadine grübelte, wie sie die Unterhaltung mit dem Spinner von Facebook beginnen sollte. Kurzerhand verfasste sie ein Statement, dass sie nicht verstünde, was der Fremde mit der Andeutung bezwecke, sowie dass man mit solch einer Botschaft den Menschen Angst bereiten würde. Im Anschluss schickte sie die Zeilen als persönliche Nachricht ab, blieb jedoch auf dem Portal angemeldet. Auf Antwort wartete sie vergebens.

Parallel dazu ging ein Notruf beim Roten Kreuz ein. Darin hieß es, man habe im Fitnessstudio eine Frau gefunden, möglicherweise bewusstlos. Genaueres wurde nicht erwähnt. Aus Sicherheitsgründen alarmierte man die Polizei, die ihrerseits die Kripo in Kenntnis setzte.

Die Kollegen schauten sich sprachlos an, denn vermutlich kursierte in den Köpfen aller dieselbe schreckliche Ahnung. Handelte es sich etwa um die besagte Frau?

»Denkt ihr, was ich denke?«, fragte Nadine nach einer

Weile des Schweigens.

»Wenn du uns sagst, was du denkst«, hinterfragte Hübner wissentlich nur um des Motzens willen.

»Jetzt hab dich nicht so, du weißt ganz genau, was ich meine.«

»Lassen wir die Spielereien«, ermahnte sie Hufnagel. »Frau Andres, Sie meinen, *das* ist die besagte Frau?«

Nadine nickte. »Können wir nur hoffen, dass ihr nichts passiert ist.«

Selzer kam in das Büro und bekam die restlichen Wortfetzen mit.

»Von wem ist die Rede?«

Die Kriminalistin setzte ihn in Kenntnis und hielt es für das Beste, wenn sich jemand die Verletzte anschauen würde. Sie wiederum konnte es nicht, da sie noch auf Antwort vom Spinner wartete. Inzwischen hatte der Mann seinen Spitznamen weg.

Selzer legte los. »Okay, was haben wir? Ein Post von irgendeinem dahergelaufenen Idioten und eine vermutlich bewusstlose Frau. Und mal ehrlich, Nadine, ein bisschen dürftig, um daraus gleich eine große Sache zu machen. Ich fahre zu ihr, zumal ich einiges in der Stadt zu erledigen habe. Wo, sagtest du, hat man sie gefunden?«

»Im *Happy Fit*. Das ist ein Fitnessstudio.«

»Das ist mir bekannt. Mehr wissen wir nicht?« Selzer wirkte ungehalten.

»Nein.«

Selzer stöhnte innerlich. Erstens, weil er seine Zeit mit irgendeinem Deppen verschwenden musste, und zweites, weil er bei der Mordkommission tätig war und nicht beim Roten Kreuz. Sollte man sich dort um die Frau kümmern.

Fünfzehn Minuten später sah Selzer sich im Fitnessstudio stehen, in dem er sich anmelden wollte, es aus Zeitgründen aber immerzu verschoben hatte. Dennoch war er bestens trainiert, was er einem täglich selbst auferlegten Fitnessprogramm zu verdanken hatte. *Sit mens sana in corpore sano – In einem gesunden Körper wohne ein gesunder Geist.*

Die Kollegen vom Deutschen Roten Kreuz waren kurz zuvor eingetroffen und hatten mit den Erste-Hilfe-Maßnahmen begonnen.

Selzer wies sich aus und stellte Erkundigungen über die junge Frau an, die allem Anschein nach nicht älter als zwanzig war. Im pinkfarbenen Muskelshirt samt Leggins wirkte sie fast androgyn, was der Kurzhaarschnitt noch verstärkte.

»Was fehlt ihr?«, fragte er einen der Sanitäter.

»Schwer zu sagen. Vermutlich ein Schwächeanfall. Könnte aber auch eine Vergiftung sein, dem Zucken ihrer Muskeln nach zu urteilen.« Der Mann tat genervt.

Selzer stellte keine weiteren Fragen, dafür war später Zeit. Vielmehr galt es, die Frau aus ihrem lebensbedrohlichen Zustand zu holen. Er wandte sich von ihm ab und ging hinüber zum Tresen, hinter dem eine muskulöse Blondine einen Eiweißshake bereitete.

»Wissen Sie, wer die Frau ist?«, erkundigte er sich und legte seinen Ausweis auf die Theke.

Ohne hochzuschauen, gab die Blondine bereitwillig Antwort. »Isabell.« Ihre Stimme klang wie die eines Mannes und passte zu ihrem Erscheinungsbild.

»Und weiter?«

»Nissen.«

Selzer horchte auf. »Nissen?«

»Die Tochter der Stadträtin.« Während die Frau

sprach, befüllte sie ein Glas mit gelb-weißem Pulver.

»Sind Sie sicher?«

»Sehe ich aus wie die Auskunft? Wenn du ein polizeiliches Führungszeugnis willst, geh zur Polizei. Das ist hier ein Fitnessstudio«, bemerkte sie gereizt.

Selzer hustete absichtlich, bis die Dame endlich bereit war, ihn eines Blickes zu würdigen. Gleichfalls schien sie über dessen Rastamähne positiv überrascht.

»Oh ich glaubte, Sie wären so ein neugieriger Schnösel«, entschuldigte sie sich mit einem halblebigen Lächeln. Erst jetzt fiel der Blick auf seinen Ausweis. »*Sie*, ein Bulle?« Gleichermaßen ärgerte sich die Blondine über ihre herabwürdigende Art.

»Tja, ein Bulle. Danke!«, antwortete er ebenso salopp, verabschiedete sich und verließ das Fitnessstudio, um seine Kollegin anzurufen. Zudem kam er gleich zum Punkt.

»Erkundige dich, ob wir was über Familie Nissen haben!«

»Meinst du etwa *die* Politikerin?«, fragte Nadine.

»Genau die. Die Verunfallte im Fitnessstudio ist deren Tochter. Irgendetwas stimmt da nicht. Vermutlich wurde die Kleine vergiftet.«

Die Wiederholung von *vergiftet* zog Nadine wie einen Kaugummi in die Länge. »Geht klar, Chef, mache ich sofort. Übrigens, der Typ hat sich nicht mehr gemeldet. Soll ich mich ausloggen oder noch warten?«

»Logg dich aus! Schau besser nach dieser Nissen!«

Nadine kam ins Grübeln und begann zu widersprechen. »Eine Vergiftung fällt nicht in unser Ressort!«

»Stimmt, aber wenn wir jedoch Dienst nach Vorschrift schieben, wäre unser Leben nur halb so schön.«

Wie recht er hatte. Nadine brauchte nicht weit auszuholen, sie dachte an das letzte Jahr, als sie auf eigene Faust ermittelt hatte, um der Mutter eines vermissten Jungen zu helfen. Die Geschichte ließ sie bis heute nicht los. Und eine weitere Erkenntnis hatte sie aus dem Fall erlangt. Trotz Alleingängen fügten sich am Ende die anfänglichen Puzzleteile zu einem Ganzen. Eventuell hatte auch jetzt das eine mit dem anderen zu tun.

Nachdem Nadine sich vom sozialen Netzwerk abgemeldet hatte, machte sie sich an die Auswertung der Daten von Familie Nissen. Zu diesem Zweck durchsuchte sie das Internet nach möglichen Informationen. Zunächst blickte sie auf einen Bericht im Südkurier, in dem die Stadträtin Magdalena Nissen eine Online-Petition für die Abschaffung der Bundesjugendspiele gestartet hatte. *Sie tue das für die Kinder, die am Abend vor den Spielen Bauchschmerzen bekommen würden.* Da Nadine den Artikel für ihre Recherche als weniger interessant einstufte, suchte sie weiter. Sie las von einem Wechsel in das Büro des Konstanzer Oberbürgermeisters sowie dessen Nachfolge und sah darin eher einen Ansatz für ihre Nachforschung. Jedoch der Streit der Städte Singen und Konstanz, wer von beiden die wichtigere sei, wenn es um den Bau eines riesigen Einkaufszentrums ging, erweckte ihre Aufmerksamkeit. Konstanz wehrte sich gegen den Bau eines 16.000 Quadratmeter großen Shoppingcenters in Singen, weil es eine ernst zu nehmende Konkurrenz für ihre Shoppingmall darstellte.

Letztendlich fand Nadine wenig über die Nissens heraus, was sie der Familie zugutehielt. Das Privatleben schien ihnen heilig. Der Neugierde halber besuchte sie erneut Facebook, um sicherzugehen, dass der Schmierfink keine Angstparolen mehr hinterlassen hatte. Weit gefehlt. Das, was sie zu lesen bekam, ließ sie erschüttern.

Wenn Sie glauben, mich aufhalten zu können, dann haben Sie sich geirrt. Sie wird sterben. Schauen Sie auf die Uhr! Jetzt in dieser Sekunde ist sie bereits tot. Der Duft der Rose nimmt sie in ihren süßen Bann.

Nadine starrte auf die Nachricht, traute ihren Augen kaum. *Es gibt ihn also doch.* Mit einem unmerklichen Zittern griff sie zum Telefon und wählte Selzers Nummer.

»Es gibt wieder eine Meldung.« Sie würgte und las ihrem Chef die Zeilen vor. »Von wem ist hier die Rede?« Während Nadine sprach, schaute sie gebannt auf den Bildschirm und war gerade im Begriff, diese zu kopieren, als sie plötzlich verschwand. Jemand hatte sie gelöscht. »Scheiße, sie ist weg!«

»Wie weg?«, hinterfragte Selzer hörbar überrascht.

»Sie wurde beseitigt. Genau wie die andere. Er setzt ein Zeichen, gleich einer Mahnung«, erklärte Nadine den Blick gerichtet auf das leere Feld, als hätte die Nachricht nie existiert.

»Er spielt Katz und Maus mit uns«, bemerkte Selzer einsilbig.

»Aber wieso? Einerseits will er Aufmerksamkeit, anderseits nicht.«

»Nadine, halt die Ohren offen. Mit seinen Andeutungen suchen wir die Nadel im Heuhaufen. Es könnte jede Frau damit gemeint sein.« Selzer stoppte kurz, weil ihn jemand auf dem Handy zu erreichen versuchte. »Du, ich muss auflegen. Man klopft auf der anderen Leitung an.«

»Geht klar, Chef«, meinte sie und legte auf.

Gleichzeitig nahm Selzer das andere Gespräch entgegen und vernahm nur wenige Worte, die er zunächst nicht einzuschätzen vermochte. *Sie ist soeben gestorben*, hieß es darin. Den Rest hörte er nur noch aus der Ferne, dumpf und leer. Wie ein Blitz huschten die Gedanken an ihm vorbei. Langsam ergaben sie ein Bild, eines, das er anfangs nicht glauben wollte und das sich nun zu einem Ganzen fügte. *Ich werd verrückt, der Typ hat die ganze Zeit Isabell Nissen gemeint.*

Nachdenklich lehnte Nadine sich zurück, verschränkte die Arme hinter dem Kopf und gab sich vollkommen ihren Gedanken hin. Erneut fiel ihr Blick auf die Blumen, die sie regelrecht an sich zogen und sie baten, daran zu riechen. Und wieder einmal wollte sie es zu tun, doch das Telefonklingeln sollte sie stören. »Andres!«, rief sie barsch.

Selzer war am Apparat und erzählte vom kurzen Telefonat. Nadine teilte seine Meinung, sich ans Krankenhaus zu wenden, zumal er gleich das Personal befragen könne. Nadine vermochte es nicht, ihre Gedanken aussprechen, aber man musste den Tatsachen ins Auge sehen. »Geh hin, überzeuge dich!« *Dann stimmt die Nachricht also doch*, dachte sie. *Vergiftet? Seltsam, zu Gift greifen meist Frauen. Dem Schreiben nach vermute ich eher einen Mann.*

Als Selzer vor dem Krankenzimmer der Verstorbenen stand, war die Tür offen und das Bett leer. Sein Atem stockte. Er schluckte, schaute sich um, konnte niemanden entdecken, bis eine Krankenschwester hastig an ihm vorbeihuschte. Die Frage nach dem Verbleib von Isabell Nissen ließ ihn erstarren.

Aufgrund ihres plötzlichen Dahinscheidens hatte man sie in die Gerichtsmedizin gebracht. Was nichts anderes bedeutete, als dass sie bereits auf dem Seziertisch von Dr. Ron Hendrick lag.

Draußen auf der Straße holte Selzer tief Luft und begab sich raschen Schrittes zum Pkw. Einen Tag wie den heutigen hätte er sich besser in einem weißen Mantel aus Schnee gewünscht statt mit Regen sowie mit einem Tötungsdelikt. Woran war Isabell Nissen so unerwartet verstorben? War es ein Unfall und wenn ja, wie war er geschehen? Andererseits, handelte es sich um Mord, stellte sich ihm die gleiche Frage. Wer hatte ein Interesse an ihrem Tod und aus welchem Grund?

Selzer fuhr zurück ins Büro und beschloss, eine erste Teamsitzung abzuhalten. Doch gerade als er den Wagen verlassen wollte, juckte es ihm im Finger. Es war nur ein Tastendruck, dann hätte er Hendrick am Apparat gehabt und könnte ihn fragen. Nur einen Augenblick, mehr bedurfte es nicht.

Hendrick ließ sich Zeit, bis er das Telefonat entgegennahm. Gleichzeitig tat er überrascht, von Selzer zu hören.

»Mit dir habe ich nicht gerechnet. Dieses Mal warst du schneller als deine Mitarbeiterin. Viel kann ich dir nicht sagen. Die Obduktion wird erst in einer Stunde sein. Ich warte noch auf meinen Kollegen. Ich melde mich dann.«

Selzer, der sich nicht zufriedengeben wollte, hakte erneut nach.

»Hör zu, ich weiß, dass sie vergiftet wurde. Wir haben einen anonymen Hinweis erhalten. Vermutlich vom Mörder selbst.«

Hendrick schaute skeptisch. »Dann weißt du mehr als ich. Ob sie ermordet wurde, kann ich dir erst nach der Obduktion sagen.«

Eigentlich hätte er es besser wissen müssen. Mit Halbwahrheiten tat sich Hendrick schwer. Nur ungern gab er eine Information preis. Andererseits war genau das sein Leben, wurde Selzer in diesem Moment bewusst. Niederlagen gehörten ebenso dazu wie Erfolge. Und wenn Hendrick blockte, musste er eben warten.

Jemand klopfte gegen das Fenster. Nadines Stimme riss den jungen Mann aus seinen Gedanken. »Na, hast du etwas erreichen können?«

Selzer zuckte zusammen, schaute nach links geradewegs in die dunklen Augen der Kollegin und ließ die Scheibe herab.

»Sie liegt in der Rechtsmedizin.«

»So schnell?«, meinte Nadine überrascht und fühlte die Nässe auf sich niederprasseln. »Warte!« Sie eilte zur anderen Seite, stieg in das Auto. »Und Hendrick? Kann der schon was sagen?«, fragte sie tief durchatmend.

Selzer schaute zunächst auf die Wassertropfen, die gegen die Scheibe klopften, dann auf die Kollegin. »Nein, der hält sich bedeckt. Lass uns hochgehen, mit den anderen reden.«

Nadine zog ihre Kapuze über den Kopf und nickte ihm abgehackt zu. Sodann entfernten sie sich vom Wagen und hasteten ins Präsidium.

***

Dr. Hendrick hatte den ganzen Vormittag noch keine frische Luft gerochen. Seit den Morgenstunden atmete er nun schon die Ausdünstungen des Todes in sich ein.

Ihm vertraute Gerüche. Inzwischen hatte er sich an sie gewöhnt. Noch vor einer Stunde hatte er das Skalpell in die kalte Haut von Else Notz dringen lassen. Sie war Anfang sechzig und ihr Tod kam dem behandelnden Arzt äußerst merkwürdig vor. Daher hatte er eine Obduktion veranlasst, die ebenso zu Hendricks Pflichten gehörte. Die Tote, die er gerade auf dem Metalltisch liegen hatte, besaß eine ausladende Hüfte und schlaffe Brüste, zudem trugen ihre Finger- und Fußnägel hellroten Nagellack, der bereits abgeblättert war. Und auch sonst wirkte die Frau ungepflegt.

Nachdem er die Hautschichten durchschnitten, die Brust- und Bauchhöhle geweitet hatte, hob er die triefenden Organe heraus. Im Anschluss begann er mit der Untersuchung. Wie vermutet, verfügte die Tote über eine Fettleber, die er ihren übermäßigen Essens- und Trinkgewohnheiten zugeschrieben hatte. Als er jedoch den Schädel geöffnet hatte, um festzustellen, was die eigentliche Ursache ihres plötzlichen Ablebens war, konnte er schließlich eine natürliche Todesursache diagnostizieren. Ein Aneurysma im Gehirn, eine krankhafte Ausweitung eines Hirngefäßes, das gerissen war, war letztendlich der Auslöser ihres raschen als auch schnellen Todes.

Nach dem gönnte sich Hendrick eine Zigarette, bevor es an die nächste Leichenschau ging.

***

Nadine riss die Tür auf und betrat das Zimmer. Sie schüttelte den Regen von der Jacke und entledigte sich ihrer. Erst jetzt bemerkte sie, dass niemand anwesend war. *Wo sind die nur?*

Selzer, der kurz nach ihr das Büro betreten hatte, klärte sie kurzerhand auf. Soviel ihm soeben zu Ohren gekommen sei, habe man Hufnagel und Hübner zu Amans in die Chefetage beordert. Dem hätten auch sie Folge zu leisten.

Selzer griff sein Notizbuch, schaute über den Schreibtisch und wartete ungeduldig auf die Kollegin, die noch rasch eine E-Mail beantworten wollte.

»Nadine, das hat Zeit. Hören wir uns an, was Amans zu sagen hat.«

Die Tür flog ins Schloss.

Mit schnellen Schritten liefen sie über den Flur, während Nadine ihm einen hastigen Blick zuwarf. »Was meinst du, ist es wegen dieser Nissen?«

Der junge Mann atmete tief durch. »Mit Sicherheit. Warum sonst?«

Als man Amans Büro betrat, befanden sich darin nicht nur Hufnagel und Hübner, sondern auch zwei Personen, eine Frau sowie ein Mann in adrett dunkler Kleidung. Die Unbekannte hatte ihr grau meliertes Haar fest zu einem Dutt gebunden, wohingegen er um einiges jünger als sie mit blondem Kurzhaarschnitt und breitschultrig neben ihr stand. Amans stellte die beiden als Mitglieder der Berliner Senatsverwaltung für Justiz, Verbraucherschutz und Antidiskriminierung vor, was Selzer in seinem Inneren anzweifelte. Er kannte diese Art von Leuten noch aus früheren Zeiten.

Nachdem man sie an den Besprechungstisch gesetzt und Nadine ihrem Chef einen fragenden Blick zugeworfen hatte, begann Amans das Gespräch.

»Ich muss Ihnen ja wohl nicht sagen, dass diese Zusammenkunft von höchstem Interesse ist.« Um seine

Aussage zu bekräftigen, schaute er jeden Einzelnen kurz an, bis seine Augen bei Selzer haften blieben. »Inzwischen wissen wir, dass es sich bei der Toten von heute Vormittag um die Tochter der Stadträtin Magdalena Nissen handelt. Aufgrund der merkwürdigen Umstände gehen wir von einem Tötungsdelikt aus.«

Während Amans sprach, saßen die Fremden regungslos da, bis Selzers Handy klingelte. Er entschuldigte sich, stand auf und lief ein paar Schritte zum Fenster, bevor er das Gespräch entgegennahm.

Es war Hendrick. »Ich wollte dich nur darüber informieren, dass wir jetzt mit der Sektion von Frau Nissen beginnen werden.«

»Erst jetzt?«, fragte Selzer nach. »Wieso dauert das so lange?« Er wischte mit der Hand über die Stirn und schaute indes zu den Unbekannten, die noch immer wie versteinert dasaßen. *Irgendwoher kenne ich diesen Typen. Nur woher?*

Amans, der Selzer nicht aus den Augen gelassen hatte, erkundigte sich, ob irgendetwas sei, und teilte mit, dass er sich eine weitere Störung verbitte. Selzer verneinte vorsorglich. Danach ergriff Amans erneut das Wort.

Nadine schaute ihren Chef an und begriff, dass etwas nicht stimmte. Gleichzeitig hantierte sie nervös mit ihrem Kugelschreiber, was Daniel Selzer wiederum zu einem unmerklichen Kopfschütteln bewog. *Was ist denn in den gefahren? Und wieso starrt er den Kerl so an? Warum kreuzen die bei uns auf? Übernehmen die etwa jetzt die Ermittlungen?*

5. Wenig später

Nach der Besprechung verließ man nachdenklich den Raum. Bereits auf dem Gang zog Nadine Daniel in eine ruhige Ecke und begann ihn zu löchern. »Was wollen die hier? Wir wissen nicht einmal, ob die junge Frau überhaupt ermordet wurde.«

Daniel schaute sie streng an und runzelte die Stirn. »Vermutlich geht man von einem terroristischen Hintergrund aus.«

Nadine glaubte ihm kein Wort. »Blödsinn! Machst du Witze? Das ist Konstanz, nicht Berlin. Mach mal halblang! Willst du mir weismachen, dass Isabell Nissen einer radikalen Vereinigung angehörte, sich davon distanzieren wollte und deshalb sterben musste? Ich glaube, du schaust zu viele Nachrichten.«

»Das kann ich dir nicht beantworten. Der Kampf gegen Terror ist allgegenwärtig. Denk an Paris, Istanbul und Barcelona! Noch sind es die Großstädte, aber wer sagt dir, dass nicht auch die Provinz in Mitleidenschaft gezogen wird?«

»Und was schlägst du jetzt vor?«

Selzer wirkte nachdenklich. »Warten wir die Leichenschau ab.«

Nadine legte die linke Hand unter ihre rechte Achsel und umfasste mit der anderen das Kinn. »Seltsame Geschichte. Sie verstarb im Krankenhaus, nicht wahr?«

Selzer nickte ihr mit dem Blick auf sie gerichtet zu.

»War jemand bei ihr?«

»Nein.«

»Dann müssen wir ihre Familie benachrichtigen«, meinte Nadine und lockerte die Arme.

»Das habe ich bereits getan.«

»Okay, für mich klingt das eher nach einem Irrsinnigen und nicht nach einem geplanten Terrorakt. Würde man bei einer anderen so viel Tamtam machen?«

»Das behauptet auch keiner.«

»Möglicherweise ist das eine Verkettung unglücklicher Zufälle. Außerdem hat der Typ von Facebook ihren Tod angekündigt. Hier sollten wir ansetzen.«

»Das werden wir. Den Rest übernehmen die beiden hüftsteifen Pinguine von vorhin. Und glaube mir, die lassen uns nicht einfach nur unsere Arbeit machen. Wir können froh sein, einigermaßen ermitteln zu dürfen.«

Das Geräusch hastiger Schritte ließ Nadine aufhorchen und ihren Blick zur Seite wenden, geradewegs auf die von Selzer genannten Personen. Mit einem abgehackten Kopfnicken preschten diese vorbei.

Nadine rückte näher an Selzer heran und begann zu flüstern: »Was haben die jetzt vor?«

»Auf keinen Fall werden sie mit uns kooperieren.«

»Das ist auch nicht nötig, lass uns einfach schneller sein. Immerhin haben wir einen Heimvorteil. Beweisen wir denen, dass wir die Besseren sind.« Nadine schien fest entschlossen.

Nachdem die Fremden außer Reichweite waren, folgte man ihnen mit gebührendem Abstand, während Nadines Ehrgeiz längst angestachelt worden war.

Unterdessen sollten Hufnagel und Hübner ebenso gesprächig sein wie die Kollegen und machten sich Gedanken über das Erscheinen der Fremden.

»Was halten Sie von der Sache?«, fragte Hufnagel den anderen und lief mittlerweile sich den Bauch streichelnd durch das Büro. Obendrein nestelte er an seiner Jeans herum, die zu drücken schien.

Hübner dachte sich seinen Teil und spielte mit dem Kugelschreiber. »Schwer zu sagen. Mit leerem Magen kann ich nicht denken, daher verschwinde ich jetzt in die Mittagspause.« Gleichzeitig preschte er vom Stuhl hoch und holte seine Jacke aus dem Kleiderschrank. Kurz darauf flog die Tür ins Schloss.

***

Derweil die einen in ihre wohlverdiente Mittagspause gingen, hastete ein anderer durch den strömenden Regen. Den Mantelkragen hochgestellt, vor Nässe triefend bog er um die Ecke und begab sich, einen verlegenen Blick auf die Straße werfend, in eines der Etablissements, in dem meist Hochkonjunktur herrschte. Heute nicht. Anscheinend hatte das schlechte Wetter die Besucher davon abgeschreckt, ganz zu seiner Freude. Auch nach Jahren verspürte er eine gewisse Anspannung, wenn es ihn hierherzog. Er suchte nach Erleichterung, die man ihm gerne zuteilwerden ließ. Dabei war es ihm egal, wie alt sie war, Hauptsache, sie ähnelte ihr. Es waren die Dunkelhaarigen mit schulterlangem Haar, die es ihm angetan hatten, obwohl er nur ungern an diesen Ort kam. Viel lieber hätte er sich der Familie zugewandt. Doch die gab es längst nicht mehr und das Wenige, was ihm davon geblieben war, steckte in Umzugskartons verborgen im Keller. Nur die Erinnerungen wollten nicht weichen und ließen ihn immerzu schweißgebadet aus seinen Träumen erwachen.

Nachdem er das hell getünchte Eckhaus mit roter Leuchtschrift betreten hatte, schlich er über den Gang, schaute über die Fotogalerie hinweg und hoffte auf eine baldige Begrüßung, die auch sofort kam. Würde ihn jemand erkennen, wäre es peinlich gewesen. Gleichzeitig schwelgte er in Gedanken und schämte sich für seine Lust. Da er nun schon einmal in diesem Haus war, in dem unzählige Männer aus und ein gingen und das der Leere im Herzen nicht Abhilfe verschaffen konnte, war er gewillt zu bleiben. Es fühlte sich an, als hatte man ihm das Herz mit bloßen Händen aus dem Leib gerissen. Der Schmerz war allgegenwärtig und verfolgte ihn wie einen Schatten.

»Na Süßer! Toll, dass *du* dich wenigstens bei diesem Sauwetter zu uns verirrt hast«, hörte er eine ihm vertraute Stimme rufen. Lucia, die junge Spanierin mit ihrem kessen Lächeln hatte er bereits des Öfteren besucht und er wusste um deren Qualitäten. Dennoch hatte sie ihn überrascht. Er schluckte, fühlte sich ertappt. Für eine Umkehr war es zu spät. Längst hatte sie seine Hand ergriffen und ihn mit sich gezogen.

»Komm! Heute ist kaum etwas los. Lassen wir uns Zeit. Du bekommst das volle Programm zum halben Preis.« Sie öffnete eines der Zimmer und ging mit ihm hinein. »Zieh dich schon mal aus! Ich bin gleich wieder bei dir.«

Auch wenn ihm dies nicht unbekannt war, schaute er sie verblüfft an.

»Ich hole nur schnell eine frische Tube Gleitgel. Darauf stehst du doch.« Ihr Lächeln kam von Herzen und pries ihre weißen Zähne, auf denen ein kleiner Strassstein dem Fremden entgegenfunkelte.

Im Handumdrehen war sie zurück, unterdessen er sich nicht von der Stelle gerührt hatte.

»He, was ist los? Heute keine Lust?«, wollte sie wissen

und ließ sich lasziv auf das in Rosé gefasste Bett nieder. Sie stellte das rechte Bein auf die Bettkante und entledigte sich ihres schwarzen Highheels, ohne den Blick von ihm zu lassen. »Komm, oder soll ich dir beim Ausziehen helfen?«

Der Besucher schien unentschlossen. Ohne Frage, Lucia gehörte zu den Schönheiten hier. Sie wirkte weder professionell noch bekam man den Eindruck, dass sie die Art von Arbeit hasste. Im Gegenteil, sie genoss den Job. »Ich weiß nicht, ob ich heute will«, entgegnete der Fremde und kaute auf der Unterlippe herum. »Vielleicht sollten wir nur reden.«

Lucia schaute den hageren, beinahe zierlich wirkenden Mann an. *Reden? ... Okay, warum nicht.* »Okay, reden wir *nur*. Und worüber?«

»Über heute.«

»Heute? Wieso, was ist heute?«

»Valentinstag.«

»Mhm, das ist ein Tag wie jeder andere auch, nur dass die Männer ihren Frauen Blumen schenken.« Schmunzelnd setzte sie nach: »Dich plagt wohl das schlechte Gewissen, weil du sie vergessen hast.«

Der Freier trat einen Schritt auf sie zu, während Lucia meinte, in seinen Augen Tränen zu sehen.

»Deshalb weint man nicht gleich. Kauf einfach noch welche und gib sie ihr.«

Sein Blick wurde stechend, fast eiskalt.

»Diesen Tag vergessen? Niemals! An ihre Lieblingsblumen denke ich immer. Sie liebte die Knospen dunkelroter Rosen«, antwortete er mit schwerer Stimme.

»Liebte? Wieso liebte?«, hinterfragte Lucia und man spürte, wie ihr das Gespräch allmählich unangenehm wurde. Unsicherheit machte sich in ihr breit und sie wollte es in eine andere Richtung lenken. »Setz dich mal zu mir!« Gleichzeitig legte sie ihre Hand auf die Stelle, wo er sich postieren sollte, und hoffte, dass er sein Vorhaben, nur zu reden, beenden würde. Nach dieser Art von Plauderei stand ihr nicht der Sinn.

»Sie …«, er brach ab und schaute in ihre dunklen Augen. »Sie sah aus wie du.«

Scheiße, das hat mir noch gefehlt. Lucia legte ihre Hand auf seinen Schritt und begann ihn zu erregen, was er schließlich hörbar genoss.

Er kämpfte mit sich, bis er sie plötzlich davon abhielt. »Lass das! Mir ist nach reden.« Der Freier griff nach ihrer Hand, drückte sie so fest er konnte, bis Lucia von ihm abließ. Erst jetzt begriff sie, dass es ihm ernst war. »Aber ich wollte doch nur …«

Er unterbrach sie. »Ja, du wolltest nur … Also gut. Zieh dich aus!«, gab er mit entschiedener Miene zu verstehen und schaute über ihren makellosen Körper hinweg, den sie unter der wenigen Reizwäsche mit Unbehagen herauszuschälen begann. Ein Moment, in dem ihr ein anderer Mann lieber gewesen wäre. Einer, der wusste, was er wollte.

Nachdem sie sich ausgezogen hatte, befahl er Lucia, sich auf den Bauch zu drehen, während er sich ebenfalls der Kleidung entledigte. Das Öffnen seines Gürtels war unüberhörbar, bis dieser unvermutet über ihre leicht gebräunte Haut prügelte und sie entsetzt aufschrecken ließ.

»So wolltest du es doch, oder?« Gleichzeitig presste er seinen schmalen Körper auf den ihren, drückte ihr Gesicht in das Kopfkissen und fing an, sie von hinten zu penetrieren. Auch wenn Lucia vom Gewerbe war

54

und die Vorlieben der Männer kannte, fühlte sich das jetzt brutal an.

Lucia begann zu schluchzen und wollte sich dem entziehen. War das der Moment, vor dem sie ihre Kolleginnen immer gewarnt hatten? *Sei nicht zu nett zu den Kerlen, sie danken es dir nicht. Bei uns werden sie zu Schweinen, bei ihren Ehefrauen zu Lämmern,* meinten sie.

»Ich glaubte, du gehörst zu den Besten, dann benimm dich auch so! Ich wurde auch nicht gefragt, als man mir Frau und Tochter genommen hat. Und jetzt wird die kleine Schlampe dafür büßen, so wie du.« Er schnaufte laut durch die Nase. »Ich bringe sie um. Hörst du! Alle.«

Der Körper der jungen Frau schmerzte, da er brutal in sie eindrang. *Lass es vorbei sein. Bitte. Hör auf!,* flehte sie und hoffte auf ein baldiges Ende.

Nach einer qualvollen halben Stunde ließ er endlich von ihr ab, zog sich an und und warf einen Hunderteuroschein auf den Boden. Dann verließ er das Zimmer. *Jetzt hast du bekommen, was du wolltest.*

Lucia blieb noch eine Weile liegen, sie konnte sich kaum rühren. Erst nachdem sie sein Gehen vernommen hatte, quälte sie sich aus dem Bett. Abgesehen von den Schmerzen, die sie erdulden musste, hatte er jegliche Freude aus ihrem Leib entfernt. Obschon sie so manches erlebt hatte und die Marotten der Herren kannte, gehörte dieser bislang zweifelsohne zu den Guten. Zu jenen, mit dem sie ihr Bett immer gerne geteilt hatte, bis zum heutigen Tag. Sie fühlte sich elend und erschöpft. Dennoch gingen ihr seine Worte nicht aus dem Kopf und riefen das blanke Entsetzen hervor. Wen wollte der Mann töten? Etwa sie? Lucia musste sich jemandem anvertrauen und dachte an ihre Freundin Anika.

Nachdem sie sich sicher war, dass er das Haus verlassen hatte, sie seinen Wagen mit lautem Quietschen um die Ecke biegen sah, griff sie zum Telefon und wählte die Nummer der Freundin.

Als Anika das Klingeln hörte, wollte sie zunächst nicht abnehmen, da sie kurz zuvor Streit mit ihrem Freund hatte. Demzufolge war sie schlecht gelaunt. Gleichfalls quengelte ihre vierjährige Tochter seit einer halben Stunde und suchte wohl jemanden zum Spielen. Anika wartete, bis der Anrufer die Mailbox besprochen hatte, und entschied erst dann, abzunehmen.

»Luci, was ist los?«, erkundigte sie sich bei der Freundin, die mit weinerlicher Stimme sprach.

Lucia schluchzte, rang nach Worten. »Ich hatte gerade ein Erlebnis der besonderen Art. Du weißt schon, so eins, vor dem man uns immer gewarnt hat.« Ihre Andeutung schloss Anika mit ein. Aufgrund der Schwangerschaft hatte sie entschieden, ihr Geld auf *anständige* Weise zu verdienen, was ihr letztendlich schwerfiel. Inzwischen lebte sie von Gelegenheitsjobs sowie dem Geld, das der Vater ihrer Tochter zuschoss.

»Süße, ich hab's dir immer gesagt. Glaub den Typen kein Wort und hüte dich vor den Lieben.« Sie machte eine kurze Pause. »Was ist passiert?«

»Ich wurde vergewaltigt.«

Anika schwieg und dachte nach.

»Bist du noch dran?«, bohrte Lucia nach.

»Ja! Du musst zur Polizei gehen. Zeig das Schwein an!«

Lucia lachte auf. »Machst du Witze? Ich bin eine Nutte. Sex ist mein Job.«

»Stimmt! Aber keine Vergewaltigung. Soll ich dich begleiten?«

»Würdest du das tun?«

»Klar, warum nicht. Hast du seinen Namen?«

»Nein, was für eine Frage. Du kennst das Gewerbe doch. Wir fragen nicht, wir handeln nur. Mutti will das nicht.« Sie meinte damit die Puffmutter, die das Haus seit über zwanzig Jahren führte und es zu einem ansehnlichen Freudenhaus in Konstanz gemacht hatte. Ihre wahre Identität kannte keine der Damen. Aufgrund des leichten Akzents hielt man sie für eine Russin. *Muttis* Kundschaft schätzte ihre Diskretion und scheute daher auch keine längere Anreise. Die erlesene Klientel zog sich durch alle Gesellschaftsschichten. Und für Stammkunden ließ man sich stets etwas einfallen. Wie etwa wechselnde Escortdamen oder eine Sonderbehandlung durch zwei Ladys. Nur die Puffmutter kannte die Namen der Freier, die sie gesichert in einem Safe verwahrte. Einen Trumpf, den sie bei gegebenem Anlass einzusetzen verstand und der ihr den Respekt der Geschäftsmänner abverlangte.

»Kannst du ihn beschreiben?«

»Mhm.«

»Gut, treffen wir uns in einer halben Stunde bei den Bullen. Ich muss Suse mitnehmen, die nörgelt schon den ganzen Tag herum. Mann, ich hatte mir das Muttersein einfacher vorgestellt. Felix kann ich vergessen. Der Blödmann hat die Nacht bei einer anderen verbracht. Und dabei wollten wir heiraten. So ein gottverdammtes Arschloch.«

Lucia schaute betroffen und bezweifelte, ob der Gang zur Polizei eine kluge Entscheidung war, zumal ihre Freundin selbst Probleme hatte.

»Bist du sicher, dass du mitkommen willst? Vielleicht sollte ich das lassen und noch einmal darüber schlafen.

Wenn Mutti davon erfährt, schmeißt sie mich bestimmt auf die Straße.«

Anika hüstelte. »Tut sie nicht. Sie wurde früher selbst missbraucht. Red mit ihr! Sie wird dir helfen.«

Betroffenes Schweigen.

»Echt? Lass uns um vierzehn Uhr treffen? Wo?«

»Vor dem Polizeirevier in Petershausen«, entschied Anika.

»Okay, bis gleich.«

Der Fremde hätte sein Handeln liebend gerne rückgängig gemacht, doch ihm fehlte der Mut, sich bei Lucia zu melden. Er hatte keine Ahnung, was ihn dazu bewogen hatte, andererseits war der Tag sowieso nicht der seine. Zudem hatte er eine Mission zu erfüllen. Was geschehen war, ließ sich nicht ändern. Sein Leben war ohnehin keinen Pfifferling mehr wert. Endlich nach all den Jahren des Schmerzes spürte er sich wieder. Er schiss auf die Moral, auf den Anstand und auf das gute Benehmen. Nichts von alledem machte seine Liebsten wieder lebendig. Vielleicht konnten andere besser damit umgehen, er tat es nicht. Die Therapie hatte er abgebrochen und die Medikamente verhalfen nur kurzzeitig zu einer Linderung. Geblieben war eine kranke Seele, die Tag für Tag wie Feuer brannte.

Er schloss die Augen.

Sinnierte in die Helligkeit.

Blinzelte.

Plötzlich schwebte etwas über seinen Kopf hinweg. Womöglich ein Schatten, den er der Tochter zuschrieb. Instinktiv schnappte er nach ihm, wollte ihn festhalten und in den Arm nehmen. Ihre zarte Haut spüren sowie das Lächeln, das sich keck in ihre Grübchen presste.

Endlich hatte er sie zurück, bis sich die Kontur in eine Motte auflöste und davonschwirrte. Und wieder fühlte er sich einsam. Dennoch war er gewillt, sein Ziel zu verfolgen und es bis zum Ende zu führen. Die Schuldigen sollten ebenso ins Unglück stürzen wie einst er.

Zitternd stellte er den Computer an, wartete geduldig auf das Anmelden, um das Passwort einzugeben. Seine Nachrichten ignorierte er, stattdessen platzierte er eine weitere Mitteilung.

Die Erste ist tot, die Zweite wird folgen, sobald sie vom süßen Duft meiner Rose gekostet hat!!! Sie rührt sie liebkosend leise wie eine Liederweise mit Ahnung voller Schönheit an.

Im Handumdrehen verbreitete sich die Botschaft und schreckte die Leute auf, bis sie im Nirwana des World Wide Webs wieder verschwand. Selbst die Kollegen der Konstanzer Kriminalpolizei ereilte sie. Die Sache wurde immer undurchsichtiger und man wusste weder, wo man anfangen sollte, noch, mit wem man es zu tun hatte. Man war ratlos.

6. Tödliche Spuren

Selzer verlor allmählich die Geduld. Jemand hielt die Polizei gründlich zum Narren. Da er davon ausging, dass der Schreiber nicht unüberlegt agierte, musste man rasch handeln. Nur fehlte es an Anhaltspunkten. Daher beschloss er, in die Rechtsmedizin zu gehen, um nachzufragen.

Das Licht im Sektionssaal verströmte die Atmosphäre des Todes, das trotz Helligkeit die Endlichkeit des Lebens untermalte. Irgendwann lag jeder hier, wenn von einem unnatürlichen Tod auszugehen war. Diese Welt war eine andere, der man gerne den Rücken kehrte, statt sich an ihr zu erfreuen. Hellgrüne Kacheln, umgeben von Edelstahl ließen den Raum kühl erscheinen.

Wie Selzer diesen Ort hasste, eingeschlossen den beißenden Gestank. Eigentlich hätte er sich im Laufe seiner Tätigkeit längst daran gewöhnen müssen, aber er fand es immer wieder abscheulich, die Räumlichkeiten zu betreten.

Selzer presste die Hand schützend vor die Nase und schaute hinüber zu Hendrick, der an einem der Seziertische stand. Vor ihm lag die Leiche von Isabell Nissen, die er gerade obduziert hatte, und links neben ihm stand seine Sekretärin, der er Daten über die erfolgte Untersuchung diktierte.

»Rittchen, haben Sie das?«, fragte der Rechtsmediziner ungeduldig nach und schielte gleichfalls auf seinen ungebetenen Gast. »… dreiundzwanzigjährige Frau am 14.02. gegen elf im Krankenhaus verstorben …«

Carla Ritt, die alle nur Rittchen nannten, schaute hinüber zu Selzer und hatte den letzten Satz überhört.

»Rittchen? Ich bitte Sie doch nur um etwas Aufmerksamkeit«, herrschte Hendrick die attraktive Mitfünfzigerin an. »*Hier* spielt die Musik!«

Frau Ritt horchte auf, entschuldigte sich und fragte nach den versäumten Worten, die er schnippisch erneut zum Besten gab.

Selzer trat näher und schaute über den Körper von Isabell Nissen hinweg, der trotz des plötzlichen Todes immer noch anziehend wirkte. Mit wohlgeformtem Busen, schmaler Taille und langen Beinen, die vom Laken überdeckt waren. Zudem lugten am Tuchende zierliche Füße hervor, die mit dunkelrotem Nagellack verziert waren.

»Schade um die Kleine«, nuschelte Hendrick. »Wirklich schade.« Der Arzt blickte auf den y-förmigen Schnitt, der nötig gewesen war, um die Innereien der Toten zu betrachten. Gleichzeitig griff er in seinen grünen Arztkittel und zog eine kleine Plastikschachtel hervor. »Hier, nimm das!«

Selzer folgte und rieb sich die Mentholsalbe unter die Nase. Zumindest half sie, den Geruch zu lindern.

»Du hast recht, sie wurde getötet. Eine natürliche Todesursache schließe ich eindeutig aus. Die Frau wurde vergiftet.«

»Vergiftet durch Blumen? Merkwürdig«, hinterfragte Selzer zweifelnd.

Hendrick schüttelte verständnislos den Kopf. »Quatsch. Wir haben keinerlei pflanzliche Substanzen in ihrem Magen gefunden. An welche Art Pflanzen hattest du gedacht?«

»Handelsübliche Schnittblumen«, klärte Selzer ihn

auf.

Frau Ritt mischte sich ein: »Wenn kein Eisenhut unter den Blumen war, ist das eher unwahrscheinlich. Nur durch Berührung können Giftstoffe über die Haut in den Körper gelangen. Als Schnittblume ist der Eisenhut eher ungeeignet, obwohl er hinreißend blau blüht. Und Blumen, wie etwa Lilien, sind nur für Katzen gefährlich.« Jetzt kam sie erst richtig in Fahrt. »Tja und die hübsche Ranunkel verströmt ihr Gift erst beim Verzehr. Kein Mensch ernährt sich von Blumen. Es sei denn, es handelt sich um Heilpflanzen, die ausdrücklich dazu bestimmt sind.«

Selzer meinte, eine Ranunkel in Nadines Strauß gesehen zu haben, und hakte erneut nach. »Ranunkeln sind giftig?«

Hendrick hatte die Hände im Kittel verschanzt und folgte augenrollend dem Gespräch. Andererseits war er froh, dass seine Sekretärin ihm das lästige Erklären vorwegnahm.

»Ja, die Ranunculus asiaticus ist aber nicht lebensbedrohlich«, antwortete Frau Ritt, »da muss man sie schon essen. Doch auch davon stirbt man nicht. Man bekommt lediglich Magen-Darm-Beschwerden wie Übelkeit, Erbrechen und Durchfall sowie einen verstärkten Speichelfluss. Manche zittern und leiden unter Kopfschmerzen oder fallen in Ohnmacht oder sie haben Hautreizungen. Auf alle Fälle führt ihr Verzehr …« Hendrick unterbrach sie und setzte den Satz mit »… nicht zum Tod« fort. »Also, wenn wir dann mal den Ausflug in die Naturkunde unterbrechen könnten und uns wieder den eigentlichen Dingen widmen würden, verrate ich dir, woran sie gestorben ist.«

Selzer schluckte schwer und wusste um Hendricks

ungehobelte Art.

Frau Ritt schüttelte den Kopf, was von ihm nicht unbeobachtet geblieben war.

»Was ist? Wollen Sie mir etwa widersprechen?«, spottete er und schlug die Arme vor der Brust ineinander. Sein Blick verhieß nichts Gutes.

Carla Ritt machte große Augen, beließ es dabei und dachte sich ihren Teil. *Der lernt es wohl nie.*

»Also, ich höre.« Langsam wurde Selzer ungehalten, sinnierte in die Vergangenheit als Hendrick und er noch Freunde waren, die Freundschaft jedoch aufgrund einer Frauengeschichte in die Brüche gegangen war. Erst die Worte seines ehemaligen Rivalen holten ihn ins Hier und Jetzt zurück.

Laut dessen Einschätzung wurde die Verstorbene mit einer Dosis Strychnin, die er mutmaßlich dem Inhalt einer Mon-Chéri-Praline zuschrieb, vergiftet. In ihrem Fall wirkte es tödlich, da Isabell Nissen anscheinend stark auf das Gift angesprochen hatte. Der Rechtsmediziner meinte weiterhin, dass Menschen unterschiedlich auf Gifte reagierten und Isabell sich in einer ohnehin schwachen körperlichen Verfassung, die er einem regelmäßigen Nikotin- und Drogenkonsum zuschrieb, befunden hatte. Die tödliche Wirkung von 30 Milligramm wurde bei ihr eindeutig überschritten.

Selzers Adamsapfel hob und senkte sich. »Wie kommst du auf eine Praline?«

»Wir haben Reste von Schokolade in ihrem Magen gefunden. Zartbitterschokolade.«

»Und warum ausgerechnet Mon Chéri, es könnte doch auch jedes andere Konfekt gewesen sein«, erkundigte sich Selzer.

»Nun ja, die Schokolade ist bei Frauen sehr beliebt.

Bleibt zu klären, wie die Praline in ihren Besitz gekommen ist, was wohl an einem Tag wie diesem schwer sein dürfte. Jeder Idiot schenkt heute Pralinen und Blumen.«

Ganz genau, jeder Idiot und einer von denen bin ich, grübelte Selzer und war froh, keine Süßigkeiten verschenkt zu haben. Nadine hätte ihn nur wieder zurechtgewiesen und erklärt, wie ungesund sie seien und wie lange sie dafür hätte joggen müssen, um die unnötigen Kalorien loszuwerden.

»Meinen Bericht hast du morgen auf dem Tisch liegen«, bemerkte Hendrick und ließ sich das von der Sekretärin mit einem hastigen Kopfnicken bestätigen.

Selzer griff sich ans Kinn, fühlte über seine unmerklichen Bartstoppeln. »Welche Droge hat sie genommen?«

»Ein Methamphetamin«, antwortete Hendrick.

»Du sprichst von Crystal Meth?«

Hendrick bejahte.

»Wie hat sie es genommen?«

Frau Ritt übernahm das Wort. »Wir konnten keine Einstichstellen feststellen. Somit hat sie das Zeug nicht gespritzt.« Ihre Abneigung gegen die Designerdroge war unüberhörbar. »Anscheinend war sie klug genug, um zu wissen, dass durch Spritzen die Suchtgefahr weitaus höher ist als bei Pulver oder in Tablettenform. Der Rausch ist weniger intensiv, hält aber länger an. Letztendlich spielt es keine Rolle, wie man Crystal Meth konsumiert, in jedem Fall macht es süchtig.«

Hendrick teilte ihre Meinung. »Über Stunden putscht die Droge auf, steigert Konzentration, Leistungs-fähigkeit sowie das sexuelle Verlangen. Gleichzeitig unterdrückt sie Angstgefühle. Aber nicht nur das,

Glückshormone werden auf- und Stresshormone abgebaut. Die jungen Leute fühlen sich wie wahre Helden. Mit der Droge ist alles möglich, glauben sie«, erklärte der Rechtsmediziner und fügte dem ein nachdenkliches »Bis sie abhängig sind« an.

»Leider«, raunte Frau Ritt. »Auf Dauer kann Crystal Meth die Nervenzellen im Gehirn unwiderruflich schädigen. Viele der Süchtigen leiden unter Paranoia, Depressionen und haben Schlafstörungen. Ebenso verspüren sie keinen Hunger, Durst und Schmerzen. Wirklich gefährlich. Die Frau hatte Glück, wenn man in ihrem Zustand überhaupt davon sprechen kann. Ihr Körper wirkt im Großen und Ganzen gesund. Dennoch ist von einem wiederkehrenden Konsum auszugehen.«

»Sie hätte doch genauso gut an einer Überdosis verstorben sein können?«, klärte Selzer noch einmal ab.

»Hätte schon, ist sie aber nicht!«, stellte Hendrick unmissverständlich klar.

Selzer wirkte sichtlich zufrieden. Mit den Hinweisen ließ sich arbeiten. Er beschloss, die Recherche der vergifteten Praline Nadine zu überlassen. Da sie bislang auf ein süßes Erlebnis verzichten musste, sollte sie es wenigstens im Geiste erleben können.

Der Kriminalist verließ die Rechtsmedizin und begab sich direkt ins Büro. Nachdem er dort eingetroffen war, blickte er in betroffene Gesichter. »Was ist los? Habe ich was verpasst? Gibt es etwa ein weiteres Opfer?«

Nadine erhob sich vom Stuhl, ging zum Kühlschrank und entnahm eine Mineralwasserflasche. Danach setzte sie sich wieder.

»Das nicht, aber wir konnten den Typen immer noch nicht finden. Wäre es nicht besser, sämtliche Blumengeschäfte zu schließen? An einem Tag wie dem heutigen werden unzählige Blumensträuße gekauft. Womöglich sind unter ihnen vergiftete Blumen. Wir dürfen kein Risiko eingehen.«

Selzer musste schmunzeln, während Nadine seinen Gesichtsausdruck missbilligte.

»Was gibt es da zu lachen?« Nadine spielte vor Unsicherheit an ihren Haaren.

Selzer räusperte sich. »Ich war gerade in der Rechtsmedizin. Die Verstorbene wurde vergiftet, aber nicht so, wie man uns glauben lassen will, durch Riechen an Blumen, sondern durch Einnahme von Schokolade. Hendrick meinte, ihr wurde das Gift mithilfe einer Praline verabreicht.«

Nadine schaute betroffen. Auch ihr wollte nicht in den Sinn, wie man nur durch Schnüffeln an einer Blüte vergiftet werden konnte. Allerdings mit voreiligen Schlüssen hielt sie sich vorerst zurück. Immerhin hatte die Natur viele Phänomene parat. »Wenn ich die Worte des Schreibers ›sobald sie vom süßen Duft meiner Rose gekostet hat‹ richtig interpretiere, könnte man sie durchaus doppeldeutig sehen. Zum einen als Blumenstrauß und zum anderen als etwas Süßes. Das sind zwei Attribute, die gerade heute ihre Anwendung finden«, erklärte sie.

Hufnagel trat ins Zimmer, streichelte über seinen Bauch und hielt eine Tasse in der Hand, mit der er anscheinend in einem anderen Büro gewesen war, um sie erneut an der Kaffeemaschine zu positionieren. Das Mahlen der Kaffeebohnen ließ für ein paar Sekunden das Gespräch erlahmen.

Nachdem er sich gesetzt hatte, sprach man weiter.

»Gut, wenn dann alle da sind«, Selzer schaute zu Hufnagel, den er vor seinem Hereinkommen mit Frau Kleinschmidt lachen gehört hatte, »teilen wir uns die

Arbeit auf. Die Herren Hufnagel und Hübner nehmen sich bitte die Blumenläden vor. Erklären Sie den Leuten, warum es notwendig ist, ihre Geschäfte zu schließen. Lassen Sie sich zu keinen Mutmaßungen hinreißen. Bleiben Sie sachlich! Und bitte null Details über das Mordopfer.«

Hübner, der nebenbei auf das Handy sah, schaute auf und meinte: »Das ist uns bekannt.«

Selzers Gesichtszüge verhärteten sich. Er dachte nach und ließ die Wangenknochen rhythmisch auf und ab pulsieren. *Soll er doch maulen.*

»Und was mache ich?«, kam es von Nadine.

Er wandte sich ihr zu. »Für dich habe ich eine ganz besondere Aufgabe. Du kümmerst dich um die vergifteten Pralinen. Finde heraus, woher sie stammen und wie sie in den Magen von Isabell Nissen gelangt sind.«

Geht klar. Dafür verwandle ich mich in eine Zelle und lasse mich in den toten Körper von Isabell Nissen schleusen. »Okay, mache ich.« *Ich werde mir die Familie zur Brust nehmen, danach das nähere Umfeld. Möglicherweise hatte Frau Nissen einen Lover. Und das Motiv? ... Wir haben immer noch kein Motiv! ... Und dieser Typ von Facebook, was spielt der für eine Rolle?*

Etwa zur selben Zeit stand eine aufgebrachte Schönheit zwei Etagen tiefer in Leopardenpumps vor einem wachhabenden Polizisten. Sie erklärte ihm, dass man sie am Vormittag vergewaltigt habe, indes die Freundin auf dem Gang wartete. Die Skepsis war dem Uniformierten deutlich vom Gesicht abzulesen. Zudem klebten dessen Augen förmlich auf ihrem V-Ausschnitt, unter dem sich ein makellos gebräunter Busen abzeichnete.

Nachdem der etwa eins siebzig große stämmige Mann alle Details erfragt hatte, ließ er sich das Protokoll unterschreiben. Lucias Andeutung, dass ihr Vergewaltiger kaum größer als er selbst war, ließ ihn erröten, dann jedoch umschwenken. Seine Bemerkung bezüglich einer Übereinkunft, die zwischen Prostituierter und Freier doch wohl stattfinden würde, waren eindeutig. Andererseits konnte man es ihm nicht verübeln. Er gehörte unweigerlich zu denen, die gerne ein Bordell besuchen wollten, es aber aufgrund ihrer Tätigkeit besser nicht sollten.

Nachdem sie das Zimmer verlassen hatte, verschaffte sie sich Luft. »Arschloch! Komm, wir gehen!«, rief Lucia ihrer Freundin zu, die sogleich aufstand und ihr entgegentrat. »Was ist los? Sag bloß, die glauben dir nicht.«

Lucia blickte zornig zur Tür, aus der sie gekommen war. »Glauben? Weißt du, was der da drin denkt? *Ich* hätte der Vergewaltigung zugestimmt! Hättest mal seine Augen sehen müssen. Die haben richtig gefunkelt. Bestimmt so ein geiler Bock, der es selbst gerne täte.«

»Aber deine Anzeige hat er aufgenommen, oder etwa nicht?«, erkundigte sich Anika grübelnd.

»Ja! Nur glaube ich nicht, dass die was unternehmen werden. Wäre der Typ eine Frau gewesen, wäre es anders gelaufen.«

»Meinst du?«

»Ja! Lass uns gehen, sonst geht mit mir noch mein spanisches Temperament durch.«

Die beiden eilten den Gang entlang, derweil Anikas Tochter vor ihnen herlief.

Nadine, die gerade auf dem Weg zur Poststelle war, kreuzte deren Weg und ging ein paar Schritte hinter ihnen her. Die Gesprächsfetzen, die sie dabei unfreiwillig aufschnappte, ließen sie aufhorchen, jedoch nicht weiter darüber nachdenken. Kurz darauf bog sie links ab, um dem Postfach ein paar Briefe zu entnehmen und mit der Dame vom Empfang einige Worte zu wechseln, während Lucia samt Begleitung das Gebäude verließ.

Hübner sowie Hufnagel telefonierten, als sie das Büro betrat.

»... ja ... nein ... das sind die Vorschriften«, hörte Nadine Hübner sagen und sie schaute gleichzeitig zu Hufnagel, der weniger genervt reagierte. »Gute Frau, das ist in Ihrem Interesse ... Mir ist bewusst, dass sie unter Umständen einen erheblichen Verdienstausfall hinnehmen müssen, was aber alle Male besser ist, als Kunden zu verlieren.« Hufnagel, der mit Engelszungen auf die Leute einredete, wischte sich mit dem Taschentuch über die Stirn. Dennoch blieb er geduldig und hangelte sich von einem Gespräch zum nächsten. Auch im Nachbarraum wurde telefoniert. Inzwischen hatte man alle zur Verfügung stehenden Kollegen mobilisiert. Ein rasches Handeln war erforderlich.

Nadine hatte Hunger, ihr Magen knurrte, dennoch ließ sie sich davon nicht beirren. Ein Apfel sollte genügen, um den Zustand zu beenden. Zudem fühlte sie sich unter Zeitdruck, hatte sie doch noch einiges zu erledigen. Zunächst musste sie mit der Mutter der Ermordeten sprechen und ließ sich zu ihr durchstellen.

Magdalena Nissen reagierte lautstark, sie weinte und fiel Nadine unentwegt ins Wort. Sie könne nicht begreifen, wieso ihre Tochter so plötzlich verstorben sei, obwohl sie gesund gewesen sei. Nach zehn Minuten gab Nadine zähneknirschend auf, verabschiedete sich und bat um einen Termin, sobald es Frau Nissen wieder besser ginge. Gleichzeitig hoffte sie auf mehr Erfolg bei deren Ehemann, Kurt Nissen, welcher gerade bei einer Verhandlung im Amtsgericht weilte. Immerhin versprach er, zurückzurufen. *Hallo??? Die Tochter ist tot und er geht ins Gericht? Geht's noch! Wie karrieregeil ist das denn?*, reflektierte Nadine die Stirn runzelnd.

Hübner war angespannt und musste sich beherrschen, nicht die Geduld zu verlieren. »Ich höre wohl nicht richtig. Sie wollen nicht schließen?« Im gleichen Moment knallte er den Hörer auf den Apparat. »Wie kann man nur so uneinsichtig sein. Die sollen keinen Monat zumachen, sondern nur ein paar Tage.«

Nadine ergriff das Wort. »Du musst die Leute verstehen. Heute klingeln ihre Kassen. Niemand will darauf verzichten und schon gar nicht, wenn unsere Angaben nur vage sind. Hier ist Überzeugungsarbeit vonnöten.«

Hübner schaute quer durch das Büro geradewegs zu ihr. »Wenn du es besser kannst, wieso telefonierst du nicht mit den Blumenhändlern, während ich mich um die Nissens kümmere?«

»Gute Idee, Hübi. Nur wird es dir da nicht anders ergehen.«

Man beließ es dabei und widmete sich wieder der Arbeit.

Da Nadine keinen Schritt weitergekommen war, beschloss sie, in die Kanzlei von Herrn Nissen zu fahren. Ihr war bekannt, dass Sekretärinnen gerne über ihre Chefs plauderten, sofern man nur ihren Nerv traf. Sie verabschiedete sich von den Kollegen, erklärte, was sie vorhabe, und war froh, sie hinter sich zu wissen.

Die Kanzlei von Nissen und Partner lag unmittelbar an der Hauptstraße, stadtauswärts in Richtung der Insel Mainau. Ein unscheinbares Haus, in dem man kaum eine gut gehende Anwaltskanzlei vermutete. Lediglich ein Metallschild verwies auf die Tätigkeit seiner Bewohner.

Nadine betätigte die messingfarbene Klingel, die vom vielen Drücken hell geworden war. Erst nachdem sie ihren Namen und den Grund ihres Kommens genannt hatte, ließ man sie ein.

Eine Frau, kaum älter als sie selbst, kam ihr entgegen.

»Tut mir leid, Herr Nissen ist zu einer Verhandlung. Vor fünf wird er wohl nicht zurück sein«, erklärte sie freundlich und ließ sich vom Telefonklingeln nicht aus der Ruhe bringen.

»Gehen Sie nur ran!«, meinte Nadine und schaute sich neugierig um. Ihr Blick wanderte zum Boden, dann hinüber zu den Aktenschränken, in denen nach Jahrgängen sortiert Ordner standen.

Die junge Frau, die sich ihr als Adriana Rauter vorgestellt hatte, bot Nadine einen Kaffee an, den sie dankend annahm. Anscheinend war sie froh, die Arbeit unterbrechen zu können.

»Setzen Sie sich bitte!« Frau Rauter zeigte auf eine gemütliche Ledersitzgruppe und folgte mit einem Tablett in der Hand. Sorgsam stellte sie das Geschirr auf den Tisch. Auch an Kekse hatte sie gedacht.

Nadine führte ihre Tasse zum Mund und begann zu fragen. »Wie lange arbeiten Sie schon für Herrn Nissen?«

Frau Rauter dachte nach. »Ich habe hier gelernt und

bin geblieben.«

»Dann kennen Sie Ihren Chef wohl ganz gut?«

»Ja, kann man so sagen. Aber er ist nicht so einer, wie viele denken.«

»Was denken denn viele?«, wollte Nadine wissen und nahm einen Schluck aus der Kaffeetasse.

»Nun ja, er ist kein Frauenheld, obwohl er blendend aussieht. Er arbeitet viel, zu viel und liebt, was er tut.« Während sie sprach, schlug sie ein Bein über das andere und präsentierte ihre wohlgeformten Beine.

»Können Sie mir etwas über seine Tochter sagen?« Die Kriminalistin stellte die Tasse auf den Tisch.

»Isabell? Tja, die ist wohl etwas aus der Art geschlagen.«

Nadine schaute überrascht.

»Aus der Art geschlagen?«

»Sie soll mal die Kanzlei übernehmen, tut sich aber mit dem Studieren schwer.«

Dann weiß sie noch nicht, dass Isabell tot ist? »Frau Nissen hatte heute Morgen einen Unfall.« Nadine kämpfte mit ihrer Stimme.

Frau Rauter schaute irritiert, schluckte und machte große Augen. Anscheinend hatte man sie bis dato in Unkenntnis gelassen.

»Sie ist tot«, klärte Nadine sie auf und ließ die junge Frau nicht aus den Augen.

Adriana Rauter entglitt der Blick. »Sie ist *was*? Aber …«

7. Traurige Wahrheit

Das Telefon klingelte und Nadine Andres meinte, es besonders hektisch zu hören, obwohl sie wusste, dass das unmöglich war. Und dennoch glaubte sie, etwas darin zu deuten. Ahnend nahm sie es aus der Tasche, noch bevor sie die Anwaltskanzlei verließ.

»Andres«, meldete sie sich zögerlich, schritt die Eingangstreppe hinunter und trat auf den Fußweg entlang der stark befahrenen Straße.

Hufnagel sagte nur vier Worte, die sie trotz Straßenlärm genau verstand. Beinahe wäre ihr das Handy aus der Hand gefallen. Wie gebannt starrte Nadine den vorbeifahrenden Autos nach und wiederholte den Satz. »Magdalena Nissen ist *tot*?« Sie unterbrach sich selbst. »Aber ich habe vor einer Stunde noch mit ihr telefoniert.« *Schrieb er nicht, die Zweite wird folgen?* »Wo ist sie jetzt?«

Hufnagel unterrichtete die Kollegin über den Fundort der Leiche. Das Haus, in dem man Magdalena Nissen tot aufgefunden hatte, lag nur einen Katzensprung von Nadines jetzigem Standort entfernt. »Ich kann in fünf Minuten dort sein«, sprach sie schockiert ins Handy.

Der Bungalow von Familie Nissen war ein hässlicher quadratischer Kasten mit großen Fenstern, einem winzigen Vorgarten sowie zwei anliegenden Garagen. Für ein Ehepaar mit diversen politischen Posten wirkte er fast bescheiden.

Als Nadine eintraf, liefen die Kollegen umher. Neben Hufnagel und Hübner vermisste sie jedoch Selzer, ohne den sie ungern die Tatortbegehung vornehmen wollte.

Mitten in ihren trüben Gedanken klingelte das Handy und verwies auf ihn. »Ich stoße in Kürze hinzu«, hatte Selzer gesagt. Ungetrübt dessen, streifte die junge Frau ihre Latexschuhe über und verschaffte sich ein erstes Bild.

Ihr Blick wanderte zur Uhr. Erschrocken stellte Nadine fest, dass sie binnen weniger Stunden zwei Tote zu verzeichnen hatte und zu allem Übel einen unbändigen Hunger verspürte. Sie schob sich durch das Gedränge von weiß gekleideten Leuten der Spurensicherung sowie dem Polizeifotografen, der Fotos von der Toten schoss. Magdalena Nissen, die zusammengekrümmt und mit angezogenen Beinen auf dem Wohnzimmerboden lag, sah aus, als würde sie nur schlafen. Lediglich der gewählte Ort passte nicht. Nichts deutete auf eine gewaltsame Auseinandersetzung hin, außer einem umgeworfenen Stuhl, was sie möglicherweise selbst verursacht hatte.

Nadine beugte sich zur Toten hinab, sah auf sie und stand gleich wieder auf. Danach schritt sie ein paar Meter durch das Zimmer, bestaunte die riesigen Landschaftsbilder an den Wänden sowie das imposante Bücherregal. Aus der Ferne vernahm sie die Stimme ihres Chefs, der mit jemandem sprach, den sie aber nicht kannte. Die beiden kamen näher, bis Nadine in die Augen eines attraktiven grauhaarigen Mannes kaum älter als sechzig schaute und ahnte, dass es der Gatte der Verstorbenen war. Der steingraue Anzug saß an ihm, wie auf den Leib geschneidert.

Kurt Nissen rückte zögerlich heran, beugte sich über seine Frau und war gerade im Begriff, ihren Oberarm zu berühren, als Nadine ihn davon abhielt. Sie hielt es für das Beste, im Moment Abstand zu nehmen, obwohl sie seine Gefühlsregungen verstand. Dennoch zweifelte sie an dessen vorangegangener Reaktion, die ihn schroff hatte erscheinen lassen. *Wieso geht ihm der Tod der Tochter weniger nah als der der Gattin?*

»Aber wieso?«, fragte er mit fester Stimme. »Ich verstehe das nicht. Zuerst stirbt meine Tochter und dann sie.« Ein leichtes Taumeln setzte ein, dem Nadine Abhilfe verschaffte, indem sie ihn am Arm packte und zum Sofa führte. »Setzen Sie sich bitte! Soll ich Ihnen ein Glas Wasser holen?«

Nissen nickte im Zeitlupentempo und starrte währenddessen zu seiner Frau, deren Gesicht durch das Blitzlichtgewitter des Fotografen noch bleicher erschien, als es ohnehin schon war.

Der Rechtsmediziner war hinzukommen. Er entschuldigte sich bei irgendjemandem für das Zuspät-kommen, da er im Stau stecken geblieben war. Im Anschluss stellte er seinen Metallkoffer auf das Parkett, öffnete ihn mit hörbarem Klicken und ging an die Arbeit.

Kurt Nissen saß unverändert da und hatte Tränen in den Augen. Allzu gerne hätte Nadine ihn jetzt befragt, doch aufgrund der Tragik nahm sie davon Abstand. Stattdessen suchte sie das Gespräch mit Selzer, während dieser sie interessiert ansah. »Wissen wir schon, woran sie gestorben ist?« Sein Blick wanderte hinüber zu Hendrick, der das Gesicht der Toten betrachtete.

Nadine schluckte hörbar. »Man kann nur mutmaßen. Schau dich um! Alles sieht aufgeräumt aus, es scheint nichts zu fehlen. Kein Einbruch, kein gewaltsames Eindringen. Könnte durchaus ein Herzinfarkt gewesen sein. Vielleicht hat sie der Tod der Tochter derart mitgenommen.«

Selzer machte ein überrraschtes Gesicht. »Das wären schon viele Zufälle, findest du nicht?« Er legte eine Pause ein. »Hast du den Ehemann bereits befragen können?«

Nadine presste die Lippen aufeinander. »Nein. Schau ihn dir an! Den können wir vorerst vergessen.«

»Okay, machen wir mit dem Rest weiter.« Selzer bewegte sich langsam auf Hendrick zu, schaute ihn an, wandte sich ab und ließ den Blick durch die Räumlichkeiten schweifen, in denen Hufnagel sowie Hübner behandschuht in Schubläden und Schränken hantierten. Im Anschluss winkte er seine Kollegin zu sich. »Wer hat die Tote gefunden?«

»Die Putzfrau. Sie kommt jeden Mittag vorbei.«

»Okay. Sag ihr, sie soll bloß nichts wegwerfen. Es ist durchaus möglich, dass Mutter und Tochter vergiftet wurden. Schau mal, ob du irgendwo eine Pralinenschachtel findest!«

»Ich?«, antwortete Nadine betroffen und meinte, darin die Arbeit der Spurensicherung zu wissen, was sie Selzer aber nicht sagte.

»Ja *du*! Du siehst doch, was hier los ist.«

Kurt Nissen, dem wohl das größte Unheil widerfahren war, saß immer noch auf der Couch. Der Mund stand offen, die Augen waren geweitet.

»Etwas Gutes hat das Ganze«, verkündete Selzer. »Wir können in beiden Fällen den Todeszeitpunkt ziemlich genau bestimmen.«

»Was uns aber letztendlich nur bedingt weiterhilft«, unterbrach ihn Nadine, »weil wir nicht wissen, wie die Pralinen in ihren Besitz gekommen sind. Warte!« Sie ließ Selzer stehen und lief durch das Wohnzimmer, als suchte sie nach etwas. Kurz darauf kehrte sie zurück und erklärte, dass sie weder einen Blumenstrauß noch eine Pralinenschachtel auf die Schnelle gefunden habe.

In Selzers Kopf überschlugen sich die Gedanken. *Wieso werden Mutter und Tochter am gleichen Tag getötet? Und wieso fällt dieser ausgerechnet auf den heutigen 14. Februar?* Es fiel ihm schwer, den roten Faden zu finden, bis Nadine ihm wieder den Weg wies. »Dann können wir wohl vergiftete Blüten ausschließen. Der Täter wollte uns in die Irre führen, um von der eigentlichen Tat abzulenken. Die Blumen waren nur ein Vorwand.« Nadine legte den Zeigefinger unter die Nase und dachte nach. »Und das ganze Tohuwabohu mit den Geschäftsschließungen war Teil seiner Strategie. Bin gespannt, ob er noch einmal in Facebook postet. Wenn nicht, wissen wir, dass er es nur auf die beiden Frauen abgesehen hat. Möglicherweise liegt genau hier das Motiv begründet.«

Selzer zeigte sich beeindruckt. »Nicht schlecht. Machen wir uns an die Arbeit! Fahren wir zurück ins Büro.« *In diesem Fall war meine Angst um Nadines Blumen unbegründet. Nur gut, dass ich ihr zum Valentinstag keine Pralinen geschenkt habe.* Gleichzeitig hörte er Nadines Stimme. »Daniel, was ist? Kommst du?«

***

»Wer schenkt *Ihnen* denn Blumen?«, fragte Maria Schulz neugierig ihre Mitbewohnerin Charlotte Kaufmann, mit der sie in einer der besten Seniorenresidenzen Deutschlands, gelegen am Bodensee, wohnte. Ihrer Stimme war deutlich der Neid zu entnehmen.

Charlotte hingegen konnte ihr Glück über den hübschen Strauß kaum fassen, den jemand für sie an der Pforte hinterlegt hatte. Lediglich ein Kärtchen verriet, von wem er war, welches die alte Dame mit zittrigen Händen dem üppigen Grün entnahm.

Alles Liebe zum Valentinstag!, schrieb ihr Georg, dessen Namen sie mit einem freudigen Lächeln vor sich hin sprach.

»Wat sagten Sie?«, wollte die Berliner Rentnerin wissen.

»Nichts, gar nichts. Ist der nicht schön? Riechen Sie mal daran!«, forderte Charlotte die andere zum Schnuppern auf.

»Lassen Sie dit bloß mit dem Grünzeug, davon bekomme ich nur Heuschnupfen. Ick kann damit nüscht anfangen. Da ist mir 'ne Grünpflanze allemale lieber«, tat diese pikiert und war neidisch auf die liebevolle Geste seitens Charlottes Freiburger Freundes aus Studienzeiten. Anscheinend hegte er noch eine stille Verehrung.

Ein Kaktus wäre für Maria die geeignete Pflanze, dachte Charlotte, schmunzelte und wollte sich gerade mit den Blumen zu ihrem Appartement aufmachen, als sie von Frau Kraft, der Heimleiterin, zurückgerufen wurde. »Um Gottes willen werfen Sie die Blumen sofort weg!«

Charlotte drehte sich zu ihr um.

Noch so eine, die keine Pflanzen mag, grübelte Charlotte. »Und warum? Schauen Sie, wie schön der Strauß ist. Auch in meinem Alter kann man sich daran noch erfreuen.«

Die Heimleiterin legte ihre Hand sanft über das schmale Handgelenk der Seniorin und setzte den für sie bekannten Dackelblick auf, dem zu entnehmen war, jetzt folgte nichts Gutes.

»Liebe Frau Kaufmann, Sie gehören doch zu den wenigen hier, die mit einem PC umgehen können.

Allerdings nehme ich nicht an, dass Sie über einen Account bei einem dieser Social-Media-Kanäle verfügen. Oder etwa doch?«

Die Rentnerin schaute sie aus einer Mischung von Skepsis und Neugierde an.

»Sie meinen den Unsinn, in dem die Leute stundenlang ausharren können, um sich zum Beispiel darüber auszutauschen, ob sie besser ihre Haare grün oder rot färben sollten?«

»Genau den.« Frau Kraft wirkte ungehalten und man spürte, dass sie unter Zeitdruck stand. Immerhin mussten noch die Schichtpläne für die nächste Woche organisiert werden. Nervös spielte sie an ihrer Brille, die sie augenscheinlich zurechtzurücken versuchte.

»Nein, natürlich nicht. Aber meine Enkelin hat einen.«

»Also gut, reden wir Klartext.« Die Heimleiterin nahm die Rentnerin beiseite und begann zu flüstern. »Sie sind doch eine kluge Frau. In einem der Netzwerke macht gerade eine seltsame Nachricht die Runde. Irgendein Verrückter kündigt darin einen Mord an. Aber das Schlimmste kommt noch. Dieser Mord soll sich hier bei uns am Bodensee ereignen und angeblich mit vergifteten Blumen zu tun haben. Sämtliche Blumengeschäfte der Stadt haben schon dichtgemacht und da wundert es mich, dass Sie noch welche bekommen haben. Soviel mir bekannt ist, werden Fleuropsträuße durch hiesige Blumenhändler verteilt.« Frau Kraft betrachtete den Strauß, den man ihrem Wissen nach gerade erst gebracht hatte.

»Was für eine bizarre Geschichte«, meinte Charlotte nachdenklich und schielte auf ihre Blumen, deren Duft sie auf betörende Weise in ihren Bann zog. *Ich kann sie doch nicht einfach wegwerfen. Mhm, vielleicht sollte ich Rudi anrufen, der wird wissen, was los ist.* Sie lenkte ein. »Wenn Sie meinen, dann werde ich sie entsorgen.«

Frau Kraft griff nach ihnen. »Das erledige ich für Sie!«, entgegnete sie bestimmend und wollte Charlotte gerade den Strauß abnehmen, als Maria sich dazwischendrängte. »Wat soll denn dit? Zum Wegschmeißen sind die Dinger doch viel zu schade. Und wenn, macht dit Charlotte schon selbst.« Es schien, als hatte Maria Schulz das Gespräch belauscht.

»Auf Ihre Verantwortung, meine Damen«, tat Frau Kraft brüskiert. »Wenn Ihnen etwas passiert, übernimmt das Haus keine Haftung.«

Die Berlinerin musste lachen. »Ist doch schietegal, wie wir sterben. Schauen Sie uns an! Wir sind tattrige Weiber. Tragen *wir* halt die Verantwortung, dit kann doch nicht so schwer sein. Uf unseren Schultern liegt schon ein janzes Leben und uf ene Last mehr oder weniger kommt dit nu och nicht mehr an.«

Frau Kraft kehrte den Damen den Rücken zu und schritt beleidigt davon.

***

Etwa zur gleichen Zeit im Polizeirevier.

Hübner, der seinem Hungergefühl Abhilfe verschaffen wollte, erinnerte sich an den Essensautomaten in der ersten Etage. Er griff seine Geldbörse und verließ das Büro. Wenigstens eine Butterbrezel erhoffte er sich noch, zumal er wusste, dass die Kollegen der Frühschicht längst alles geplündert hatten. Das Glück war ihm hold. Im obersten Fach fand er eine letzte Brezel vor. Nachdem er sie mit einem gehässigen Grinsen entnommen hatte, drehte er sich um und wollte gerade genussvoll hineinbeißen, als er hinter sich jemanden rufen hörte.

»War das die Letzte?«, wollte Ewald Ode wissen.

Hübner nickte ihm zögerlich zu.

»Blöd, jetzt muss ich doch zum Bäcker gehen, obwohl ich keine Zeit habe.«

»Magst du die Hälfte abhaben?«, fragte Hübner in der Hoffnung, nicht teilen zu müssen.

»Lass nur!«, winkte der andere ab. »Sag mal, was ist eigentlich an der Geschichte mit den Blumen dran?« Die beiden kamen ins Plaudern und begannen, die Zeit um sich herum zu vergessen.

Hübner runzelte die Stirn und hörte von der Frau, welche bei Ode eine Anzeige erstattet hatte. Genügte es nicht, dass man zwei Morde aufklären musste und dafür jeden frei werdenden Polizisten benötigen würde? Um Ode zu unterstützen, beschloss er, sich mit dem Missbrauchsopfer in Verbindung zu setzen. Gleichfalls reizte ihn ein Besuch im Bordell. *Es müsste ja keiner wissen*, dachte er sich. In Hübners Augen war Ode genau der Richtige, um bei der Aufklärung der Morde zu helfen, zumal er sich für den gehobenen Dienst beworben hatte, doch aufgrund mangelnder Sozialkompetenz ständig eine Absage kassierte. Also brauchte Hübner ihn nur an seinem Ego zu packen, was Ode wiederum gelegen kam. Vielleicht klappte es jetzt mit der Beförderung. Und so beschloss man, das Opfer gemeinsam zu besuchen.

Lucia, die sich den Rest des Tages freinehmen wollte, musste dennoch arbeiten, weil man ihr zu verstehen gab, dass eine Anzeige dem Bordell schaden würde. Als

Hübner und Ode eintrafen, war Lucia noch mit einem Kunden zugange. Daher nutzte man die Zeit für einen Plausch mit der Hausherrin.

»Meine Schnecke kommt gleich. Nehmen Sie schon mal Platz! Dürfte ich Ihnen einen Kaffee anbieten?«, fragte sie die beiden in gebrochenem Deutsch, was sie ablehnten und stattdessen Nacktfotos besahen. »Hübsch, nicht wahr? Na, kleines Schäferstündchen gefällig? Oni ponimajut?«, sprach die Puffmutter süffisant und blickte in vier fragende Augen. »Nix verstehen?«

Hübner grübelte und wäre ihr am liebsten um den Hals gefallen, selbst wenn er davon ausging, dass sein Kollege ihn nicht verpfiffen hätte.

Es klopfte und eine großgewachsene Latina mit dunklem Haar trat ein.

Die Mutter winkte sie herbei, befahl der jungen Frau, sich zu setzen, und stellte ihr die Herren vor, welche sogleich um ein Sechsaugengespräch baten. Widerwillig musterte die Puffmutter die Männer und forderte eine rasche Erledigung der Angelegenheit, da ihre Angestellte noch zu arbeiten habe.

Das zu laute Knallen der Tür war ein deutliches Zeichen dafür, dass sie mit der Vorgehensweise ganz und gar nicht einverstanden war. Doch es sich mit der Polizei zu verscherzen, war eine schlechte Idee.

Lucia fühlte sich sichtlich unwohl. Geniert überschlug sie ihre Beine und versuchte, so gut es ging, ihr Dekolleté mit den Händen zu verbergen, was in Anbetracht der wenigen Kleidung schier unmöglich war. Die gierigen Blicke der zwei zogen sie förmlich aus.

Hübner fing das Gespräch an. »Wie ich von meinem Kollegen erfahren habe, wurden Sie vergewaltigt?

Könnten Sie mir davon erzählen?« Gleichzeitig richtete er den Kopf zu Ode, der die Dirne anstarrte.

Lucia wusste nicht, was sie mit der Frage anfangen sollte, und begann zu drucksen: »Nun ja, eigentlich war heute nicht so viel los. Mir war der Mann bekannt, er kommt öfters hierher und verhielt sich immer anständig.« Sie schluckte, suchte nach Worten, zumal sie bemerkte, wie die beiden an ihren Lippen klebten. »Tja und deshalb habe ich ihm auch gesagt, er könne sich Zeit lassen und es genießen.«

Hübner fühlte die Hitze in sich hochsteigen und hätte sich am liebsten neben sie gesetzt, um ihr in den Ausschnitt zu schauen. »Und was geschah dann?«, fragte er gierig nach und ließ seiner Fantasie freien Lauf.

»Erst wollte er nicht, bis er mich plötzlich schlug und mir sagte, dass er alle umbringen würde.«

Hübner wurde hellhörig. »Wie umbringen?«, wiederholte er zweifelnd.

»Das weiß ich nicht«, wehrte sich Lucia und wäre gerne davongerannt.

Ode mischte sich ein. »Hört sich für mich eher wie eine sexuelle Fantasie an. Was genau haben Sie mit ihm gemacht? Erzählen Sie der Reihe nach.«

»Vielleicht wäre es gut, uns das Zimmer zu zeigen«, schlug Hübner vor und stand auf. »Kommen Sie!«

Lucia hätte ihm am liebsten eine Ohrfeige verpasst. *Klar und dann mache ich mit euch das Gleiche wie mit ihm.* Sie blieb sitzen, harrte aus.

»Wenn Sie sich zieren, nehmen wir Sie mit aufs Revier«, drohte Hübner und wusste genau um die Angst, die er bei Lucia hervorrief. Einschüchtern gehörte zweifelsohne zu seinen Stärken.

Lucia gab nach, erhob sich vom Stuhl und stolzierte

in Highheels voran, gefolgt von den Polizisten, die jeden ihrer Schritte mit gierigem Blick verfolgten. Als sie kurz darauf das Zimmer öffnete, wurde ihr speiübel. Wie gerne wäre sie jetzt umgekehrt, doch die beiden standen dicht hinter ihr.

»Gehen Sie ruhig rein.« Hübner drängte sie förmlich ins Innere. »Nehmen Sie bitte die gleiche Haltung wie am Vormittag ein.«

Lucia konnte nicht glauben, was sie hörte. »Sie machen wohl Witze. Nein, das werde ich nicht tun. Ich kenne meine Rechte und möchte sofort meinen Anwalt sprechen.« Erregt presste sie die Arme in die Hüfte und präsentierte ungewollt ihren Busen, der sich auf und ab hob, was wiederum von den anderen nicht unbeobachtet blieb.

Hübner kam ihr bedrohlich nahe. »Frau Martinez, wenn Sie mit uns nicht kooperieren wollen, können wir Sie auch für 24 Stunden festnehmen. Außerdem haben wir einen ungeklärten Mordfall auf dem Tisch liegen und wissen nicht, ob es sich um einen Täter oder eine Täterin handelt. Und«, er stockte kurz, »und wenn ich es mir recht überlege, erscheinen Sie mir äußerst tatverdächtig. Wer sagt mir denn, dass Sie sich die Vergewaltigung nicht ausgedacht haben, um vom eigentlichen Geschehen abzulenken?«

Lucia kochte vor Wut. »Sind Sie von allen guten Geistern verlassen? Ich habe niemanden ermordet. *Ich* wurde vergewaltigt!« Sie rang nach Luft und bekam Tränen in den Augen. »Ich erinnere mich, wie der Typ sagte, er habe Frau und Tochter verloren, und dass die Schlampe dafür büßen solle so wie ich.«

Hübner gefiel das Spiel, in dem sich die junge Frau immer mehr verheddert und nach Worten suchte.

84

Zudem nahm er ihre Andeutung ernst, die zu den Morden zu passen schien. War Lucia Martinez eine Mörderin? Isabell Nissen war vergiftet worden und die Art des Tötens trug eindeutig die Handschrift einer Frau. Und so beschloss er, Lucia im Polizeirevier gemeinsam mit einer weiblichen Beamtin zu vernehmen. Der Ort hier schien ihm dafür unpassend. Der Kriminalist forderte sie auf, ihn zu begleiten, während Lucia die Welt nicht mehr verstand.

8. Noch zu später Stunde

Es war längst dunkel geworden und das diffuse Licht im Vernehmungszimmer strahlte eiskalt auf Lucias Hände. Sie fröstelte, obwohl die Heizung lief. Dennoch konnte sie nicht fassen, dass sie hier wegen Mordes saß, obgleich sie am Vormittag auf übelste Art missbraucht worden war. Erst jetzt begann sie zu verstehen, wie man sich fühlte, wenn man aufgrund eines Vergehens, das man nicht verübt hatte, verleumdet wurde. Bisher glaubte sie an das Gute. Dass sie jemals in eine solche Situation geraten würde, hatte sie für ausgeschlossen gehalten. Wer sollte ihr helfen? Sie kannte doch kaum jemanden in Deutschland. Und Geld besaß sie ebenso wenig. Was sie verdiente, legte sie beiseite. Einen Anwalt konnte sie sich davon allerdings nicht leisten.

Hübner führte mit einer Beamtin durch die Befragung. Lässig fuhr er mit der Hand durch sein Haar und begann das Gespräch. Gleichfalls schaltete er das Tonbandgerät an. »Sie gestatten?«

Lucia nickte unentschlossen.

»Vierzehnter Februar 2018. Nun, es ist jetzt ...«, er schaute auf seine Armbanduhr, »... genau neunzehn Uhr zweiundzwanzig. Nennen Sie mir bitte deutlich Ihren Namen, Alter, Anschrift und Ihren Beruf.«

Lucia musste mehrere Anläufe nehmen, ohne Stottern durch die Fragen zu kommen.

»Das ergeht vielen so«, versuchte Hübner, sie zu beruhigen. »Einfach der Reihe nach antworten, dann klappt das schon.« Er zog den Mundwinkel leicht nach oben und probierte zu lächeln, was in Anbetracht der Situation gekünstelt wirkte.

Die junge Frau begann erneut. Nachdem man die Formalitäten ausgetauscht hatte, führte Hübner durch das Verhör.

»Also was genau ist heute Vormittag passiert? Lassen Sie bitte nichts aus.«

Lucia seufzte. »Ich werde es versuchen, aber ich verstehe immer noch nicht, warum ich hier bin.« Während sie sprach, schaute sie sich ängstlich um.

Hübner bemühte sich um Beherrschung, denn Widerspruch duldete er nicht. Sein lautes Durchschnaufen war unüberhörbar und Lucia sah darin ein Zeichen, besser gleich zu antworten, als ihn zu reizen. Widerwillig versuchte sie, alles so detailgetreu wie möglich zu schildern.

»Und Sie kennen keinen Namen?«, hinterfragte Hübner. Er stand auf und lief um den Tisch herum, bis er hinter ihr stoppte, um auf ihren Hals zu starren.

Lucia drehte sich ihm zu und verneinte. »Wie oft soll ich Ihnen noch sagen, dass er bisher nett war. Keiner von den Perversen. Ich hatte mir doch nichts dabei gedacht. Auf einmal wurde er laut und hat sich vollkommen verändert. Ich weiß auch nicht, was in den gefahren ist.« Sie begann zu schluchzen und fühlte Hübners Blicke auf sich kleben. »Hören Sie, ich bin müde. Können wir das nicht beenden? Ich will nach Hause«, sagte sie mit zittriger Stimme.

Hübner hatte keine Wahl, er musste sie gehen lassen. Andererseits war es Strafe genug, was der jungen Frau heute widerfahren war. Da man ihre Meldeadresse kannte und er sie gebeten hatte, sich nicht aus der Stadt zu entfernen, sah der Kriminalist keine Veranlassung, sie in Gewahrsam zu nehmen. »Eine Streife wird Sie nach Hause bringen«, sagte er gönnerhaft und erhoffte sich zumindest ein winziges Entgegenkommen, wie auch immer es ausfallen würde.

Doch Lucia würdigte ihn keines Blickes und blieb stumm, bis der wachhabende Polizist die Tür öffnete. Erst dann bedankte sie sich mit knappen Worten und meinte, ein Taxi nehmen zu wollen, denn für heute habe sie die Nase gestrichen voll. Sie wollte nur noch nach Hause, sich den Dreck der letzten Stunden wegwaschen, was sie der Seele nicht angedeihen lassen konnte. Ein hässlicher Fleck würde wohl bleiben.

Nachdem Lucia das Präsidium verlassen hatte, setzte sich Hübner an den Schreibtisch. Er legte die Beine auf das Möbelstück und streckte die Hände hinter den Kopf. Mit sanftem Hin- und Herdrehen des Stuhls sinnierte er in die Dunkelheit, weil er noch nicht nach Hause wollte. Er zwang sich abzuwarten, bis die Töchter im Bett waren, erst dann hatte er seine Frau für sich. Die Ereignisse des heutigen Tages ließen den Lustpegel ansteigen, was im Umkehrschluss den Wunsch nach Nähe forcierte. Längst hatten sich die Eheleute voneinander entfernt. Und noch etwas bereitete Hübner Kopfzerbrechen. Da begegnete eine Hure ihrem Freier, der alles von ihr hätte haben können, und dennoch ging er brutal zur Sache. Was war der Auslöser für sein Tun? Bestand ein Zusammenhang zwischen den Morden und der Vergewaltigung? Hübner war sich nicht sicher, ob er das Richtige getan hatte. Nun, was das Thema Frauen anbetraf, war er kein unbeschriebenes Blatt und Treue war für ihn ein Wort ohne Bedeutung. Trotzdem floss in seinen Adern Moral, wenngleich er sie anders interpretierte, und ein Grund dafür war, zur Kriminalpolizei zu gehen. Die niederen

Beweggründe mussten somit dem Unrechtsbedürfnis weichen. Letztendlich war es gut, wie es war, ansonsten hätte er keine Familie gründen dürfen. Tilo Hübner fühlte sich wie ein Adler, dessen Gier unermesslich schien. Mit ausgebreiteten Schwingen flog er davon, bis sich ein Anlass bot, sich auf die Beute zu stürzen. Diesem Naturell konnte er nichts entgegensetzen. Er wie auch seine Frau hatten gelernt, damit zu leben, gleichwohl sie unter der Demütigung litt.

»Mist«, murmelte Hübner und ärgerte sich. Was hatte ihn nur geritten, sich derart aufzuspielen, obwohl Lucia Martinez ihm nach dem Verhör nicht mehr verdächtig erschien. Er hatte sich in die Vorstellung verrannt, eine Mörderin zu fassen, ohne einen haltbaren Beweis vorliegen zu haben. Gerade noch rechtzeitig wurde er aufgerüttelt, um den richtigen Weg zu beschreiten. Man stand erst am Anfang der Ermittlungen, die bislang in keiner Weise zu Lucia führten. Noch wusste man nicht, ob Magdalena Nissen eines unnatürlichen Todes gestorben war. Lediglich die Tatsache, dass Mutter und Tochter kurz nacheinander verschieden waren, ließ die Kriminalpolizei hellhörig werden.

In seinem Inneren fühlte sich Hübner aufgewühlt. Der Kampf zwischen Menschenkenntnis, die er ohne Zweifel hegte, und der sachlichen Ermittlungstätigkeit, die er in den letzten Stunden verloren hatte, ließ ihn ins Auto steigen und nach Hause fahren. Mit einem schlechten Gewissen kam er dort an und schlich wie ein Dieb die Treppe hinauf. Erst die herzliche Begrüßung seiner Frau gab ihm die gewünschte Ruhe. Mit dem Gedanken, was sich ereignet hatte, setzte er sich auf die Couch und streckte tief durchatmend die Beine aus. *Endlich ist der Tag vorbei.*

Nachdem die Spanierin mit zittrigen Händen das Schloss zu ihrer Einzimmerwohnung geöffnet hatte, verschwand sie wenig später darin. Mit tränenunterlaufenen Augen warf sie sich aufs Bett und begann, lautstark zu weinen. Endlich konnte sie ihren Gefühlen freien Lauf lassen. Sie war alleine. Die ganze Zeit über schoss ihr nur ein Gedanke durch den Kopf. Wer war ihr Peiniger und was hatte ihn dazu bewogen, sie derart zu behandeln?

Eine Weile lag sie nur da, starrte an die Decke und schaute auf die Schatten, die sich im Licht der Dunkelheit darauf abzeichneten. Die Überlegung, ihren Job an den Nagel zu hängen, die Sachen zu packen und in ihre Heimat zurückzukehren, durchwanderte sie. Nur musste es rasch passieren, bevor sie es sich anders überlegte. Über ihren Hirngespinsten schlief Lucia ein. Am nächsten Morgen schien alles vergessen.

***

Nadine, die mit dem Roller unterwegs war, parkte ihn in der letzten noch freien Parklücke, ein paar Straßen von ihrer Wohngemeinschaft entfernt. Ein Preis, den man in dieser Ecke der Stadt am Abend zu zahlen hatte, da sämtliche Anwohnerparkplätze zugestellt worden waren. Sie hasste das späte Nachhausekommen sowie die Suche nach einem Parkplatz. *Mann, wie wollen die Stadtväter das jemals in den Griff bekommen.*

Sie öffnete die imposante Holztür des Altbaus, trat hinein und holte zwei Briefe aus dem Briefkasten. Den einen überflog sie sofort, während sie den anderen langsam die Treppe nach oben steigend, inspizierte. Jemand hatte sie angeschrieben und den Gewinn einer

Reise in Aussicht gestellt, für die sie sich bis Ende des Monats entscheiden sollte. Ansonsten verfiel der Preis. *Wer schenkt denn so etwas?* Obwohl das Zweifeln zu ihren täglichen Pflichten gehörte, glaubte sie an eine nette Geste.

Nachdem die Wohnungstür geöffnet war, schob sie diese gleich wieder von innen zu und entledigte sich der Jacke. Gleichzeitig kam es ihr kalt vor, was ein Zeichen dafür war, dass Lea, ihre Mitbewohnerin, nicht anwesend war. Ansonsten wären alle Heizkörper angestellt gewesen, was sie sogleich nachholte. Der Gedanke an ein heißes Schaumbad ließ sie in andere Stimmung kommen und ins Bad huschen. Derweil das Wasser in die Wanne floss, schmierte sie sich rasch ein Leberwurstbrot, legte eine Essiggurke darauf und befüllte ein Glas mit Rotwein. Im Anschluss nahm sie alles mit ins Badezimmer und zog sich aus. Fuß um Fuß glitt sie in das warme Nass, gefolgt vom Rest. Allmählich verschwand der ganze Körper unter der Schaumdecke, verweilte für ein paar Sekunden darunter und kam wieder hoch. Tief durchatmend wischte sich Nadine den Schaum vom Gesicht und aß das Wurstbrot. Jetzt schien die Welt in bester Ordnung. Nachdem sie das Bad genossen und die Haut zu schrumpeln begonnen hatte, frottierte sie sich ab und schlüpfte in den Bademantel.

Schlurfend ging sie durch den Flur zu ihrem Zimmer und entnahm ihrer Jeans das Handy, in der Hoffnung, dass jemand eine Nachricht hinterlassen hatte. Vielleicht, um mitzuteilen, wer der Mann auf Facebook war. Doch niemand hatte sich gemeldet.

Nadine setzte sich mit angewinkelten Beinen auf ihren gemütlichen Sessel, drückte sich an die wulstige

Lehne und schloss die Augen. Und dennoch wollten die Gedanken nicht weichen. *Wieso hat dieser Mensch den Valentinstag für seine üblen Nachrichten gewählt? Jeder andere Tag wäre ebenso geeignet gewesen.* Irgendetwas war mit ihm. Nur was? Gerne hätte sie mit jemandem ihre Idee geteilt, nur nach Telefonieren stand ihr nicht der Sinn. Die Kollegen hatten Feierabend und allesamt lebten ihr Leben. Hufnagel mit Gattin nebst erwachsener Tochter, Hübner mit Frau und kleinen Kindern und Selzer? Ja, was war eigentlich mit ihm? Was tat er in letzter Zeit? Um Daniels Privatleben war es merklich ruhiger geworden. Er teilte sich ihr kaum mehr mit. *Und wenn er verliebt ist und Angst hat, es mir zu sagen? Vielleicht sollte ich ihn zur Rede stellen. Blödsinn, das geht mich nichts an. Er hat sein Leben und ich das meine. Und wenn doch?* Nadine versuchte, ihre Gedanken in eine andere Richtung zu lenken. Wenn sie nicht an ihn denken durfte, an wen dann? Blieb ihr nur der Job. Kein Mann, kein Kind. Nur ein paar Freunde, mehr nicht. Wie einsam das Leben sein konnte, spürte sie erst in den Abendstunden, dann erwischte sie die Leere besonders hart. Am schlimmsten waren die Wintermonate, die Tristesse, wenn die Menschen sich in ihre Wohnungen zurückzogen, um ihre Zweisamkeit zu genießen. Selbst das zweite Glas Wein konnte ihr nicht über den Zustand hinweghelfen. Allmählich verschlechterte sich ihre Stimmung, weil sie an nichts anderes denken konnte, als an das, was sie am heutigen Tag zu lesen bekommen hatte.

In Gedanken analysierte sie den Text von Facebook.

Was wissen wir über den Verfasser der seltsamen Nachrichten? Erstens, er schreibt von vergifteten Blumen. Zweitens, sein Geburtstag ist auf den 14. Februar 1975 datiert, würde bedeuten, er wäre heute 43 geworden. Vorausgesetzt die

Angaben stimmen ... Außerdem hat er weder Fotos noch Freunde auf seiner Facebook-Seite ... Darüber hinaus kündigt er eine Tote an und kennt sogar die Zeit ihres Ablebens. Und er schreibt irgendetwas über den Duft einer Rose sowie ihrem süßen Bann. Ein bisschen altmodisch das Ganze. Vielleicht handelt es sich bei dem Schöpfer um einen Poeten, oder zumindest einen, der gerne mit Worten spielt. Möglicherweise ein Schriftsteller? Über ihren Gedanken nickte Nadine ein, bis sie vom Klingeln ihres Handys geweckt wurde.

»Ah du bist es«, raunte sie leise ihrem Gesprächspartner zu und versuchte, das Gähnen zu unterdrücken.

»Ja ich. Wieso der Unterton, hast wohl mit jemand anderem gerechnet?«, knurrte Selzer beleidigt ins Handy.

»Quatsch, ich bin froh, dass überhaupt einer anruft.«

»Vernehme ich da einen gewissen Ton von Einsamkeit?«, hakte Selzer nach.

»Ein wenig«, gab Nadine zu und biss sich auf die Unterlippe, weil sie das Einlenken schon wieder bereute.

»Kann ich nachvollziehen, ist bei mir auch gerade so. Irgendwie will mir der neue Fall nicht aus dem Kopf gehen. Bist du weitergekommen?«

Nadine schüttelte den Kopf, ohne daran gedacht zu haben, das Selzer sie nicht sehen konnte.

»Bist du?«

»Nein. Hast du eine Idee, wie wir weiter verfahren sollen?«

»So wie besprochen.«

»Okay, dann mache ich mich morgen auf die Suche nach den Pralinen. Wobei das nicht leicht sein wird. Die Marke kannst du überall kaufen.« Nadines Stimme senkte sich, sie wurde leiser.

»Soll ich auflegen?«, fragte Daniel.

Sie verneinte und wollte noch telefonieren.

»Wollen wir was trinken gehen? Ich könnte in zwanzig Minuten bei dir sein.«

»Ne lass mal, ich bin müde und will morgen früh noch 'ne Runde joggen. Heute Abend war es zu spät dafür«, meinte Nadine, dennoch tat es ihr leid, ihm absagen zu müssen. Sie hatte es sich bereits gemütlich gemacht und wollte nichts mehr daran ändern. Manchmal war einfach nicht der geeignete Zeitpunkt. Wobei es der wohl nie war.

»Okay schade, der Gedanke wäre überaus reizvoll gewesen, zumal wir zwei Hübschen schon lange nicht mehr um die Häuser gezogen sind«, scherzte Daniel. »Falls du mich suchen solltest, findest du mich im Old Marys Pup. Gleich bei dir um die Ecke.«

»Kenne ich«, meinte sie müde und legte auf.

Am nächsten Morgen im Polizeirevier

Selzer riss die Tür auf, wohl im Glauben, der Erste zu sein. Doch Nadine war längst vor Ort und hoffte, die Zeit noch in Ruhe nutzen zu können. Ihr Brummen ließ ihn aufhorchen. »Du bist schon da? Ich dachte, du wolltest joggen gehen«, meinte er und warf den Rucksack neben seinen Arbeitsplatz.

»War ich auch. Kannst du nicht einmal die Tür normal öffnen? Da bekommt man ja einen Herzkasper.«

»Oh, sind wir heute Morgen noch ein wenig empfindlich?«

»Quatsch nicht, aber ein bisschen Acht geben könntest du schon.« Im gleichen Moment trat auch Hufnagel ins Büro und als hätten sich beide abgesprochen, wurde auch von ihm die Tür lautstark geöffnet.

Der Blick Nadines ihm gegenüber war von eindeutiger Natur, was Hufnagel wiederum unwillig entgegennahm. »Ist was mit Ihnen?«, fragte er und konnte sich ihr Verhalten nicht erklären.

Selzer unterrichtete ihn und er gelobte Besserung. Um Milde walten zu lassen, versprach Hufnagel, eine Runde Weißwürste zu spendieren. Als das aus der Welt geschafft war, dachte Nadine darüber nach, wie und vor allem wo Magdalena und Isabell Nissen die Schokolade konsumiert hatten. Im Anschluss setzte sie die Kollegen davon in Kenntnis.

Selzer nickte anerkennend und fügte mit zweifelndem Tonfall hinzu: »Das wird schwer herauszufinden sein.«

Nadine, die die Meinung teilte, wollte sich nicht entmutigen lassen und beschloss, zunächst einmal dem Witwer einen Besuch abzustatten. Obwohl die Spurensicherung in dessen Haus, in dem man seine Gattin tot auf dem Boden liegend vorgefunden hatte, nichts hatte sicherstellen können, hoffte sie trotzdem auf ein Wunder. Allerdings wollte sie damit noch warten, da sie davon ausging, dass man ihm eine Beruhigungsspritze gegeben hatte und er dringend Schlaf benötigte.

Zum dritten Mal wurde sie lautstark gestört. Hübner trat ein, der ein Paket in den Händen hielt und unvorsichtigerweise gegen die Bürotür gekommen war. Nadine strafte ihn mit einem halblebigen »Guten Morgen«.

Was hat die denn schon wieder? Ihre Tage?, grübelte Hübner, der es sich zur morgendlichen Aufgabe gemacht hatte, die Kollegen über das gestrige Verhör zu informieren, um alle auf den gleichen Wissensstand zu bringen. Nachdem man eingeweiht war und er sich diverse Vorwürfe anhören musste, vernahm er dennoch ein interessiertes Aufhorchen.

»Aha, wenn das so ist«, begann Nadine, während sie sich erhob und quer durch den Raum lief, um sich dann vor Selzers Schreibtisch zu stellen, »könnte es eine Verbindung zwischen dem Mann vom Bordell und unserem Schreiber geben. Zumindest sollten wir der Sache nachgehen.«

Hufnagel, der sich die Gießkanne geschnappt hatte und die Blumen goss, widersprach ihr: »Ich sehe das weniger optimistisch. Bedenken Sie, dass die Handlung des Vergewaltigers durchaus zu seinem perversen Spiel gehört haben könnte. Quasi, um sich zu stimulieren. Aber ausschließen kann man es nicht.«

Selzer verschränkte die Arme vor der Brust und begann, seinen Stuhl zu drehen. *Hübner kann ich dort nicht mehr hinschicken. Wahrscheinlich hat die Sache sogar disziplinarische Konsequenzen.* »Wie wär's, wenn Sie sich der Angelegenheit annehmen würden«, erklärte er und schaute schräg zu Hufnagel, der sich inzwischen gesetzt hatte.

»*Ich?* Chef, sind Sie von allen guten Geistern verlassen, ich soll in ein Bordell gehen? Kann das nicht ein anderer tun?«, fragte Hufnagel entsetzt nach.

Selzer konnte ein Schmunzeln nicht verbergen. »Ja, warum denn nicht? In meinen Augen sind Sie der geeignete Mann. Ihnen wird man vertrauen.« Er meinte damit seine väterliche Art, was Nadine ihrerseits mit einem Nicken bestätigte.

»Und was ist mit mir?«, erkundigte sich Hübner schroff mit verschränkten Armen, was seinen Widerwillen signalisierte.

»Für Sie habe ich eine andere Aufgabe, doch vorab würde ich Sie gerne unter vier Augen sprechen.« Das verhieß nichts Gutes, meinte Nadine, in Daniels Worten zu deuten, womit sie recht behielt.

Nachdem die beiden aus dem Zimmer gegangen waren, Hufnagel der Kollegin sein Leid über den bevorstehenden Puffbesuch geklagt hatte, meldete sich Nadine erneut an ihrem Computer an, der zwischenzeitlich in den Ruhezustand gefahren war. Zunächst suchte sie nach Supermärkten in der Nähe des Wohnhauses von Familie Nissen. Gleichzeitig zweifelte sie daran, dass der Täter die Pralinen genau dort gekauft hatte. Immerhin musste man sie noch mit Gift präparieren und hätte sie demzufolge überall erstehen können.

Während Rudolf Hufnagel und Nadine Andres in ihre Arbeit vertieft waren, standen Selzer und Hübner auf dem Gang. Selzers Vorwürfe wurden von Hübner zähneknirschend entgegengenommen. Andererseits war sein Vorgesetzter froh, eine Spur verfolgen zu können, wenngleich sie skandalös war. Hübners Einsatz war fehl am Platz und die Befragung im Bordell unangebracht gewesen. Und dennoch hörte sich Selzer die Rechtfertigung seines Mitarbeiters in aller Ruhe an. Danach war ihm nur noch nach frischer Luft.

9. Donnerstag, 15. Februar

Hoffentlich ist Herr Nissen zu Hause, grübelte Nadine kopfschüttelnd über ihre bisherigen Erkenntnisse. *Ist doch alles Mist, so komme ich nicht weiter. Vielleicht hat Schröder schon etwas für mich. Irgendeinen Anhaltspunkt. DNA-Spuren. Irgendetwas.* Kurzerhand rief sie ihren Mann in der KTU an, der genauso vor einem Rätsel stand wie sie. Seinen Hinweis bezüglich eines Gegenstands aus dem Haus von Magdalena Nissen, der alles einen Schritt vorantreiben würde, ignorierte sie. *Schlaumeier, das weiß ich selbst.*

Schlecht gelaunt verließ sie das Büro und preschte über den Gang, weder nach links noch nach rechts schauend. Hauptsache raus war ihre Devise und nach Hinweisen suchen. Bloß was? Dennoch hegte sie eine Ahnung. Wie fremdgesteuert ging sie aus dem Dienstgebäude, lief zu ihrem Motorroller, ohne dass sie Daniel sah, der noch immer die kalte Februarluft genoss. Nachdem sie um die Ecke gebogen war, begab er sich wieder ins Haus und hastete jede zweite Stufe nehmend die Treppen hinauf.

»Was ist denn in Frau Andres gefahren?«, wollte er von Hufnagel wissen, der in Gedanken versunken vor dem Computer saß.

»Äh bitte was?«, fragte dieser überrascht, hob den Kopf und schaute Selzer mit großen Augen an.

Selzer wiederholte die Frage und erkundigte sich ebenso nach Hufnagels gelangweiltem Nachfragen.

»Ach, wissen Sie, Chef, ich glaube, das mit dem Bordell ist nichts für mich. Aus dem Alter bin ich raus. Könnten Sie nicht ...?«

»... dort hingehen?«, fügte Selzer schmunzelnd an.

»Na ja, eigentlich müsste ich Ihnen jetzt groß und breit erklären, was zu unseren Aufgaben gehört und was nicht. Aber in Anbetracht Ihres Unbehagens kann ich den Gang gerne übernehmen. Wissen Sie, ob Frau Andres schon etwas über die Pralinen herausgefunden hat?«

Hufnagel atmete einmal ganz tief durch, als hätte er soeben einen Wald betreten.

»Danke, das ist nett!«, er stoppte, »tja, so genau kann ich Ihnen das gar nicht sagen. Zumindest hat sie nichts erwähnt. Ihrer Laune zufolge würde ich meinen, sie blieb erfolglos.«

»Mhm, übernehmen Sie bitte ihren Part. Machen Sie sich mal schlau, ob sich jemand an einen Mann erinnern kann, der eine größere Menge Alkoholpralinen gekauft hat.«

Hufnagel schaute Selzer fassungslos an.

»Meinen Sie das im Ernst, Chef?«

Selzer, der gerade dabei war, sich einen Espresso aus der Kaffeemaschine zu lassen, drehte sich zu Hufnagel um. »Ja, klar. Wieso?«

Hufnagel räusperte sich. »Viele Männer dürften in den letzten Tagen Pralinen gekauft haben, egal welcher Sorte.«

»Da stimme ich Ihnen durchaus zu. Jedoch sollte Zartbitterschokolade nicht zu den Favoriten von Frauen gehören, es sei denn, sie ist mit einer Piemont-Kirsche gefüllt und die gibt es nur in einem bestimmten Markenprodukt.«

»Sie meinen ...?«

»Ganz genau, die meine ich.«

Dennoch zweifelte Hufnagel an Selzers Aussage.

Doch was blieb ihm anderes übrig, als sich dem Irrsinn nach der Suche einer Sorte Pralinen zu ergeben, die man für den 14. Februar x-fach zu kaufen bekam. Trotzdem fand er diese Herausforderung besser, als sich in einem Bordell umzuhören. Nachdem auch Selzer das Büro verlassen hatte und Hufnagel die Ruhe genoss, überlegte er sich eine Strategie, wie er mit der gestellten Aufgabe umgehen könnte.

Zunächst erhob er sich schwerfällig vom Stuhl, um bedächtig seinen Bauch zu streicheln, und schritt dann langsam zum Arbeitsplatz der Kollegin. Möglicherweise hatte sie ein paar Notizen auf dem Tisch liegen, mit denen er etwas anfangen konnte. Doch außer einer unleserlichen Bemerkung mit dem Wortlaut *Supermarkt?* sowie einer skizzierten Praline konnte er nichts Brauchbares darauf entdecken. Auch der Blick auf ihren Bildschirm blieb erfolglos. Der Computer war inzwischen heruntergefahren. *Gut, dann halt nicht.* Hufnagel machte einen Schwenker zum Kühlschrank und entschied, eine Kleinigkeit zu essen, bevor er sich an die schwierige und in seinen Augen sinnlose Tätigkeit begab. Er entnahm eine vorbereitete Müslischale und lief zum Schreibtisch, um das Müsli genüsslich zu löffeln. Ferner ging er davon aus, den Rest des Tages am Telefon zu verbringen.

Etwa zur gleichen Zeit befand sich die Kollegin vor dem Wohnhaus der Nissens und betätigte zum wiederholten Male die Klingel. Erst als sie schon aufgeben wollte, vernahm sie ein Geräusch hinter der Tür, welche von Kurt Nissen, bekleidet im Bademantel, geöffnet wurde. Ungelenk zog er die Hand über das zerzauste Haar und entschuldigte sich für das saloppe

Erscheinen. Er bat Nadine ins Haus und führte sie in den Salon. Gleichfalls bot er sich einen Augenblick aus, um sich anzuziehen, und ließ die Polizistin alleine. Nach fünfzehn Minuten dann kehrte er parfümiert in hellblauem Wollpulli sowie gut sitzender Jeans zurück.

Nachdem man kurz Small Talk betrieben hatte und die Kriminalistin den Eindruck gewann, jetzt mit Fragen loslegen zu können, presste sie Luft die Kehle hinab. »Wollen wir beginnen?«, erkundigte sie sich und ließ ihr Gegenüber nicht aus den Augen. Gleichzeitig sah sie überrascht auf sein Gesicht, das außer ein paar Falten um die Augenpartie kaum gealtert war. Dunkle Augenbrauen, eine wohlgeformte Nase sowie ein geschwungener Mund machten aus ihm einen ansehnlichen Mann. *Der ist bestimmt geliftet. So sieht kein Sechzigjähriger aus.*

»Setzen Sie sich bitte«, sagte Nissen mit ruhiger Stimme und wies auf eine gemütliche Sitzgruppe in der Ecke.

Man nahm Platz, während die junge Frau fühlte, im Polster zu versinken. Die Heimeligkeit störte sie, immerhin passte sie nicht zur Stimmung. Nadine ließ sich nichts anmerken, schluckte und fing an zu fragen: »Wann genau haben Sie Ihre Frau zum letzten Mal lebend gesehen?«

Nissen dachte nach und antwortete entschlossen: »Kurz bevor ich ins Gericht fuhr. Ich bin vom Büro aus direkt heimgefahren, um zu sehen, wie es ihr nach dem Tod unserer Tochter geht.«

»Ist Ihnen dabei irgendetwas aufgefallen? Wie etwa Süßigkeiten oder Blumen, von denen Sie nicht wussten, woher sie kamen?«

Nissen zog die Augenbrauen hoch, sodass er

oberhalb der Nase ein paar Falten hatte. »Nein nichts.«

»Sind Sie sicher?«, bohrte Nadine nach.

»Ganz sicher. Ich halte vom Valentinstag nicht viel. Wenn man jemanden liebt, bedarf es keinem speziellen Tag. Aufmerksamkeit kann man sich auch so schenken, und zwar im Alltäglichen.«

Stimmt. »Dann haben Sie Ihrer Frau keine Pralinen geschenkt?«

»Nein, wieso die Frage?«

»Ihre Frau wurde vergiftet. Vermutlich wurde ihr das Gift mithilfe einer Praline verabreicht, genau wie bei Ihrer Tochter«, erklärte Nadine langsam.

»Vergiftet sagten Sie? Bei uns gibt es keine Süßigkeiten.« Nissen rückte auf dem Polster nach vorne, drückte seine Ellenbogen auf die Knie und legte sein Kinn in die Handflächen. Währenddessen schüttelte er ungläubig den Kopf und flüsterte unentwegt »Nein, nein, nein«.

»Vielleicht hat Ihre Putzfrau etwas gesehen?«

»Keine Ahnung. Fragen Sie sie!«, dabei schaute Nissen betroffen zu Nadine und begab sich in eine bequemere Haltung.

»Kann jemand Ihr Erscheinen gestern bezeugen?«

Nissen blickte skeptisch. Ihm war bewusst, dass sie nur ihren Job machte und dass das Fragenstellen dazugehörte. Denn nicht selten war ein Mord das Resultat einer Beziehungstat. »Ja, Olga, unsere Zugehfrau.«

»Gut, kann ich sie sprechen?«

Nissen schaute zur Wanduhr aus Glas, deren Zeiger unmerklich Sekunde für Sekunde durch ein rasch wiederkehrendes Licht dargestellt wurde. Nadine folgte ihm mit ihren Augen und dachte, dass das Flackern sie auf Dauer verrückt machen würde.

»Sie müsste gleich kommen«, sprach Nissen und hörte bereits aus dem Flur ein metallisches Geräusch, das er einem Schlüsselbund zuschrieb. Wenig später bat er eine Frau zu sich. »Das ist Olga, unsere Perle«, erklärte er sanftmütig und wies mit der Hand auf eine große schlanke Person bekleidet in Jeans und legerem Oberteil. Ihr Gesicht war wie Porzellan und nur die roten Wangen ließen es nicht krank wirken.

Olga stellte sich zu den beiden und schaute kritisch auf die Unbekannte hinab. Man sah ihr ein gewisses Unwohlsein an, das Nadine ihrer Schüchternheit zuschrieb. »Guten Tag!« Sie reichte ihr die Hand.

»Guten Tag! Mein Name ist Nadine Andres, ich bin von der Kriminalpolizei. Ich nehme an, Sie wissen, was passiert ist?«, erkundigte sie sich und betrachtete die Frau aus der Nähe.

Olga nickte traurig und erklärte, dass man sie am Vortag noch über alles informiert habe. Weiterhin hatte man ihr freigelassen, heute zur Arbeit zu erscheinen, was sie jedoch wollte.

Nadine beließ es dabei und kam gleich zum Punkt. »Gut, ist Ihnen gestern irgendetwas beim Putzen oder Aufräumen aufgefallen? Wie etwa Blumen oder Süßigkeiten?«

Die Putzfrau presste die Lippen aufeinander und schien nachzudenken. Nicht ganz von sich überzeugt antwortete sie schließlich: »Blumen nicht, aber ich glaube ...«, sie unterbrach ihr Sprechen und schaute Nissen fragend an.

»Was ist, Olga? Sagen Sie es nur. Ihnen passiert nichts.« Eigentlich hätte Nissen ein paar einfühlsame Worte nötig gehabt, stattdessen ging er sanftmütig auf die Angestellte ein, was Nadine zum Schluss kommen ließ, dass mehr hinter dem Arbeitsverhältnis steckte.

»Ihre Frau hat immer Schokolade im Haus, sie hat sie nur versteckt«, sagte Olga.

»Versteckt? Aber warum?«, hinterfragte Nadine zweifelnd.

Nissen erstrahlte. »Ich mochte sie wegen der Ernährung nicht. Magdalena fand immer eine Möglichkeit, Süßes vor mir zu verbergen.«

Nadine wurde hellhörig. »Zeigen Sie mir bitte, wo sich die Schokolade befindet.«

Olga lief ein paar Schritte zum Küchenbereich, öffnete einen der Schränke und entnahm etwas aus seinem Inneren. Danach präsentierte sie ein paar Schokoriegel.

Nadine lief Olga entgegen. »Das ist alles? Keine Pralinen?«

Olga schien nachzudenken, als haderte sie mit sich.

»Und?«, bohrte Nadine nach.

»Doch, es gab welche, Frau Nissen hat sie mir allerdings geschenkt.«

»Aber eine davon muss sie gegessen haben«, stellte Nadine resigniert fest. »Haben Sie eine Ahnung woher das Konfekt stammt?« Die Kriminalistin fühlte sich den Fall lösen und hoffte auf einen Namen oder einen treffenden Hinweis, den sie nicht bekam. Stattdessen meinte die Russin, dass ein Geschenkkorb am Morgen des 14. Februars abgegeben worden sei, den sie dann mit nach Hause nehmen durfte.

»Ist der Korb noch in Ihrem Besitz?«, wollte Nadine wissen. »Haben Sie etwa auch von den Pralinen gegessen?«, während sie sprach, wirkte sie sichtlich angespannt, im Glauben, dass sich die junge Frau möglicherweise vergiftet hatte.

Doch Olga tat gelassen und erklärte, dass sie bislang nicht dazugekommen sei. Nadine fiel ein Stein vom Herzen, und sie beschloss, umgehend mit ihr nach Hause zu fahren, um die Pralinen zu beschlagnahmen.

***

Hufnagel, der wohlgenährt auf dem Bürostuhl saß und die Zeit für ein ungestörtes Gespräch mit der Gattin genutzt hatte, sah sich nun in der Lage, sein Tagesgeschäft zu tätigen. Das Internet benötigte er nicht, da er die meisten Supermärkte um den Wohnort von Familie Nissen bestens kannte.

Langsamen Schrittes begab er sich an die Wand, an der eine alte Landkarte hing, und versah die Standorte mit blauköpfigen Pinnadeln. Nachdenklich rieb er über sein Kinn und entschied, die Geschäfte abzutelefonieren. ,

»Kripo Konstanz, Hufnagel am Apparat. Ist Ihnen in den letzten Tagen irgendjemand aufgefallen, der mehr als eine Schachtel Mon Chéri gekauft hat?« Hufnagel fühlte sich wie ein Volltrottel und bekam dementsprechende Antworten. Einige der Teilnehmer legten wieder auf, weitere nahmen ihn ernst, aber die meisten konnten nicht helfen. Resigniert strich er einen Laden nach dem anderen vom Zettel, bis er sein Fazit zu laut und zu deutlich verkündete: »So ein Mist. Wer hat sich bloß diesen Scheiß ausgedacht.« Was wiederum nicht ungehört geblieben war. Mitten in der Tür stand ausgerechnet die Frau mit dem Dutt, die er gestern in der Dienstbesprechung seines obersten Chefs kennengelernt hatte.

Mit kritischem Blick musterte sie den gemütlichen

Herrn, der ihrer Ansicht nach nicht hierher zu passen schien.

»Kann ich Ihnen behilflich sein?«, äußerte sie abfällig, ohne Hufnagel aus den Augen zu lassen. Alles an ihr wirkte tadellos. Das Kostüm, die Nylons, selbst die hochhackigen Schuhe und der kaum sichtbare Lippenstift. Diese Frau war perfekt, zu perfekt, wie Hufnagel insgeheim feststellte. Gleichermaßen verströmte sie eine Kälte, die er hasste, und schrieb sie einer gewissen Zielstrebigkeit zu, mit der sie über Leichen zu gehen schien. Nicht umsonst hatte sie wohl diesen Job inne. Doch was es genau war, hatte sich ihm bislang noch nicht erschließen können. Ein hohes Tier aus Berlin, das konnte er mit Gewissheit sagen.

Hufnagel verneinte irritiert. Er hatte sie nicht hereinkommen hören. »Bei uns klopft man an!«, meinte er stattdessen und zupfte an seinem karierten Hemd, das nicht in die Hose gestopft war. Immerhin war er alleine und hoffte, es auch eine Weile zu bleiben. Und jetzt das.

»Ich habe geklopft! Ist Herr Selzer zu sprechen?«, fragte sie hochnäsig. *Gott im Himmel, was ist das denn für ein Waldschrat?*

Sehen Sie ihn hier?, wollte Hufnagel fragen, beließ es dabei und hätte ihr am liebsten mitgeteilt, wo er sich aufhielt. Stattdessen erklärte er freundlich, dass Herr Selzer sich derzeit bei einem Außentermin befinde, von dem man ihn alsbald zurückerwarte. Wann das sein würde, wisse er nicht. Er konnte der Dame gegenüber doch schlecht äußern, dass sein Chef statt seiner im Bordell weilte, um zu recherchieren. Wie hätte das ausgesehen? Nachdem alles besprochen war und die Dame sich zufriedengab, kehrte sie dem *Provinzheini* den Rücken zu und ging. Die unmissverständliche Bitte, sich umgehend bei ihr zu melden, gab sie dennoch zum Besten.

Hufnagel reichte es. *So eine arrogante Tussi. Wir können unsere Fälle immer noch alleine lösen, da braucht es euch Wichtigtuer nicht.* Mies gelaunt begab er sich zum Arbeitsplatz und entledigte sich der Schuhe, eine Laune, der er sich nur dann hingab, wenn er für sich war. Zum anderen hoffte er, nicht mehr gestört zu werden, währenddessen Selzer im Freudenhaus weilte.

Selzers Attraktivität erinnerte Lucia an einen ehemaligen Freund aus Jugendtagen. Die Lässigkeit, die er wie ein Hippie zur Schau stellte, zauberte bei ihr ein Lächeln hervor. Trotz allem hatte sie beschlossen, nicht mehr über die Vergewaltigung zu reden, merkte sie doch, wozu es bislang geführt hatte. Am Ende dichtete man ihr noch einen Mord an, weil ihr niemand glaubte.

»Guten Tag, man sagte mir, Sie seien von der Polizei?«, vergewisserte sich Lucia.

Selzer nickte und schritt auf sie zu. Um seine Glaubwürdigkeit zu untermalen, zückte er den Dienstausweis. Sie gefiel ihm. Besonders die angenehmen weichen Gesichtskonturen, die weder kantig noch auffällig waren. Ihr zarter leicht bräunlicher Teint verlieh ihr das Aussehen eines Models. Nur für Sentimentalitäten blieb keine Zeit, daher kam er gleich zur Sache.

Die beiden setzten sich auf ein goldverziertes Sofa und begannen zu sprechen.

»Sie können sich bestimmt denken, warum ich hier bin«, gab Selzer selbstsicher zum Besten. »Ihre Vergewaltigung könnte uns Aufschluss über einen Mord geben. Sie sind für uns eine wichtige Zeugin.«

Lucia schlug die Beine übereinander, präsentierte sie

dezent, dennoch aufreizend, derweil Selzer nur mit Mühe den Blick davon abwenden konnte.

»Von Mord sprach bereits Ihr Kollege. Nur dass *er* mich für die Mörderin hält.«

Selzer entschuldigte sich für die Vorgehensweise von Hübner und redete mit Engelszungen auf sie ein, sich an ihren Vergewaltiger zu erinnern. »Irgendetwas muss Ihnen in Erinnerung geblieben sein. Vielleicht ein Name? Trug er Schmuck, einen Ring oder eine Tätowierung? Oder besaß er irgendwelche Auffälligkeiten?«

Lucia wurde missmutig und erklärte aufs Neue, dass sie bereits alles zu Protokoll gegeben hatte. An seine schmale Statur konnte sie sich noch gut erinnern. Sie beschrieb den Mann als unauffällig. Eine Allerweltsperson, die man schnell wieder vergaß und kaum mit einem Verbrechen in Verbindung brächte. Selbst dass er sie missbraucht hatte, wollte sie bislang nicht glauben. Nervös fuhr sie über ihre Stirn. »Fragen Sie die Chefin. Vielleicht verrät sie Ihnen, wer das ist.«

Selzer beließ es dabei und versuchte sein Glück bei der in die Jahre gekommenen Puffmutter. Selbst seine Androhung, sie in Gewahrsam zu nehmen, ließ sie nicht dazu hinreißen, etwas über den Mann zu sagen. Im Gegenteil. Sie ließ es darauf ankommen, verwies auf die Schweigepflicht ihren Kunden gegenüber, mit der sie ebenso auf ihrem Internetportal warb. *Unsere Kundschaft ist uns heilig. Unser Schweigen eine Pflicht!,* so der Slogan des Stundenhotels.

Unabhängig davon kehrte Selzer noch einmal zu Lucia zurück, übergab ihr seine Visitenkarte, für den Fall, dass ihr noch etwas einfiele. Wenig später verließ er das Haus und schnappte nach Luft. Sie schmeckte kalt und man fühlte den Schnee, der nicht vorhanden war, aber laut Wetterbericht bald kommen sollte.

Im Büro zurückgekehrt, setzte Selzer Hufnagel davon in Kenntnis, der ihm seinerseits über das unliebsame Gespräch mit der Dame von vorhin sein Leid klagte. Selzer sollte sich umgehend melden. Noch auf dem Absatz kehrte er um, nahm einen Notizblock und ging. Draußen auf dem Gang begegnete er Nadine, die ihm stolz eine Pralinenschachtel, umhüllt von einem Asservatenbeutel, zeigte.

»Was ist das?«, fragte er und ahnte, was die Antwort war.

»Na was wohl?«, antwortete sie schnippisch. »Hier war möglicherweise das Corpus Delicti drin. Die Schachtel stammt aus einem Präsentkorb, den Magdalena Nissen ihrer Haushälterin geschenkt hat. Er wurde anonym vor dem Haus der Nissens abgestellt.«

Selzer starrte überrascht auf das Asservat.

»Ich bring die Tüte gleich zu Schröder in die KTU. Mit Sicherheit findet er was.«

»Ist die Schachtel leer?«

»Nein. Eine wurde entnommen. Vielleicht genau die, mit der man Magdalena Nissen vergiftet hat.«

»Aha? Demnach fehlt uns noch das Beweisstück zum Mord an der Tochter, Isabell Nissen«, stellte Selzer überzeugt fest.

»Wenn es sich ebenso um eine mit Gift versetzte Praline handelt, dann ja.« Nadine klang neben der Euphorie dennoch pessimistisch.

10. Zufall oder Absicht

Das zu laute Klopfen ließ Schröder zusammenzucken. Sein »Herein« fiel dementsprechend garstig aus. »Hätte ich mir auch denken können, dass du es bist«, stellte er fest und schaute die junge Frau aus seiner übergroßen Brille provokant an.

Nadine trat näher an Schröder heran und blickte ihm ebenso demonstrativ entgegen. »Meine Kollegen haben mich auf diese Weise heute schon drei Mal begrüßt.«

Schröder konnte es nicht fassen und schüttelte entsetzt den Kopf. »Und da meinst du, auch in mein Büro wie ein Bauer treten zu müssen?«

Nadine war sich ihrer Handlung bewusst, entschuldigte sich und kam zum Punkt. »Kannst du mir das bitte so schnell wie möglich untersuchen? Es handelt sich hierbei vermutlich um vergiftete Pralinen. Sei vorsichtig. Keine essen, hörst du!«

Ganz abwegig war ihre Annahme nicht, weil der Kollege durchaus dem Süßen zugewandt war. »Was denkst du von mir?«

»Bis wann kann ich damit rechnen?«

»Du legst mal wieder ein ganz schönes Tempo vor«, kommentierte Schröder ihre Frage und hätte es besser wissen sollen. Es musste schnell gehen. Am besten gleich gestern.

»Ist mir bekannt«, gab Nadine kleinlaut zu. »Gewisse Dinge lassen sich nicht auf die lange Bank schieben. Ich will nicht, dass noch mehr Frauen sterben müssen. Zudem haben wir eine Zeugin. Und ich sage dir, die Sache stinkt zum Himmel. Deshalb brauche ich auch deine Hilfe.«

Immerhin war das Schröders Arbeit, die er liebte und mit Begeisterung tat. Allerdings ein bisschen Bauchpinseln tat auch ihm gut.

Nachdem sie das Büro verlassen hatte, er ihr noch eine Weile hinterherblickte, obwohl sie längst gegangen war, räusperte er sich und schaute sich die Plastiktüte genauer an. Zu diesem Zweck zog er Latexhandschuhe über, entnahm der Tüte das Asservat und öffnete es vorsichtig. Die Kollegin hatte recht, es fehlte nur eine einzige Praline. Schröder stellte das Radio an und lauschte den Klängen, bis er in Stimmung kam. Summend, leicht den Kopf wippend, begab er sich ans Werk.

Nadine war mit sich zufrieden. Pfeifend lief sie über den Gang, als hätte sie Schröders Musik gehört, derweil vorbeilaufende Kollegen sie schmunzelnd begrüßten. Im Büro traf sie auf Hübner. Dass er sich einen halben Tag freigenommen hatte, war ihr anscheinend entgangen.

»Oh, der verschwundene Sohn ist auch mal wieder da«, sagte sie dem an der Kaffeemaschine Stehenden beim Hineinkommen.

»Hä, was soll der blöde Spruch? Ich war beim Zahnarzt, hättest besser in der Dienstbesprechung zugehört«, meinte er patzig und setzte sich an seinen Platz.

Unterdessen die einen ihre kleinen Bürokämpfe ausfochten, verfolgte ein anderer akribisch seine Arbeit. Mithilfe einer Pinzette entnahm Schröder der Schachtel eine Praline und hielt sie unter die Lupe. Eine Einstichstelle, die er vermutet hatte zu finden, suchte er vergebens. Kurz entschlossen rief er in der

Gerichtsmedizin an, um zu erfahren, um welche Art Gift es sich bei der Toten handelte. Man teilte ihm mit, dass Isabell Nissen mit einer Dosis Strychnin vergiftet worden war. Die Leichenschau von Magdalena, ihrer Mutter, stand allerdings noch aus, sodass man deren Vergiftung bislang nicht spezifizieren konnte.

Nachdem Schröder bei keiner der Pralinen Einstichstellen feststellte, ging er davon aus, dass es nur eine Vergiftete in der Schachtel gegeben hatte. Um das zu bestimmen, bat er die Kollegen vom Labor um eine Analyse der flüssigen Substanz in der von ihm untersuchten Schokolade. Und dennoch hatte er wenigstens eine interessante Entdeckung machen können. Auf der Unterseite der Verpackung klebte ein gelbes Etikett. Eines, das in seinen Augen nur von privat geführten Geschäften zur Auszeichnung der Ware verwendet wurde. Er vermutete darin den Tante-Emma-Laden auf der linken Seite der Mainaustraße, kurz bevor es rechts in Richtung Autofähre ging. Die Verkaufsstelle kannte er von seinen Einkäufen her und schätzte ihre private Atmosphäre. Ältere hielten hier gerne ein Schwätzchen.

Inzwischen hatte sich die Sonne durch die dichten Wolken gedrängt und strahlte in Schröders Büro. Der Blick nach draußen stimmte ihn wohlgesinnt, daher beschloss er, die Sache gleich selbst in die Hand zu nehmen. Ein Spaziergang würde ihm guttun. Etwa fünfzehn Minuten später betrat er den besagten Laden und ging zielstrebig auf eine der Verkäuferinnen zu. Nach einer kurzen Vorstellung begann er zu fragen: »Können Sie sich an einen Käufer oder eine Käuferin erinnern, die vor ein paar Tagen möglicherweise diese Schachtel gekauft hat?« Schröder zeigte ihr das Asservat.

Die Blondine lächelte verlegen und gab ein Nicken von sich. »Ja, klar.«

Schröder schaute sie skeptisch an. »Eigentlich war das nur eine rhetorische Frage und wenn ich ehrlich bin, habe ich nicht mit einer positiven Antwort gerechnet. Immerhin war Valentinstag. Wahrscheinlich ging viel über die Theke, oder?«, stellte er zweifelnd fest.

Die Verkäuferin nickte erneut. »Leider hatte ich nicht genügend geordert, sodass mir nur zwei Schachteln von der Sorte blieben. Er kaufte die letzte.«

»*Er? Ein Mann?*«, wiederholte Schröder und war erfreut über den Hinweis.

»Ja, so ein kleiner Unscheinbarer. Als er ging, schaute er mich noch einmal an. Seine Augen wirkten irgendwie unheimlich. So blass, ganz wässrig«, sagte sie angewidert.

»Ist Ihnen sonst noch etwas aufgefallen? Wie hat er denn bezahlt?«

Sie überlegte, ob er wohl scherzte, und schaute dementsprechend vorwurfsvoll. »Bei der Summe?«

Schröder bedankte sich und verließ das Geschäft. Um keine Zeit zu verlieren, rief er Nadine an und offenbarte ihr sein Wissen, die ihm ihrerseits ein »Du bist ein Schatz« schenkte.

Erhobenen Hauptes lief er zur Bushaltestelle und fuhr zurück ins Büro. Als er dort ankam, galt sein erster Anruf dem Labor. Keine der Pralinen aus dem Geschenkkorb sei vergiftet worden, teilte man ihm mit. Aber woher stammte dann das Konfekt mit dem Gift? Und wie war es in den Besitz von Mutter und Tochter gelangt? Schlussendlich ging er davon aus, dass auch das fehlende Stück Schokolade im Präsentkorb ohne Schadstoff gewesen war.

Auch Nadine machte sich an die Arbeit.

»Es ist ein Mann! Lucia können wir als Tatverdächtige ausschließen, wobei ich immer an ihre Unschuld geglaubt habe. Wir«, dabei starrte sie zu Hübner, »hätten sensibler damit umgehen müssen.«

Der Kollege fühlte sich angegriffen und ging in Abwehrstellung. »Nur weil der Typ von einer Angestellten gesehen wurde? Zum 14. Februar kauft man nun einmal Pralinen.«

Nadine stimmte ihm mit einem gehässigen Blick zu, gab allerdings zu bedenken, dass sich die Beschreibung von Lucia mit der von der Verkäuferin deckte. Beide beschrieben den Unbekannten als klein und schmächtig.

Selzer mischte sich in das Gespräch der Streithammel. »Gut, wir haben eine Personenbeschreibung. Bleibt die Frage, wie kamen die Frauen zu den Pralinen? Wenn sie nicht aus der Packung im Präsentkorb stammen, müssen sie die Süßigkeiten anderweitig erhalten haben. Schauen Sie sich bitte«, er blickte zunächst zu Frau Andres, dann zu Herrn Hübner, »im Rathaus sowie im Fitnessstudio um! Vielleicht hat dort jemand etwas gesehen.«

Nadine konnte nicht glauben, was sie vernahm. *Mit dem? Geht's noch?* »Wäre es nicht besser, wir teilen uns die Arbeit auf?«, bemerkte sie trotzig.

Selzer musste innerlich schmunzeln, denn genau darauf zielte seine Anweisung ab. Sollten sich die Streithähne sonst wo die Köpfe einrennen, nur nicht im Büro. Frische Luft würde den erhitzten Gemütern guttun.

Hufnagel schlurfte unschlüssig im Büro auf und ab.

»Wieso hinterlässt jemand einen Geschenkkorb mit

einer Schachtel Mon Chéri, die nicht vergiftet ist? Und wieso führt genau diese Sorte dann zum Tod? Mhm, der Täter hätte doch auch die vom Präsentkorb vergiften müssen, damit er auf Nummer sicher geht. Ich versteh das nicht«, resümierte er.

Selzer, der sichtlich erleichtert schien, dass die anderen das Büro verlassen hatten, stand auf und ging zum Fenster, um es zu öffnen. Sein tiefes Einatmen war unüberhörbar. Danach drehte er sich langsam zu Hufnagel um und ging an dessen Schreibtisch. Er lehnte sich daran an. »Er will von sich ablenken, uns in die Irre führen. Zeit gewinnen. Irgendetwas in der Art.«

Hufnagel schüttelte energisch den Kopf und war unterschiedlicher Meinung.

»Jetzt überlegen Sie mal! Der Täter wollte, dass nur diese Frauen sterben. Also verabreichte er ihnen vorsätzlich die Süßigkeiten. In der uns vorliegenden Schachtel hätten demzufolge alle vergiftet sein müssen. Er hat die Tat exzellent durchdacht und wusste genau, was er wollte. Gezielt töten und nicht wahllos. Ich denke, der Geschenkkorb war nur ein Ablenkungsmanöver.«

Hufnagel zeigte sich beeindruckt. Er presste die Lippen aufeinander, darauf folgte ein leichtes Nicken.

»Ich gehe davon aus, dass Isabell als auch Magdalena Nissen in ihrem direkten Umfeld mit dem Verzehr der Süßigkeit konfrontiert worden sind. Wahrscheinlich unwissentlich«, erklärte Selzer.

»Und was schlagen Sie jetzt vor?«, wollte Hufnagel wissen und schaute voller Anspannung zu seinem Chef, bei dem es bereits im Kopf zu arbeiten begann.

»Die Sache liegt auf der Hand.« Der Blick auf die Uhr ließ Selzer davon Abstand nehmen, sofort die Frage zu beantworten. Es war mittlerweile 17.00 Uhr. »Verschieben wir die Angelegenheit auf morgen früh«, schlug er vor und meinte, noch Verwaltungskram erledigen zu müssen, was auch im Interesse von Hufnagel war. Immerhin wartete seine Mutter auf ihn. Nach getaner Arbeit verließ man das Büro, verabschiedete sich vor dem Dienstgebäude und lief jeweils in eine andere Richtung. Hufnagel schwang sich auf sein Fahrrad, Selzer ging zu Fuß.

Indes die einen sich in ihren wohlverdienten Feierabend begaben, kämpften die anderen, wer von beiden recht hatte.

»Du hättest der Sekretärin mehr Fragen stellen müssen«, sprach Nadine ungehalten zu ihrem Kollegen, als man mit betroffenem Gesicht das Rathaus verließ. »Regelrecht abgekanzelt hat die uns.«

»Was hätte ich nach deiner Meinung tun sollen? Ihr eine Antwort herauspressen, dass die Schokolade von einem Mister X auf dem Schreibtisch der Stadträtin platziert worden war? Nadine, was nicht ist, ist nicht. Klar wäre es leichter, einen Verdächtigen zu haben und seinen Namen zu kennen. Stell dich nicht so an, das ist unprofessionell! Oder spielen die Hormone verrückt?« *Wenn den Weibern was fehlt, werden die unausstehlich. Sie soll sich endlich einen Kerl suchen.*

Beleidigt stiegen beide in den Dienstwagen, den Hübner chauffierte.

»Zum Fitnessstudio?«, fragte er kurz angebunden und erntete nur ein knurrendes »Mhm«. Nachdem das besprochen war, fuhr man ohne ein Wort los, bis Hübner schließlich den Wagen vor dem Fitnesscenter parkte.

Nadine stieß die Eingangstür auf, vergewisserte sich mit einem Schulterblick nach hinten, dass ihr Kollege folgte, und betrat mit ihm eine Halle voller Sportgeräte. Im vorderen Bereich standen Crosstrainer, dahinter Laufbänder, auf denen trainiert wurde.

Man ging auf den Empfang zu, hinter dem eine zierliche Frau mit blondem Pferdeschwanz hantierte. Anscheinend die Fitnesstrainerin. »Sagen Sie mal«, begann Nadine, »hier hat sich doch gestern ein Unfall ereignet. Wissen Sie etwas darüber?« Während sie sprach, schob sie den Dienstausweis über den Tresen.

»Wieso interessiert Sie das? Hat sich Isabell denn wieder erholt?«

»Nein. Sie ist tot«, bemerkte Hübner ohne Umschweife.

»Tooot??? ... Aber als sie eintraf, war sie munter wie ein Fisch«, widersprach die Trainerin energisch und blickte schockiert.

Nadine tat überrascht. »Keine Anzeichen von Schwäche?«

»Quatsch, wo denken Sie hin. Das wäre mir doch aufgefallen. Es war nicht viel los, daher plauderten wir.«

»Haben Sie danach irgendetwas Merkwürdiges bemerkt«, bohrte die Polizistin weiter.

Die Blondine kam ins Grübeln und verzog den Mund. »Also ... ja. Nachdem Isabell aus der Umkleide kam, wirkte sie irgendwie müde, schwankte etwas. Ich habe sie nur kurz gesehen, weil ich dann ins Büro musste. Ein dringender Anruf, verstehen Sie.«

Hübner und Andres schauten einander an und schienen zum ersten Mal an diesem Tag einer Meinung zu sein.

»Könnte ich die Umkleide mal sehen?«, fragte

Hübner nach und bekam deutlich zu verstehen, dass es für ihn als Mann nicht möglich war, jedoch seine Kollegin es gerne könne.

»Welchen Spind hat Frau Nissen gestern benutzt?«, erkundigte sich Nadine und erntete Hübners zustimmendes Nicken.

»217.«

Nachdem auch das geklärt war, begab sich Nadine in den Umkleideraum, den man erst kürzlich komplett erneuert hatte. Eine schlichte Moderne umgab ihn. Der Schrank mit der Nummer 217 war leer. Nichts, was darauf hätte schließen können, dass hier etwas deponiert worden war, und zu Isabell Nissens Tode führte. Doch es sollte anders kommen. Eine ältere Dame ging auf die junge Frau zu und fragte neugierig, ob sie irgendetwas suche, was Nadine wiederum verneinte und zu einer Gegenfrage animierte. Die Frau zeigte sich schließlich gesprächig. Sie hatte am gestrigen Tag eine interessante Beobachtung gemacht, zumal mittwochs Frauensauna sei und kein Mann in der Schwitzstube hätte sein dürfen. Sie meinte, einen hageren Mann, nicht sehr groß, darin gesehen zu haben, der ihr später erneut in der Frauengarderobe begegnet war.

Nadine konnte es nicht fassen. Sie bedankte sich und bat die Frau umgehend auf die Dienststelle, um ihre Aussage zu protokollieren. Danach schnappte sie Hübner, der sich an einem weiblichen Teenager ergötzte, wie er schwitzend auf dem Laufband trainierte.

»Komm, Hübi, wir müssen!«

»So vertraut? Geht's dir wieder besser?«

»Dafür ist jetzt keine Zeit. Wir haben ihn. Eine, sagen mir mal, neugierige Rentnerin hat gestern einen Mann in der Damenumkleide gesehen. Und ich fresse einen

Besen, wenn der nicht am Spind war. Unter Garantie hat er für Isabell Nissen eine Praline hinterlegt oder sie ihr mit einem frechen Spruch ausgehändigt. Immerhin war Valentinstag. Da denkt niemand etwas Böses. Und schon gar nicht in einem Fitnessstudio. Ich hätte sie genommen.« Plötzlich hatte Nadine eine Eingebung und ließ Hübner stehen. Erneut verschwand sie im Studio, um ihm später zu berichten, dass sie mit ihrer Vermutung richtig lag. Die Rentnerin hatte ebenfalls ein Konfekt erhalten, das sie sofort gegessen hatte.

Hübner konnte es nicht glauben. »Wie irre ist das denn? Da trainieren die Weiber ihrer Figur willen und nehmen von einem Typen Schokolade. Mann, als Kind hat man mir eingetrichtert, nichts von Fremden zu essen. Würde aber beweisen, dass das Stück der Rentnerin unversehrt war.«

»Stimmt! Sag mal, kannst du mich heimfahren? Ich mach jetzt Feierabend.«

Hübner nickte abgehackt und kam ihrem Wunsch nach, unterdessen Nadine aus dem Fenster starrte. Viel gab es nicht zu sehen, inzwischen war es stockfinster geworden. *Alle Zeugen beschreiben ihn ähnlich. Lucia, die Frau aus dem Supermarkt und die Rentnerin. Schmal gewachsen und klein. Zumindest wissen wir jetzt, wonach wir suchen müssen. Die Frage ist nur, wo finden wir ihn? Seine Statur ist zwar auffällig, aber nicht ungewöhnlich.*

»Wir sind da«, vernahm sie aus der Ferne eine Stimme, die langsam in ihr Unterbewusstsein drang. »Aufwachen!«

Stumm blickte Nadine ihn an, musterte sein lockiges Haar, das er gegelt nach hinten gekämmt hatte, und stellte fest, dass sie Hübner selten derart nahe kam. Sie richtete sich auf, nahm ihre Tasche und stieg aus dem

Wagen. Noch in Gedanken warf sie Hübner einen letzten Blick zu, verabschiedete sich mit einem Handwinken und verschwand durch die Eingangstür. Oben angekommen, konnte sie es nicht erwarten, die Wohnungstür hinter sich zu lassen, um sich dann von innen gegen sie zu lehnen.

Lea, ihre Mitbewohnerin, lief gerade über den Flur und schaute Nadine mit großen Augen an. »Alles in Ordnung?«

Nadine starrte verunsichert zurück und lächelte schwach.

»Ne, nichts ist in Ordnung.«

»Willst du darüber reden?«

Die Freundin rang sich erneut ein Lächeln ab. »Tut mir leid. Kann ich nicht. Laufende Ermittlungen, du verstehst?« Ihr Grinsen verblasste, während Lea sich in die Küche zurückzog und Wasser für Tee aufsetzte.

Nachdem Nadine sich ihrer Jacke entledigt hatte, die Schuhe ausgezogen und die Hände gewaschen waren, ging sie zu Lea und roch den süßlichen Duft ihres Lieblingstees – mediterraner Pfirsich. Für einen Augenblick schien die Welt in Ordnung zu sein. Als stände sie still, mit zwei Frauen am Tisch, die kein Wort sagten, was letztendlich nicht nötig war, denn man verstand sich auch so.

Plötzlich sah Nadine Lea mit hochgezogenen Augenbrauen an.

»Na, frag schon!«

»Was denn?«

»Was mich bedrückt.«

»Wozu, wenn du reden willst, tust du es.«

»Gut. Sagen wir, die Sache ist sehr kompliziert. Wir haben es mit zwei merkwürdigen Mordfällen zu tun.«

Ihr Tonfall machte deutlich, dass sie das Thema bewegte, aber sie nicht gewillt war, darauf einzugehen.

11. Ein Tag danach

Nadines Nacht war unruhig wie so oft in letzter Zeit. Sie konnte die Arbeit nicht außen vor lassen, obgleich sie es versuchte. Oder war es das Obst, das sie kurz vor dem Zubettgehen zu sich genommen hatte? Was gäbe sie nicht alles für einen ruhigeren Schlaf. Ausspannen, mehr wollte sie nicht. Bloß wann? Es war Februar und man steckte mitten in der Aufklärung zweier Morde. Andererseits, mit wem sollte sie den Urlaub verbringen? Als Single bevorzugte man nun einmal die Arbeit. Nachdem sie am nächsten Morgen wie gerädert erwacht war, beschloss sie, abends nur noch Tee zu trinken und nicht mehr in den Computer zu schauen. Recherchieren konnte sie auch tagsüber.

Auch Dr. Hendrick hatte eine unruhige Nacht verlebt, die er weniger den Schlafgewohnheiten zuschrieb, sondern dem Unwetter, welches mit lautem Getöse gegen die Jalousien klopfte. Kurzerhand war er aufgestanden und ins Büro gefahren zumal die Leichenschau von Magdalena Nissen noch bevorstand. Obwohl er den Blick in die Leichenhalle bereits seit Jahren kannte, fand er ihn immer wieder unheimlich. Er erinnerte sich an jene Horrorfilme, in denen sich Tote samt Laken von der Metallliege erhoben und sie dann verließen. Was wäre, wenn ihm das auch eines Tages passieren würde? Am schlimmsten war die Vorstellung, dass jemand scheintot war und zum Leben erwachte.

Es war beängstigend still. Hendrick schaute sich um und nahm die Umgebung besonders intensiv auf. Sein Blick auf die Uhr verriet ihm, dass er mindestens noch eine halbe Stunde alleine sein würde. Und dennoch schien er es nicht zu sein. Er spürte die Anwesenheit einer Gestalt. Einen Schatten, der in der Dunkelheit verborgen blieb.

Hendrick erhob sich von seinem bequemen Chefsessel, steckte die Hände in den Arztkittel und lief zur Tür. Ihr Quietschen war unüberhörbar, gleichzeitig ärgerte er sich über die Ignoranz des Hausmeisters, weil er zugesichert hatte, sie zu ölen.

Plötzlich fiel etwas zu Boden.

Hendrick erschrak, zuckte zusammen und wandte sich wieder seinem Büro zu, bis er die Leiche von Magdalena Nissen vollkommen entblößt erblickte. Jemand hatte das Laken entwendet. Er schüttelte den Kopf und näherte sich zweifelnd der Toten. *Sie war bedeckt, dessen bin ich mir sicher. Merkwürdig.* Argwöhnisch betrachtete er den Leichnam, doch nichts an ihm ließ auf ein Zurückkommen ins Leben schließen. Sie war tot! Mausetot!

Der Arzt zog den Kittel aus und lief durch den Sektionssaal. Alles war ruhig, bis auf diesen gottverdammten Sturm, der ihm fast die Sinne raubte. Niemand wusste, dass er Gewitter hasste und sie Angst bei ihm hervorriefen. Er holte tief Luft und musste husten. Gleichzeitig nahm er einen Geruch wahr, den er weder seiner Sekretärin zuschrieb noch dem Studenten, der ab und an hier aushalf. Frau Ritt bevorzugte leichte, dezente Düfte und der junge Mann roch meist nach Schweiß. Doch dieser hier war moosig mit einer hölzernen Note. *Hier muss jemand gewesen sein. Sollte ich Daniel davon in Kenntnis setzen? Nein! Am Ende lacht er mich nur aus und ich komme mir wie ein Trottel vor.* Dennoch untersuchte Hendrick die Leichenhalle sehr genau. Falls es tatsächlich einen Eindringling gab, hatte er es durchaus verstanden, ungesehen rein- und rauszukommen. Der Rechtsmediziner fühlte sich unwohl, in etwa so, als hätte man bei ihm daheim eingebrochen. Ein fader Geschmack blieb.

Endlich vernahm er den leisen klackernden Gang seiner Sekretärin, welche sich mit Stöckelschuhen der Rechtsmedizin näherte. Er atmete auf, begab sich zurück in den hochlehnigen Stuhl und ließ sich nichts anmerken. Nachdem Frau Ritt ihm einen guten Morgen gewünscht hatte, lächelte er verlegen und schaute ihr hinterher. Dass sie ein blaues Auge besaß, entging ihm dabei nicht.

»Alles okay mit Ihnen?«, rief er ihr nach.

»Jaja, alles bestens«, antwortete sie laut, ohne sich umzudrehen.

Hendrick nickte, wirkte aber nicht überzeugt. »Was für ein Tag«, sprach er leise zu sich und rieb sein Kinn. *Rittchen sieht auch nicht gerade aus, als wäre sie glücklich.* Im selben Moment vernahm der Arzt ein Geräusch, das sich ähnlich anhörte wie das vor einer Stunde. Erschrocken preschte er vom Stuhl hoch und lief in die Richtung, aus der er den Krach vernommen hatte.

Vor ihm auf dem Boden hockte die Sekretärin mit Handfeger und Schippe und räumte Glasscherben zusammen.

»Was ist passiert?«, erkundigte sich Hendrick.

Sie zögerte und hielt die Hand auf ihre linke Wange, als wollte sie etwas verbergen.

»Möchten Sie darüber reden?«, fragte er verständnisvoll.

»Nein!«, erwiderte sie barsch.

Hendrick näherte sich ihr bis auf wenige Zentimeter.

»Könnte ich mir das mal anschauen?«

Frau Ritt lächelte müde und fing an zu weinen. »Dddder«, begann sie zu stottern, »hat mir einfach die Tasche aus der Hand gerissen und mein Handy zu Boden geworfen. Zum Glück funktioniert es noch. Dann ist er fort.« Sie hatte Tränen in den Augen.

Der Arzt schluckte mitfühlend. »Wer? Ihr Mann?«

Die Sekretärin schüttelte hektisch den Kopf. »Gott nein, wo denken Sie hin. Nein, irgend so ein Kerl hat mich gestern nach Dienstschluss direkt vor dem Krankenhaus angerempelt.«

»Absichtlich?«, erkundigte sich Hendrick nachdenklich. »Haben Sie die Tasche zurückbekommen?«

»Nein. Ich hatte nicht viel Bares bei mir und auf mein Mobiltelefon kann der es nicht abgesehen haben, sonst hätte er es mir nicht gelassen.«

»Und woher haben Sie das blaue Auge?«

Carla Ritt bäumte sich auf. »Glauben Sie, dass ich mir einfach die Tasche wegnehmen lasse? Dem habe ich einen ordentlichen Tritt gegen das Schienbein verpasst und der«, ihre Stimme wurde leiser, »schlug mit der Faust in mein Gesicht. Zum Glück hat sie mich nicht so doll erwischt.«

»Merkwürdig, und ich glaubte, heute Morgen hier jemanden gespürt zu haben«, bemerkte Hendrick kritisch, den Blick auf die Kollegin gerichtet.

Die Sekretärin erhob sich und schaute zu ihrem Chef, der mindestens einen Kopf größer war. »Sie meinen einen Fremden? Aber Chef«, sie stockte kurz, »hier kommt doch keiner freiwillig her. Es sei denn«, sie unterbrach erneut, »es sei denn ...« Ohne den Satz beendet zu haben, schüttelte Frau Ritt den Kopf.

Hendrick beließ es dabei und schloss mit dem Morgen ab, um endlich an die Arbeit gehen zu können. Immerhin stand ihm noch die Leichenschau von Magdalena Nissen bevor. Zudem nervten die Kollegen der Kripo, und ihr ständiges Nachfragen störte.

Eine Weile starrten sie einander an und schwiegen. Ron Hendrick, um darüber nachzudenken, was er als Erstes tun wollte, und Carla Ritt ärgerte sich über den Verlust der Handtasche, die ein Geschenk ihres Gatten war. Den Rest des Vormittags sprachen sie kein Wort mehr miteinander und man hätte meinen können, sie vergaßen den haarsträubenden Vorfall vom Morgen.

Etwa eine Stunde später waren Hendrick und sein Kollege in die Leichenschau von Magdalena Nissen vertieft. Konzentriert führte er das Skalpell, das einen deutlichen Schnitt auf der Haut hinterließ, und öffnete den y-förmigen Einschnitt. Mit geübter Hand durchtrennte er Rippen und Schlüsselbein mithilfe einer Säge und kümmerte sich dann um die inneren Organe. Nachdem sie entnommen waren, wurden sie gewogen und der Mageninhalt analysiert. Wie es schien, hatte die Tote noch etwa ein bis zwei Stunden vor ihrem Ableben eine warme Mahlzeit zu sich genommen. Er fand Reste von Fleisch, offensichtlich Gehacktem, Spaghettistücke, verdaute Salatblätter und wie bereits vermutet Schokolade vor. Während der Kollege damit beschäftigt war, die Organe zu untersuchen, sah Hendrick sich das Gesicht der Toten genauer an. Gleichzeitig ging ihm der seltsame Vorfall vom Morgen nicht aus dem Kopf und er überlegte, was derjenige hier gewollt haben könnte. Da anscheinend alles vorhanden war, schloss er einen Diebstahl aus. Doch irgendetwas musste sein Interesse geweckt haben. Möglicherweise die Verstorbenen selbst. Im Moment hatte man zwei Leichen hier liegen. Magdalena und Isabell Nissen. Nachdem der Rechtsmediziner nichts Sonderbares an den Toten feststellen konnte, schaute er auf die Ältere, um sich zu vergewissern, dass man alles gesehen hatte. Doch als er ihren Mund öffnete, zuckte er sichtlich zusammen. Etwas stimmte damit nicht. Vorsichtig zog er die Zunge aus der Mundhöhle heraus und starrte auf sie. *Was ist das zum Henker? Etwa ein Buchstabe?* Erschrocken ließ er das Sinnesorgan los und kehrte sich von der Toten ab. Dann schritt er hinüber zur Tochter, um auch bei ihr eine ähnliche Entdeckung zu machen. War sein morgendliches Erlebnis also doch keine Einbildung?

»Kommen Sie bitte mal und schauen sich das an!«, rief er dem Kollegen zu und sah ebenfalls seine Sekretärin näher treten.

Hendrick wies auf das, was er gefunden hatte, und schaute die beiden fragend an.

»Chef, was hat das zu bedeuten?«, wollte Carla Ritt wissen und kam ins Grübeln. »Dann stimmt es also doch, jemand war hier. Nur wieso?«

Hendrick nickte und brummte etwas, das niemand verstand. Vermutlich war es ein lautes Zustimmen.

»Seltsam, nicht wahr?«, fragte der Kollege verwirrt und fühlte sich sichtlich unwohl. Von einem Einbruch in einer Leichenhalle hatte er bislang nie gehört.

»Mir wird übel«, würgte Frau Ritt und konnte nicht fassen, was sie gerade zu sehen bekam. »Gott, was soll das sein?«, setzte sie erschrocken nach.

Hendrick streifte eilig die Latexhandschuhe ab und verließ ohne ein Wort den Sektionssaal. Kurz darauf kehrte er mit einer Kamera zurück. Entschlossen wandte er sich dem anderen Arzt zu, bat ihn, das Sinnesorgan zu halten, während er die bizarre Zeichnung fotografierte. Gleichzeitig vibrierte sein Handy, doch er drückte den Anrufer weg.

»Haben Sie eine Erklärung für das alles?«, erkundigte sich der Kollege, während er die Zunge von Isabell Nissen streckte. »Wer tut nur so etwas?«

»Wonach sieht es nach Ihrer Meinung aus?«, hinterfragte Hendrick kühl.

»Tja, ich würde sagen, bei der Tochter können wir eindeutig von einem Kreuz sprechen, aber bei der Mutter?« Der Kollege wackelte ungläubig mit dem Kopf.

Carla Ritt, die voller Abscheu die Arbeit der beiden verfolgte, obwohl sie in der Rechtsmedizin zu Hause war, überlegte laut: »Für mich sieht das wie ein Winkel aus.«

Hendrick verzog das Gesicht, bewegte den Kopf unschlüssig nach links, dann wieder nach rechts. Seine Skepsis war ihm deutlich anzusehen. »Das ergibt keinen Sinn.« Das Telefon klingelte erneut. Dieses Mal nahm er das Gespräch entgegen. »Hendrick«, sagte er mit fester Stimme und lief ein paar Schritte von der Toten weg.

»Ron, wie weit bist du?«, fragte Selzer ungeduldig nach. »Woran ist die Stadträtin denn nun gestorben?«

»Wir sind dran, gedulde dich! Aber mir ist noch etwas sehr Merkwürdiges an den Leichen aufgefallen, das du dir unbedingt ansehen solltest. Bei dieser Gelegenheit sprechen wir dann über die Details.«

Selzer horchte auf und wollte wissen, was los sei, doch Hendrick ließ ihn zappeln. Unverzüglich machte er sich auf den Weg und ließ den Kaffee stehen, den er sich erst aus der Kaffeemaschine herausgelassen hatte.

Nicht einmal die Kollegen hatte er informiert, denn zu groß war die Neugier auf das zu erhoffende Ereignis. Was würde ihn erwarten? Er kannte Hendrick und wusste um dessen ködernde Worte. Immerhin war ihm schon viel Skurriles unter das Messer gekommen.

Selzer trat auf das Gaspedal und fuhr so rasant wie möglich durch den Stadtverkehr, derweil über ihm das Grau des Himmels einen trostlosen Tag ankündigte. Wolken zeichneten sich darauf ab. Es war kalt. Genauso wie man es von einem Februartag erwartete. Dennoch sehnte man sich der Sonne entgegen, die nur sporadisch ihre Gunst erwies. Jedes Bremsen vor einer roten Ampel nervte den Kriminalisten und stachelte seine Neugier nur umso mehr an. Erst das Grün ließ ihn aufatmen und erneut durchstarten. Selbst das Radio konnte ihn nicht ablenken. Um sich auf den Verkehr konzentrieren zu können, hatte er es vorsorglich ausgestellt.

Nach fünfzehn Minuten hatte er die Rechtsmedizin erreicht. Hastig stieg er aus dem Wagen und lief ins Gebäude. Den Fahrstuhl nehmend, ließ er sich in die unterste Etage fahren und verglich den Weg mit der Fahrt zum Schafott. Als er den Sektionssaal betrat, standen die Mediziner mit Frau Ritt an einer der Liegen.

Hendrick, der Selzer kommen sah, unterbrach das Gespräch und ging auf ihn zu. »Endlich, wurde auch Zeit«, lautete seine Begrüßung. Das Handschütteln verkniff er sich, was Selzer wiederum begrüßte. Geheuer war ihm das Hiersein ohnehin nie. Allerdings gehörte es zum Job, der, wenn er es verlangte, gerne von ihm selbst erledigt wurde. »Schau dir das an!«, forderte Hendrick ihn auf und trat an den Leichnam von Magdalena Nissen heran.

Selzer sah über die Tote hinweg, deren Körper bis zur Brust mit einem grünen Laken abgedeckt war. Lediglich die Einstichstelle der Sektionsnarbe ließ vermuten, dass die Verstorbene erst obduziert worden war. Sein Blick wanderte zu Hendrick, von dem er sich eine Erklärung erhoffte. Vor Anspannung hoben und senkten sich seine Wangenmuskeln.

Hendrick öffnete den Mund der Toten, der sich infolge von Zersetzungsvorgängen, die nach der Totenstarre etwa 24 bis 48 Stunden post mortem einsetzten, gut bewegen ließ. Mit geübter Hand zog er die Zunge heraus und präsentierte sie Selzer, der seinerseits gebannt auf sie starrte. Im Laufe seiner Tätigkeit beim BKA hatte er bereits einiges gesehen und kannte daher die übelsten Kritzeleien auf leblosen Körpern. Meist waren es Zeichen von Verrat sowie von Ungehorsam. Doch mit der Symbolik hier konnte er nichts anfangen, wohingegen er das Kreuz auf Isabell Nissens Zunge als Hinweis auf den Tod deutete.

Hendrick zog die Latexhandschuhe aus und legte sie auf einen der Beistelltische. Die Hände im Arztkittel verschanzt, trat er an Selzer heran. »Sagt dir das was?«

Der Kriminalist schüttelte stumm den Kopf.

»Das Gepinsel war gestern noch nicht da, dessen bin ich mir sicher. Übrigens hatten wir hier heute Morgen unerwünschten Besuch.« Hendrick schaute sich um, als wäre derjenige noch anwesend.

»Sprichst du von einem Einbrecher?«, hakte Selzer zweifelnd nach.

»Ja, wobei nichts fehlt.«

»Und du glaubst ...«, sprach er, ohne den Satz zu beenden.

»Davon gehe ich aus.«

130

Selzer griff sich an den Mund und glitt mit dem Zeigefinger über die Oberlippe. »Ungewöhnlich das Ganze. Schick mir bitte die Fotos! Im Moment kann ich mir noch keinen Reim darauf machen, aber ich habe eine Idee. Sie klingt zwar absurd, könnte aber passen.«

»Der Einbrecher muss sich anscheinend mit dem Schlüssel von Frau Ritt Zutritt verschafft haben«, erwähnte Hendrick und fügte beiläufig hinzu: »Ihr wurde gestern die Tasche gestohlen.«

Selzer wandte sich der Sekretärin zu und ließ sich den Tathergang schildern. Viel kam dabei nicht heraus, da sie denjenigen aufgrund der beginnenden Dämmerung nur kurz zu Gesicht bekommen hatte. Allerdings ließ ihn die Beschreibung eines eher kleinen Mannes hellhörig werden. Die Vermutung, dass es sich hierbei um den gesuchten Mörder handeln könnte, lag nahe.

Selzer verließ den Sektionssaal, machte sich noch auf dem Flur Notizen und beschloss, durch den anliegenden Park zu laufen. Er blickte zu den Bäumen, an denen kaum noch Blätter hingen, während andere vom Wind kahl gefegt waren. Mit dem Notizbuch in der Hand lief er langsam weiter. Er war der Auffassung, dass man Dinge aus unterschiedlichen Perspektiven betrachten musste, um ihre Bedeutung zu erkennen. Ähnlich einem Gemälde, das aus der Nähe nicht wie aus der Ferne wirkte. Selzer drehte das Notizheft auf den Kopf und betrachtete seine Skizze. Doch außer einem Kreuz sowie dem Buchstaben V konnte er keinerlei Ungewöhnlichkeiten darin sehen. Im Geiste stellte er sich die Handlung des Eindringlings vor und überlegte, wie er anstelle seiner die Leichen gekennzeichnet hätte. Eines war ihm sofort bewusst. Keinesfalls hätte er an deren Kopfende gestanden. *Derjenige wollte die toten Frauen betrachten. Nur aus welchem Grund? Warum mussten Mutter und Tochter sterben?* Selzer zog den Reißverschluss seiner Jacke bis unter das Kinn und schmiegte sich in das warme Material. Er fror und die Nase bekam eine rote Färbung. Unterdessen er grübelte, setzte ein feiner Regen ein, der zu nerven begann. Unentschlossen harrte er noch eine Weile aus und entschied dann, ins Büro zurückzufahren. Der Niederschlag hörte nicht auf.

Im Büro angekommen, vernahm er lautes Gelächter. Hufnagel, der am Schreibtisch saß und Videos von Frauen, die nicht in der Lage waren, einzuparken, zeigte, war anscheinend der Auslöser dafür. Selbst Nadine fand daran Gefallen. Als sie Selzer bemerkte, horchte sie auf und ging auf ihn zu. »Na, alles klar bei dir?«, wollte sie wissen und ließ ihn nicht aus den Augen.

Ohne die Jacke auszuziehen, setzte Selzer sich an den Arbeitsplatz und fuhr den Computer hoch. Im gleichen Moment erreichte ihn auch die Mail von Hendrick. Er öffnete sie, derweil Nadine hinter ihm stand. »Was soll das sein?«

»Erklär ich sofort.«

Selzer bat alle zu sich und erzählte, was er soeben in Erfahrung gebracht hatte. Gleichzeitig stellte er eine Frage in den Raum. Was wollte man mit der Darstellung bezwecken? Die Fotos hierzu pinnte er an die Wand.

Hufnagel blickte auf seine Schuhe hinab, die er vor lauter Hektik nicht geschlossen hatte, und erklärte, dass sie gerade noch ausgezogen waren. Nadine zog die Augenbrauen zusammen und starrte ein paar Sekunden zu Boden, bis ihr plötzlich eine Eingebung kam. »Es heißt doch, du sollst nicht töten, oder?«, bemerkte sie und wartete auf die Reaktion der anderen.

Hufnagel, der sein Missgeschick inzwischen behoben hatte, antwortete: »Und du sollst deinen Vater und deine Mutter ehren. Du sollst nicht ehebrechen. Du sollst nicht stehlen und du sollst nicht falsch Zeugnis reden wider deinen Nächsten«, zählte er langsam auf und verstummte mit einem Mal. »Kollegen!«, begann er erneut. »Angenommen jemand lügt, wie würden *Sie* eine solche Lüge beschreiben?«

Hübner schaute skeptisch, schien ihn jedoch zu verstehen. »Worauf wollen Sie hinaus?«

Nadine drängte sich ins Gespräch. »Mhm, mir fällt da nur der Spruch meiner Mutter ein, die immer sagte, Lügen hätten kurze Beine. Aber ich nehme nicht an, dass wir damit etwas anfangen können. Oder?«

Selzer verschränkte die Arme vor seinem Oberkörper. »Okay, spinnen wir das mal weiter. Denken Sie nach! Was fällt Ihnen zum Thema Lüge ein?« Dabei schaute er einen nach dem anderen an und strich über sein Kinn.

»Judas?!«, bemerkte Hübner und ärgerte sich zugleich über sein unzureichendes Wissen. Andererseits gab es das Internet und Bücher.

Nadine blickte erneut auf Hufnagels Schuhe. »Nein, das ist es nicht. Als wir Kinder waren und eine meiner Freundinnen gelogen hat, hieß es, sie wäre eine falsche Schlange. Und was sagt man ihnen nach? Doppelzüngigkeit! Es gibt zig Synonyme hierfür. Letztendlich beinhalten sie das Gleiche.« Sie machte eine kurze Pause, um die Aufmerksamkeit aller bei sich zu wissen. Gleichzeitig nahm sie eine aufrechte Haltung ein, um irgendetwas zu verkünden. »Die Zeichnung auf Magdalena Nissens Zunge stellt kein auf dem Kopf stehendes V dar, sondern eine gespaltene Zunge.

Demnach haben wir es mit zwei der christlichen Gebote zu tun. *Du sollst nicht töten! Und du sollst nicht lügen!*«

Selzer, der zwischenzeitlich eine ähnliche Annahme verfolgte, pflichtete ihr bei. »Davon ist auszugehen. Bedeutet im Umkehrschluss, Isabell Nissen hat getötet und ihre Mutter gelogen. Begeben wir uns an die Arbeit! Findet jedes Detail heraus! Kindheit, Liebschaften, Karriere. Ich will alles über die Toten erfahren.«

12. Tod und Lüge

Inzwischen war es Spätnachmittag geworden, was nicht weiter schlimm war, nur handelte es sich um Freitag und Selzer wusste, dass jeder nach Hause wollte. Aber die Zeit drängte. Was wäre, wenn der Täter ein drittes Mal zuschlagen würde? Bislang gab es nur einen Anhaltspunkt, den es zu verfolgen galt. Im Leben von Isabell und Magdalena Nissen musste es einen dunklen Fleck geben. Alles in allem wirkte die Ehe der Nissens auf Selzer unspektakulär. Man sah sich abends, sonst folgte jeder seiner Karriere. Die Übereinkunft, wie das Zusammenleben zu verlaufen hatte, war längst getroffen und die Rollen strikt verteilt.

»Oh, gibt es heute Überstunden?«, sagte Hübner und erntete von Hufnagel ein zustimmendes Nicken.

Der vorwurfsvolle Ton missfiel Selzer. »Ja«, entgegnete er. »Wir werden versuchen, dass es nicht allzu lange dauert. Nur dürfte es zügiger gehen, wenn alle bleiben.«

Hübner fühlte sich gemaßregelt. »Ich mein ja nur, Chef, hätte man uns vorher informiert, hätten wir uns darauf einstellen können.«

»Hätte, hätte, Fahrradkette!« Mehr sagte Selzer nicht, was Nadine wiederum zum Anlass nahm, Hübner ins Gewissen zu reden und eine weitere Stunde seiner kostbaren Aufmerksamkeit zu erlangen. Nein, einfach war es mit ihm nicht. Nachdem auch das geklärt war, begab man sich zum Endspurt.

Es war totenstill im Büro, alles konzentrierte sich und man sah gespannt auf die Bildschirme. Hufnagel und Hübner nahmen das Ehepaar Nissen unter die Lupe.

Nadine kümmerte sich um deren Tochter. Im Anschluss begann man, die Informationen zu verarbeiten, und die Stille sollte auch in der letzten Stunde nicht brechen, bis Selzer es dann tat. »Und wie sieht es bei Ihnen aus? Irgendwelche Erkenntnisse?«

Gemeinschaftlich einigte man sich, dass die Zeit nicht ausgereicht hatte, um genügend Details zu sammeln. Man beschloss, ins Wochenende zu gehen, zumal Freitagabend niemand mehr zu sprechen war, außer wohl dem Gatten der Verstorbenen.

»Dann fahre ich jetzt heim!«, rief Hufnagel sich zu und beschleunigte sein Tempo beim Zusammenpacken. Er hoffte, wenigstens etwas von der kargen Sonne erhaschen zu können, die es gewagt hatte, durch die dichten Wolken zu linsen. Die Temperatur schien ihm ungeeignet für das Radfahren, doch die frische Winterluft würde guttun.

Etwa zur gleichen Zeit begab sich auch Frau Ritt, Hendricks Sekretärin, in Richtung ihres Wagens, als unverhofft das Handy klingelte. Sie zog es aus der Tasche und blickte auf eine ihr unbekannte Nummer. Zurückhaltend nahm sie das Gespräch entgegen und meldete sich mit »Ja, hallo?«.

»Sind Sie Frau Ritt? Carla Ritt?«, wollte der Anrufer wissen und schien aufgrund der Stimmfarbe männlich.

»Ja???«

»Entschuldigen Sie bitte die Störung. Mein Name ist Emanuel Knauf. Na ja«, begann er langsam fortzufahren, »als ich gestern im Krankenhaus war, um meinen Vater zu besuchen, habe ich Ihre Handtasche gefunden.«

»Tatsächlich? Ja, jemand hat sie mir gestohlen«,

meinte sie frustriert.

»Gestohlen? Nur gut, dass *ich* sie gefunden habe. Ich kann Sie beruhigen, außer Ihrem Ausweis und dem Kalender habe ich nichts entnommen«, sprach er entschuldigend.

»Aber woher ...?«

»Woher ich Ihre Handynummer habe? Meine Frau hat ihre im Jahreskalender stehen, falls sie die mal vergisst. Genau wie Sie.«

Carla Ritt fiel ein Stein vom Herzen. Ihr tiefausladendes Schnaufen war unüberhörbar. »Hach, Sie können sich nicht vorstellen, wie dankbar ich Ihnen bin. Alleine die ganzen Behördengänge. Ausweis, Führerschein, Schlüssel nachmachen lassen. Daran will ich gar nicht erst denken. Wann können wir uns treffen?«

»Wie wäre es gleich im Krankenhaus? Bei der Gelegenheit kann ich meinen Vater besuchen.«

Carla Ritt, die noch in Krankenhausnähe weilte, brauchte nur im Foyer warten. Nach zehn Minuten betrat der Unbekannte die Eingangshalle, den sie anhand ihrer Tasche sofort erkannte.

»Sie sind ein Schatz«, schwärmte sie drauflos, ohne den Mann zu begrüßen. Ein flüchtiger Kuss auf die Wange ließ ihn rot werden, gleichfalls übergab er die Handtasche.

»Ich habe nichts genommen«, bemerkte er einfühlsam und wollte gerade gehen, als Frau Ritt ihn zurückrief: »Moment, Ihr Finderlohn!«, sprach sie erfreut, weil er die Wahrheit gesagt hatte. Alles schien vorhanden zu sein. Doch nachdem der erste Schock überwunden war, stellte sie mit Besorgnis fest, dass der Schlüssel für die Rechtsmedizin fehlte. Schnell hatte sie eine Erklärung parat, zumal dort eingebrochen worden war. Unverzüglich informierte sie Hendrick, der wiederum meinte, die Schlösser auswechseln zu lassen, was er heute nicht mehr für möglich hielt.

Nachdem Hübner das Büro verlassen hatte, wollte auch Nadine gehen, als ihr Telefon klingelte. Hendrick war am Apparat und erwähnte das Gespräch mit der Sekretärin. *Woher hat der Einbrecher nur sein Wissen? Er scheint uns an der Nase herumzuführen,* überlegte Nadine beim Sprechen.

Selzer, der die Wortfetzen aufgeschnappt hatte und sofort wusste, um was es dabei ging, musterte sie skeptisch. »Das habe ich mir fast gedacht. Wie hätte man sonst die Schändung an den Toten vornehmen können?«

Nadine stand auf und wollte ihren Blumen noch Wasser geben, bevor sie ins Wochenende verschwand. »Und, was schlägst du jetzt vor?«

»Nachtschicht!«

»Mensch, Daniel, nur weil ich keine Family habe, bedeutet das nicht, dass ich rund um die Uhr zur Verfügung stehe. Jeder braucht eine Erholungspause.« Sie goss ihre Grünpflanze und blickte aus dem Fenster.

Kopfschüttelnd stellte er sich zu ihr. »Ich hab keine Ahnung, was mit dir los ist. Aber ich zähl auf dich. Was ist, wenn der Typ ein weiteres Opfer fordert?«

»Du sprichst von einem Serientäter? Dafür gibt es null Anzeichen. Einen neuen Post haben wir nicht.« Sie platzierte die Gießkanne auf dem Fensterbrett. »Wenn du mich fragst, hat er bekommen, was er wollte. Unsere Aufgabe ist es jetzt, die Tat aufzuklären, und Montag ist hierfür auch noch Zeit.«

Selzer stockte regelrecht der Atem. »Dann gehst du also?«

»Genau, ich nehme mir das gleiche Recht raus wie die Kollegen, wenn du nichts dagegen hast.« Ihr Ton hatte sich verschärft und sie ließ ihn deutlich spüren, dass es ihr ernst war. Sie entnahm dem Kleiderschrank ihre Jacke, zog sie an und ging wortlos aus dem Büro. Dennoch wurmte sie die Bemerkung. Hätte sie auf Selzers Vorschlag eingehen sollen? War ihre Haltung zu egoistisch gewesen? Mit einem unguten Gefühl verließ Nadine das Gebäude. So ganz wollte sie den Vorwurf nicht auf sich sitzen lassen. Irgendetwas musste sie tun, wenngleich sie Selzer in keinerlei Hinsicht etwas schuldig war.

Da sie ohnehin dem Ehemann von Magdalena Nissen einen Besuch abstatten wollte, beschloss sie, einen Abstecher dorthin zu machen. Sie ließ den Roller am Revier stehen und nahm den Bus. Die Fahrt dauerte nur kurz. Nach dem Eintreffen lief sie raschen Schrittes auf das Wohnhaus zu. Schon von Weitem erkannte man die Dunkelheit, die es umgab. Unvermutet ging in einem der Zimmer das Licht an und jemand begann, darin auf und ab zu gehen. Es war der Hausherr selbst und Nadine freute sich, ihn anwesend zu wissen, als ein weiterer, fülliger Mann ebenso den Raum betrat. Die beiden schienen sich zu kennen, zumindest wirkten sie vertraut. Während der Dicke mit den Händen artikulierte, trat Nissen auf ihn zu. Nadine, die alles aus sicherer Entfernung beobachtete, fühlte sich in der Finsternis wohl, zumal sie ein ausgezeichneter Komplize war. Als sie jedoch zu frieren begann, klingelte sie, denn inzwischen hatten es sich die Herren bequem gemacht.

Nissen, der nicht mit Besuch gerechnet hatte, wirkte

dementsprechend ungehalten. »Wissen Sie, wie spät es ist?«, fragte er ohne ein Wort der Begrüßung und schien nervös. Diskret ging sein Blick nach hinten, was von Nadine nicht unbeobachtet blieb.

»Tut mir leid ...«, begann die junge Frau, sich zu entschuldigen. »Ich muss dringend mit Ihnen reden.«

»Dafür ist Montag Zeit. Für Sie zur Erinnerung, ein Wahnsinniger hat meine Familie getötet. Und ich würde gerne wissen, warum. Und jetzt lassen Sie mich in Ruhe!«

»Aufgrund dessen muss ich Sie sprechen.« Nadine ließ nicht locker, trat einen Schritt auf ihn zu, bis Nissen den Arm ausstreckte und sie davon abhielt. »Haben Sie mich nicht verstanden? Heute nicht! Ich brauche Zeit.« Er schloss die Tür.

Beleidigt drehte Nadine sich um, lief erneut zum Fenster, durch das sie Licht brennen gesehen hatte, um festzustellen, dass es erloschen war. Kopfschüttelnd steckte sie die Hände in die Jacke und verließ das Grundstück. *Wer ist der andere? Ein Freund? Ein Bekannter?* Doch eine Vorahnung ließ sie umkehren und hinter der Gartenhecke, an die das Gelände anschloss, ausharren. Von hier aus hatte sie einen direkten Blick zum Haus, das erneut beleuchtet war, und in dem sich die Herren weiter unterhielten. Nach einer Weile zog der Dicke seinen Lodenmantel über und verließ das Zimmer.

Nadines Atem ging schneller. Sie fühlte sich wie ein Einbrecher und hoffte, in der Finsternis ungesehen zu bleiben. Plötzlich hörte sie Stimmen und vernahm das Knirschen der Kieselsteine, die sie bereits an der Eingangstreppe wahrgenommen hatte. Nissens Besucher war im Begriff zu gehen, vermutlich war er zu

Fuß unterwegs.

Die Männer verabschiedeten sich, während der Besucher zu Nissen sagte: »Wir hätten es nie so weit kommen lassen dürfen. Dann wäre dir das alles erspart geblieben.« Sein Tonfall klang bestimmend und verhältnismäßig laut. Zudem sprach er außergewöhnlich schnell, was Nadine gar nicht mochte. Ungeachtet dessen war er gut zu verstehen.

»Wir waren uns einig. Keiner hätte sonst Karriere machen können. Es war ihre Entscheidung, vergiss das nicht!« Nissen umarmte ihn mit einer vertrauten Geste, die Nadine nicht beobachten konnte, weil ein Fußgänger an ihr vorbeilief. Um nicht aufzufallen, schaute sie auf ihr Mobiltelefon. Nachdem der Passant fort war, sah sie Nissens Gast vor sich auf der Straße und beschloss, ihm zu folgen.

Der Mann eilte voran, die Polizistin ihm nach. Er schien zu spüren, dass jemand hinter ihm herlief. Unentwegt drehte er sich um, bis sein Handy klingelte und er es während des Gehens an sein Ohr hielt.

Nadine näherte sich und versuchte, den Inhalt zu erhaschen. Einen einzigen Satz bekam sie davon mit. »Ich liebe dich, allerdings wird es dazu nie kommen.« *Was meint er damit? Ich muss wissen, wer das ist. Sein Gesicht kenne ich irgendwoher.* Sie heftete sich an seine Fersen und lief ihm bis zur Autofähre nach, bis er rechts abbog und abrupt stehen blieb, um sich eine Zigarette anzuzünden. Wenig später ging er weiter. *Der läuft im Kreis. Was hat er vor? Ob er mich gesehen hat?* Derweil sie nachdachte, rempelte sie einen Mann an, den sie nicht wahrgenommen hatte. Die Kriminalistin entschuldigte sich für das Missgeschick, was dazu führte, dass sie den Unbekannten aus den Augen verlor. *Zielperson*

entkommen! Mist! Mit normalem Tempo lief sie geradewegs zur Bushaltestelle.

***

Etwa fünfzehn Minuten zuvor

Er hatte sich bestens vorbereitet auf den heutigen
Abend. Den prüfenden Blick in den Rucksack nahm er
mit einem Lächeln hin. Alles, was er mitnehmen wollte,
hatte er eingepackt und er ging davon aus, dass nichts
schiefgehen würde. Eine letzte Sicht auf das Foto im
Flur mit schwarzem Rahmen ließ ihn nicken und mit
sich zufrieden sein. Er verließ die Wohnung, nahm das
Fahrrad und fuhr zu jenem Ort, an dem er gewillt war,
erneut zuzuschlagen.

Ein angenehmes Gefühl von Vorfreude legte sich
über ihn und ließ ihn die Kälte auf dem Rad spüren. Er
fror, doch der Ausblick auf das Kommende ließ sein
Inneres warm werden. Eine letzte Tat, dann hatte er sie
gerächt. Ein Schlag, ein Messerstich oder ein Schuss mit
der Waffe. Ihm war es egal, wie er starb, Hauptsache, er
tat es. Der Kerl hatte ihren Tod verhöhnt. Doch
warum? Bis heute konnte er es nicht begreifen. Oder
steckte mehr dahinter? So wie sich die Sache entwickelt
hatte, ging etwas nicht mit rechten Dingen zu. Was
passiert sein mochte, erschloss sich ihm nicht. Er wollte,
nein, er musste ihn zur Rede stellen, um zu erfahren,
weshalb er das Recht derart mit Füßen getreten hatte.
Wäre nur dieser Zufall nicht gewesen. Dabei strebte er
an, alles zu vergessen.

Die Straßenlaternen waren längst angegangen und das
diffuse Licht strahlte auf den Asphalt. Die Autos, die an
ihm vorbeifuhren, hatten nur ein Ziel, möglichst schnell

auf die nächste Autofähre zu gelangen. Die Leute sehnten sich ihrem Zuhause entgegen. Jetzt im Winter blieben die Feriengäste aus, sodass ein direktes Auffahren auf die Fähre gewährleistet war. Nur er verfolgte ein anderes Ziel.

Gerade als er weiterfahren wollte, klingelte sein Mobiltelefon. Erschrocken stieg er vom Rad, zumal er die Telefonnummer nur wenigen Menschen gegeben hatte. Bedächtig führte er das Telefon an sein Ohr und hauchte leise: »Hatte ich dir nicht gesagt, dass du niemals auf dieser Nummer anrufen sollst?« Danach lauschte er den Worten seines Gegenübers, dem er ab und an mit »Gut, geht klar« antwortete. Wenig später beendete er das Gespräch und sah sich vorsichtig um. Er musste von hier verschwinden, denn etwas störte ihn und veranlasste ihn dazu, wieder nach Hause zu fahren.

Einer Frau, die soeben denselben Weg kreuzte, um auf die andere Straßenseite zu gelangen, schenkte er ein Lächeln. Kurz darauf fuhr er weiter, während sie in den Bus stieg.

***

Nadine presste ihr Gesicht an die kalte Scheibe und schaute auf die Straße. Die sanften Bewegungen vom Bus ließen ihren Kopf immer wieder gegen das Glas schlagen, was sie dazu bewog, ihn davon zu lösen. Ihr war kalt und sie sehnte sich der Wärme ihrer Wohnung entgegen. Doch war sie das auch? Immerhin hatte sie den ganzen Tag gearbeitet genau wie ihre Mitbewohnerin. Wer zuerst daheim war, stellte die Heizung an. Als der Bus schließlich an der Haltestelle Sternenplatz hielt, war sie gewillt, auszusteigen, um noch einmal in die Dienststelle zu gehen. In letzter Sekunde betätigte sie den Türöffner und sprang aus dem Bus. Das maulige »Fällt Ihnen ja früh ein« lag ihr noch in den Ohren. Entschlossen schlug sie den Weg zum Polizeirevier ein, der sie zunächst am Archäologischen Landesmuseum vorbeiführte und sie an den Film *Nachts im Museum* erinnerte. Mit Unbehagen lief sie weiter und bereute bereits ihre Entscheidung. Wenigstens den Motorroller wollte sie holen, als ihr Blick hinauf zum Büro ging und sie stutzig werden ließ, weil dort Licht brannte und ein Mann mit dem Rücken am Fenster lehnte.

Nadine wägte kurz ab, was zu tun sei. Am Ende arbeitete man die Nacht über. Doch einem inneren Willen folgend, stieg sie Stufe um Stufe die Treppe empor. Langsam drückte sie die Türklinke nach unten und hätte beinahe eine Faust ins Gesicht bekommen, die ihr Selzer bereits entgegenstreckte.

»Sag mal, bist du irre? Mich so zu erschrecken?«, schimpfte er und atmete erleichtert durch, weil sie es war.

»Sorry. Wieso arbeitest du noch?«, erkundigte sich Nadine mit einem sanften Lächeln.

»Tja, ich kann nicht einfach meinen Bleistift hinlegen und so tun, als ginge mich das alles ab 17.00 Uhr nichts mehr an. Wir sind zwar eine Behörde, aber die Menschen bauen auf uns. Wir haben eine Pflicht gegenüber den Lebenden als auch den Toten. Findest du es okay, wenn man zwei Frauen vergiftet und ihren Tod zuvor wie eine Ware anpreist?«

»Gute Frage, Daniel. Ich war gerade noch mal bei dem Ehemann der Getöteten. Na ja, so ganz schlau bin ich aus dem Typ nicht geworden. Der wollte mich gar

144

nicht erst ins Haus lassen. Er hat mich wie eine Staubsaugervertreterin direkt vor der Tür abgespeist. Ich verstehe das nicht. Dem müsste doch daran gelegen sein, zu erfahren, wer seine Frauen auf dem Gewissen hat. Stattdessen liegt er sich mit einem Mann im Arm.« Nadine kochte vor Wut.

»Worauf willst du hinaus? Hast du ihn in flagranti erwischt?«

»Quatsch, aber er zog das Gespräch mit dem anderen vor. Das wollte ich damit sagen.«

Selzer starrte Nadine an. »Worum geht es dir?«

»Ach, du verstehst es nicht?«, wehrte sie sich. »Ich wäre froh, wenn man sich um eine sofortige Aufklärung bemüht.«

Selzer setzte sich und legte die Beine auf den Tisch. »Muss auch mal sein, immerhin sind wir unter uns.« Er presste die Lippen aufeinander, wohl als Zeichen dafür, dass er jetzt ausholen würde. »Nadine, du kannst in so einer Sache nicht von dir ausgehen. Jeder empfindet die Situation anders. Vergiss nicht, der Tod der beiden liegt erst zwei Tage zurück. Manch einer dreht durch oder sucht den Beistand von Freunden. Lass ihm Zeit! Und noch etwas, melde dich das nächste Mal bei Nissen an.« Selzer stockte kurz. »Kennst du den Mann?«

»Neeeein«, tat sie mädchenhaft. »Ich bin ihm nach, habe ihn aber dann in Höhe der Autofähre aus den Augen verloren. Zu allem Übel rempelte ich danach einen alten Mann an und wäre beinahe mit einem Radfahrer zusammengestoßen. Mir reicht's vorläufig.«

Selzer schaute skeptisch. »Und wieso bist du dann noch mal ins Büro?«

»Weil Licht brannte und mich das schlechte Gewissen hertrieb«, entgegnete sie beinahe entschuldigend.

»Löblich, Nadine. Aber ich glaube, für heute war's das. Was hältst du von einem gemeinsamen Essen?«, fragte er tief ausatmend, denn inzwischen war er müde.

13. Mörderische Botschaft

Derweil Nadine und Daniel durch das abendliche Konstanz schlenderten, ging bei Herrn Nissen ein Telefonklingeln ein. Er wusste, wer es war, und nahm dementsprechend ab. »Hast du etwas vergessen?«, fragte er nach und konnte sein Lächeln nicht unterdrücken.

»Nein. Wir haben ein Problem! Jemand scheint alles entdeckt zu haben und droht, die Sache an die Öffentlichkeit zu bringen. Wir hätten damit vorsichtiger umgehen sollen.« Die Furcht der Person war unüberhörbar.

Nissen nickte stumm. »Was genau weiß man denn?« Seine Stimme wurde weich und er wirkte verunsichert.

»Nicht am Telefon«, begann der Teilnehmer zu flüstern. »Vergiss nicht, Wände haben Ohren.« Während die Person sprach, schaute sie sich hilfesuchend um.

»Und wenn wir zur Polizei gehen?«

»Bist du wahnsinnig, soll jetzt nach so langer Zeit alles auffliegen? Nein, dafür habe ich mich nicht all die Jahre krummgelegt und die zweite Geige gespielt. Was passiert ist, ist schrecklich. Nun können wir endlich so leben, wie wir immer wollten.«

»Ach«, seufzte Nissen und bekam Tränen in den Augen. »Erzähl, wie kann ich dir helfen? Am besten beruhigst du dich erst einmal bei einer Tasse Tee und liest den Roman, von dem du mir vorgeschwärmt hast. Morgen sieht die Welt dann anders aus. Wirst sehen.«

Die beiden legten auf, gleichfalls sich jemand in Facebook anmeldete, wie viele andere gerade auch. Der Freitagabend war dafür sehr beliebt. Man wünschte sich ein schönes Wochenende, tauschte die Erlebnisse der zu

Ende gehenden Woche aus, machte Werbung für dies und das, diskutierte, flirtete und schrieb. Genau wie er.

Du dreckiges Schwein. Hast uns jahrzehntelang verarscht. Hinter der Fassade der Unbescholtenheit schlummerte ständig eine Lüge. Hast du geglaubt, dass ihr das Spiel ewig weitertreiben könnt? Jetzt wirst du büßen. Und eine Zeile darunter: *Du kannst es nicht ermessen, fühlst nur ein süß Vergessen und eine süße Gegenwart.*

Die Worte blieben unbemerkt. Niemand nahm davon Kenntnis, genauso wenig wie die Kriminalisten, die gerade zu Abend speisten.

***

Etwa zwei Stunden danach klingelte es an seiner Tür.

Ein vermeintlicher Bote in schwarzer Kapuzenjacke stand vor ihm und hatte neben sich ein paar Plastikbehälter stehen, die er nicht sah. Der Hausherr erkundigte sich nach dem Namen, erhielt jedoch keine Antwort. Ungeahnt dessen drückte der Fremde seinen Fuß in den Türspalt, bis er sich gewaltsam Eintritt verschaffte.

Gott, was will der Typ von mir?, fragte sich der Mann, dem man die Hilflosigkeit bereits ansah. Panik stieg in ihm auf. Zunächst hatte er geglaubt, jemand anderen an der Tür zu wissen, nicht aber einen Einbrecher, sonst hätte er nicht geöffnet. Kurz darauf erhielt er einen Tritt in den Unterleib, der ihn sogleich zusammenfahren ließ. »Was wollen Sie von mir? Geld?«, presste er unter Mühen hervor und blickte zu ihm hoch.

Als der Eindringling dann mit sich selbst zu reden begann, wurde es unheimlich. »Gleich wirst du träumen.«

»Wovon sprechen Sie?«, versuchte er, unter Schmerzen zu sagen, und fühlte bereits einen weiteren Stoß, der ihn taumelnd zu Boden sacken ließ. Danach sah er den Schatten des Mannes über sich stehen, dessen Gesichtszüge verschwommen wirkten. Dass er ein süß riechendes Tuch auf das Gesicht bekam, nahm er noch wahr, bevor er das Bewusstsein verlor.

Zufrieden zerrte der Fremde ihn ins Haus und überprüfte, ob sein Tun unbemerkt geblieben war. Erst dann schloss er die Tür. Das Handwerkszeug, das er benötigte, hatte er mitgebracht, verborgen in einem silberfarbenen Koffer. Ein handelsüblicher, den man in jedem Baumarkt zu kaufen bekam. Er öffnete ihn, während die Verriegelung durch das großzügige Foyer hallte. Mit Zeugen rechnete er ohnehin nicht. Der Inhaber des Hauses lebte alleine und das nächste Anwesen lag einige Meter entfernt.

Er hatte, was vonnöten war. Schläuche und Kanülen, Skalpell, Schere, Nadel und Faden und die mitgebrachte Lösung. Nachdem er sich vergewissert hatte, dass alles vorhanden war, zog er einen gummierten Anzug über und bedeckte die Hände mit Handschuhen. Gleichzeitig vernahm er das leise Atmen des Bewusstlosen. *Jetzt wirst du sehen, was passiert, wenn man das Recht mit Füßen tritt.* Er lächelte hämisch und überstreckte den Hals des auf dem Boden liegenden Mannes. Danach suchte er eine Einstichstelle für die Kanüle und begann, Blut aus der äußeren Drosselvene in einen der Kanister zu pumpen. Als das Opfer abermals erwachte, bekam es erneut ein Tuch auf Nase und Mund gepresst und verlor zum letzten Mal das Bewusstsein. Noch ein einziger Schritt, dann hatte er es geschafft. Er musste das Formaldehyd in die Halsschlagader leiten, was ihm Geduld abverlangte, die er nicht besaß. Nachdem auch das erledigt war, packte er seine Utensilien zusammen, um sie im Koffer zu versorgen. Die Leiche des Mannes ließ er liegen und positionierte dessen Hände auf dem Bauch.

Stunden später verschwand er mit einem Blut gefüllten sowie leeren Kanister. Sein Kunstwerk war vollendet. Friedlich in süßer Ruhe, als würde es gleich erwachen. Niemand hatte mitbekommen, wie es starb. Selbst das Anfahren seines Pkws blieb ungehört, denn die Dunkelheit verschlang es in ihrem Bauch.

***

Als Nadine spät abends nach Hause kam und sich darüber ärgerte, dass sie Daniel nach dem Essen eine Abfuhr erteilt hatte, wurde sie von Lea gleich an der Tür empfangen.

»Ich weiß nicht, inwieweit du informiert bist, jemand scheint die Bevölkerung wieder in Angst und Schrecken zu versetzen.«

Nadine hatte Mühe, die Worte der Freundin zu verstehen. Das letzte Glas Wein bereitete ihr Schwierigkeiten. »Leaaaa«, begann sie zu lallen, »wasss meindddst du?«

Lea legte die Hand auf ihre Schulter und half ihr, sich der Jacke zu entledigen. Danach drückte sie die Freundin sanft in die Küche und bot ihr einen Pfefferminztee an. Ein paar Minuten später kam man zum Reden.

»Also was ist jetzt, Nadine? Wisst ihr das oder nicht?« Lea wirkte ungehalten. Sie machte sich Sorgen, dass erneut eine Frau ihr Leben lassen müsste. Inzwischen wusste man von den beiden Morden. Die Polizei hielt sich bedeckt und ließ außer einer kurzen Pressemitteilung kaum etwas verlauten.

Nadine verneinte und berichtete stattdessen von jenen Nachrichten, die man bislang erhalten hatte, die sich aber wieder in Luft auflösten. Was sie allerdings jetzt zu hören bekam, ließ sie nüchtern werden. Lea, die den Abend daheim verbracht hatte, um die Zeit mit ihren Freundinnen auf Facebook zu nutzen, las darin eine seltsame Meldung, die Nadine ohne ein Nachfragen verstand. *Es gibt ein weiteres Opfer?* Die Kriminalistin schoss wie ein Pfeil nach oben und lief zur Garderobe. Dort kramte sie in ihrer Umhängetasche nach dem Handy. Mit zitternden Händen führte sie es zum Ohr und wartete auf das Freizeichen. Der Angerufene nahm erst nach mehrmaligem Klingeln ab.

»Was ist los? Hast du doch Sehnsucht nach mir?«, wollte Daniel wissen und kicherte wie ein Zicklein.

»Nein. Aber ich muss dich dringend sprechen. Lea hat heute Abend eine von diesen Nachrichten gelesen. Du weißt schon, welche.«

Und ob Selzer eine Ahnung hatte. »Scheiße, wissen wir, um wen es sich dabei handelt?« Er wirkte ungehalten.

»Das kann ich dir nicht sagen. Das Ganze ist circa vier Stunden her. Muss kurz danach passiert sein, als wir das Büro verließen. Ich hatte davor noch im Handy geschaut, konnte allerdings nichts entdecken.«

Selzer blickte zur Uhr. Es war kurz nach Mitternacht.

»Lass uns morgen telefonieren. Solange es kein Opfer gibt, werden wir nix unternehmen.«

Nadine war anderer Meinung, gab sich jedoch zufrieden.

Die Straßenlaterne blitzte in Nadines Zimmer und verwandelte ihren alten Ohrensessel in ein schattiges Monster. Gleichzeitig dachte sie darüber nach, wem die Nachricht dieses Mal gegolten haben konnte. Viel wusste sie nicht, nur dass der Verfasser ein Schwein erwähnt hatte, und dennoch bekamen die Zeilen einen Sinn. Lea hatte sie erst darauf hingewiesen. Sie meinte, Worte von Hermann Hesse in der Meldung gelesen zu haben. Nadine wandte den Blick vom Sessel ab und starrte an die Zimmerdecke. *Wieso Hesse? Möglicherweise haben wir es hier mit einem sensiblen Zeitgenossen zu tun. Andererseits hat sich der Typ Zugang zur Leichenhalle verschafft und Tote geschändet. Das zeugt von einem zutiefst kalten Charakter. Würde ich meine Opfer nach dem Töten noch einmal sehen wollen? Nein, es sei denn, ich will mich daran ergötzen und zeigen, dass ich der Überlegenere bin.*

Während sie ihren Gedanken nachhing, hatte Selzer sich daheim an den Schreibtisch gesetzt und dachte in eine ähnliche Richtung. Ihm bereitete das Phänomen der Rückkehr des Täters zum Tatort, das bereits die Verhaltensforschung des FBI in ihren Studien entdeckt hatte, Kopfschmerzen. Man unterteilte darin Serienmörder in zwei Kategorien. Die der planenden und die der nicht planenden Täter. Neben einer Reihe unterschiedlichster Merkmale entdeckte man unter anderem das wiederholte Erscheinen einiger Täter am Tatort oder Grab des Opfers, jedoch aus unterschiedlichen Impulsen. Wohingegen der planende Täter aus Gründen der Machtausübung zurückgekehrt war und sich sogar an der Ermittlungsarbeit beteiligt hatte, kehrte der nicht planende häufig aus Schuldgefühlen und Reue zurück.

Sigmund Freud bezeichnete die zwei Triebkräfte, die

den Menschen beherrschten, auch *Eros* und *Thanatos.* Eros, das Lust- und Lebensprinzip, das zur Fortpflanzung und Selbsterhaltung dient, und Thanatos, jenes Prinzip, das danach strebt, die Zusammenhänge aufzulösen und die Dinge zu zerstören. Der Todestrieb, der sich in Form von Verbrechen, kriegerischen Handlungen sowie Sadismus äußert und dem die Zerstörung des Objekts innewohnt.

Selzer meinte, dass der Mörder weder aus Schuldgefühl noch Reue in die Totenhalle gegangen war. Vielmehr wollte er Macht ausüben. Die Frage war nur, warum. Was trieb ihn an? Weiterhin ging er davon aus, dass der Täter in einer ihm vertrauten Gegend agierte. Er musste seine Opfer vorab genau studiert haben, ihre Lebensweise, ihren Umgang und ihre Freunde. Also jemand, der bereits in Erscheinung getreten war. Selzer notierte sich alles auf einem Blatt Papier, das rechts neben ihm lag. Dennoch war ihm bewusst, das derjenige, sollte er klug und besonnen gehandelt haben, in gebührendem Abstand von allem agierte. Ein unscheinbarer Typ, den man eher für einen Freund halten würde statt für einen Mörder. Die Wahl der Opfer ließ vermuten, dass er sie aufgrund eines persönlichen Hintergrunds getötet hatte, was letztendlich auch das Fehlen von Einbruchspuren bestätigte. Möglicherweise war die Vergangenheit der Schlüssel für alles. Des Weiteren glaubte er nicht an eine Person, die bereits strafrechtlich in Erscheinung getreten war, was die Sache umso mehr erschwerte. Bezüglich des Motives fischte man immer noch im Trüben. Zudem ging er von einem motorisierten Täter aus, der, wenn er im Landkreis Konstanz wohnte, rasch den Tatort verlassen haben musste. Doch fremde

Reifenspuren hatte man auf dem Anwesen von Familie Nissen nicht gefunden, was der Kriminalist jedoch anzweifelte. Auch hierzu machte er sich eine Notiz, der man in der neuen Woche dringend nachgehen musste.

Selzers Augen begannen zu brennen und alles verschwommen zu sehen. Er fuhr den Computer herunter, stellte ihn aus und gönnte sich ein letztes Glas Rotwein, bevor er zu Bett ging. Daniel war mit sich zufrieden und fühlte sich dem Mörder näher, als ihm lieb war. Und noch etwas spürte er wieder in sich aufkeimen, das Gefühl für Nadine. Ihr Katz-und-Maus-Spiel ging nun schon ein paar Jahre. Würde sie sich endlich erwärmen, ihn zu erhören, oder sollten seine Bemühungen im Sande verlaufen? Ewig wollte er nicht warten. Inzwischen war er Ende dreißig und dachte allmählich an die Gründung einer Familie.

Während sich einer dem negativen Trieb hingab, stolperte ein anderer dem positiven entgegen. Wie eng Freud und Leid doch beieinanderlagen und anscheinend in einer Stadt wohnten.

Am nächsten Morgen hatte Lea eine Idee. Es war Samstag, die Sonne schien und die Freundinnen hatten endlich mal wieder Zeit füreinander. Da die Innenstadt ohnehin von einkaufswilligen Schweizern überfüllt war, beschloss man, den Tag mit einem Spaziergang zu verbringen. Nach einem ausgiebigen Frühstück mit frischen Brötchen, einer Tasse Kaffee und dem unmerklichen Geplauder im Radio, zog man sich jahreszeitgemäß an.

Nadine freute sich, weil sie seit Längerem nicht mehr entlang der Seestraße spazieren gegangen war. Die beiden liefen in Richtung Bahnhof, um am Wahrzeichen der Stadt, der Imperia-Statue am Hafen, mit der Wanderung zu beginnen. Die neun Meter große und freizügige Frauenfigur des Bildhauers Peter Lenk hatte bereits viel Aufmerksamkeit erregt und Kritik bekommen wegen ihrer Darstellung einer Kurtisane aus früheren Zeiten. Auf ihren ausgestreckten Händen präsentierte sie zwei Gauklerfiguren, die eines Papstes sowie die eines Kaisers. Sie hinterfragte satirisch die Stellung und Legitimation der weltlichen und geistlichen Macht zu Zeiten des Konzils von 1414 bis 1418. Auch heute noch war das Konzil ein mächtiges altes Bauwerk mit Blick zur Imperia. Allerdings, wo einst mit Waren und Frauen gehandelt wurde, erstreckte sich jetzt ein Gasthaus.

Danach ging es durch den Stadtpark mit Sicht zum Bodensee, der vor sich hin zu schlummern schien und am Horizont einen wunderbaren Ausblick auf die Seestraße mit ihren Jugendstilfassaden ermöglichte. Man lief über die Rheinbrücke, bog rechts die Treppe nach unten nehmend ab und gönnte sich das Panorama alter Häuser. Lediglich ein paar Jogger kreuzten ihren Weg. Entlang dem Schwäbischen Meer, wie der Bodensee auch genannt wurde, der Deutschland, die Schweiz und Österreich miteinander verband, ging es weiter.

»Was glaubst du, wie breit ist der See?«, fragte Lea irgendwann.

»Weiß nicht«, erwiderte Nadine und prüfte indes den Sitz von Handschuhen und Schal.

»14 Kilometer breit und 63 Kilometer lang.«

»Tatsächlich?« Nadine schaute erstaunt zum See hinüber.

Inzwischen hatte die Sonne einen Unterschlupf gesucht und ließ es merklich kühler werden, was die beiden nicht davon abhielt, weiterzulaufen. Erst als man in Höhe der Seniorenresidenz *Wolkenlos* war, beschloss man, einen Abstecher dorthin zu machen, zumal es hier ein öffentliches Café gab.

Die Wärme im Inneren des Lokals ließ Nadine ermüden. Umso mehr erfreute sie sich des Latte macchiato sowie dem hauseigenen Käsekuchen, der noch warm vom Backen war. Vormittags hoffte sie, hier niemanden anzutreffen. Doch gerade als Nadine die Kuchengabel in den Mund schieben wollte, bogen zwei alte Bekannte um die Ecke. Eigentlich mochten Maria und Charlotte nur sehen, ob sich eine der Damen aus dem Haus hierher verirrt hatte.

»Ach, das ist aber nett«, rief Charlotte bereits von Weitem und ging schnurstracks auf die jungen Frauen zu. »Dürfen wir uns dazusetzen?«, fragte sie vornehm und zupfte an ihrem wollenen Tuch, das sie über der Schulter trug.

Nadine erhob sich von ihrem Loungesessel und bot den beiden einen Platz an.

Doch Maria haderte mit sich, ob sie die Einladung annehmen sollte, zumal sie keine Lust verspürte, über irgendwelche Kriminalfälle zu sprechen. Viel lieber hätte sie ihre Freundin für sich gehabt. Mit einem deutlich schlecht gelaunten Gesichtsausdruck setzte sie sich dennoch.

»Wat führt Sie denn zu uns? Doch nicht etwa ein Mord?« Hätte sie doch nur nichts gesagt, denn gleich einem Startschuss auf einer Rennstrecke fuhr Charlottes Mundwerk hoch und begann sofort mit den Fragen. »Ein Mord? Davon wüsste ich aber was.« Danach ging es erst richtig los. »Habt ihr den Täter bereits? ... Nein? ... Aber einen Hinweis habt ihr doch ... Auch nicht? ...

Hier im Haus munkelt man etwas von vergifteten Blumen ... Keine Blumen. Vergiftete Pralinen? Gott wie furchtbar. Aber warum? ... Auch das wisst ihr nicht? ... Aber was wisst ihr dann?« *Ich sehe schon, ohne mich kommt die Polizei nicht voran. Charlotte, du musst helfen!*, beschloss die rüstige Rentnerin und schaute Maria ver-schwörerisch an, die sogleich mit einem heftigen Kopfschütteln widersprach.

Dit hat mir noch jefehlt. Wieso kann sie keene Ruhe jeben? Wenigstens einmal. Mann, dit Leben könnte doch so schön sein, wenn nur dieser Mist nicht immer wäre.

Charlotte fühlte sich schlecht. Es war ihre Schuld, wenn Maria sich die ganze Zeit langweilte und Hoffnung auf einen vergnüglichen Vormittag machte. »Verehrteste, Sie müssen mich verstehen. Jetzt ist jede helfende Hand vonnöten«, erklärte sie konzentriert, nur um die Worte der jungen Bekannten nicht zu verpassen.

Maria seufzte. »Ja ja, machen Sie nur. Dajegen komm ick sowieso nicht an.«

Charlotte wandte sich wieder Nadine zu. »Habt ihr schon irgendetwas über die Stadträtin herausgefunden? Vielleicht hatte sie einen Liebhaber. Du weißt doch, die meisten Verbrechen geschehen aus Eifersucht.«

Maria war außer sich. Gut, sie hatte zwar nicht so viel Ahnung wie die Freundin, aber sie wusste, dass die Tochter der Stadträtin ebenfalls zu Tode gekommen war. Es passte für sie nicht zueinander. Wie ein paar Schuhe, das nur aus dem linken bestand. Hätte es einen Nebenbuhler gegeben, wäre wohl die Tochter nicht auch zu Tode gekommen. »Alles Blödsinn«, stellte sie klar und schlürfte ihren Kaffee, was wiederum von Charlotte mit einem eindeutigen Gesichtsausdruck missbilligt wurde.

»Nein, bis dato lässt sich nichts sagen.« Nadine kratzte sich am Kinn. »Ich glaube nicht, dass sie Zeit für eine Liebschaft hatte.«

Charlotte holte tief Luft. »Und wenn es ein Auftragsmord war?«

»Na klar, ein Auftragsmord«, wiederholte Maria und konnte ein Grinsen nicht unterdrücken. »Ick globe, Sie mischen sich schon viel zu lange in die Anjelegenheiten anderer. Mafia? Bei uns? Ne ne, dit hat janz bestimmt 'ne logische Erklärung.«

Charlotte presste die Lippen aufeinander. Binnen kürzester Zeit verwandelte sich ihr freundliches Gesicht in ein zorniges. Hätte Maria doch nur den Mund gehalten. Echauffiert schoss die Bekannte von ihrer Sitzgelegenheit hoch, verabschiedete sich und lief so schnell wie möglich aus dem Lokal.

Maria trat an die Seite von Nadine. »Jetzt sehen Sie, wat dabei rauskommt. Nüscht als Ärger. Mann, wat soll ick nur mit der machen? Immer dit gleiche.« Danach verschwand auch sie.

Die Freundin sah genervt zu Lea.

»Tja, besser wir gehen jetzt«, meinte Lea. Sie kramte aus ihrer Tasche die Geldbörse hervor und winkte die Kellnerin zu sich. »Dieses Mal lad ich dich ein.«

Nadine stellte die Ellenbogen auf den Tisch, legte das Kinn in die geöffneten Hände und starrte zu Lea. »Wieso müssen die immer so rumzicken?«

Nachdem Lea bezahlt hatte, sortierte sie die Geldscheine zurück in das Portemonnaie. »Fragst du mich das jetzt allen Ernstes? Schau dich an! Ständig hast du mit deinem Kollegen Trouble.«

Die Freundin kehrte in sich und musste ihr schweren Herzens recht geben. Im Anschluss gingen auch sie.

Der restliche Spaziergang führte die zwei entlang am See zum Hörnle, dem Strandbad der Städter, gelegen am Ende der Konstanzer Bucht. Von hier hatte man einen fantastischen Blick auf den Obersee sowie den Überlinger See, was die beiden letztendlich versöhnlich stimmte.

14. Abschied dem Verräter

Das Landgericht lag mitten im Herzen von Konstanz, begrenzt von der Unteren Laube und der Gerichtsgasse sowie einer großzügigen Rasenfläche davor. Als am Morgen die Rechtsreferendarin Karolin Rix durch das Renaissance-Portal mit der Darstellung des heiligen Jakobus schritt, war sie aufgeregter denn je, weil sie ihrem ersten öffentlichen Prozess entgegensah. Gut vorbereitet trat sie in den nüchtern anmutenden Saal. Drei längliche Holztische mit Stühlen für das Publikum, mehr gab es darin nicht.

Im Raum waren noch wenige Leute. Sie setzte sich in die vordere Reihe und wartete geduldig, bis er sich füllte. Pünktlich für 9.00 Uhr war die Verhandlung angesetzt. Wegen räuberischer Erpressung wurde einem 21- und 22-Jährigen die Anklage gemacht, durch die der Vorsitzende Richter Klaus Matuschek führen sollte. Als der Jurist nach einer dreiviertel Stunde den Gerichtssaal nicht betreten hatte, wurde die Verhandlung vertagt und die Angeklagten in ihre Zelle geführt.

Frau Rix machte sich Sorgen und beschloss, ihn zu kontaktieren. Da er weder geschäftlich noch privat erreichbar war, suchte sie ihn auf.

Es war ein kalter Morgen, den sie lieber mit ihrem Freund im Bett verbracht hätte, statt nach ihrem ehemaligen Professor zu sehen. Der Stadtteil Staad, wo Matuschek wohnte, gehörte zu den vornehmsten überhaupt. Wer hier ein Haus sein Eigen nannte, war entweder reich oder hatte es geerbt. Bezahlbar waren die Häuser längst nicht mehr, trotz angenehmer

Zinsentwicklung. Kein Otto Normalverbraucher konnte sich hier etwas leisten, es sei denn, er war Richter wie Matuschek.

Sie parkte ihren alten VW Golf in der Einfahrt, stieg aus dem Auto und vernahm sogleich die Ruhe, welche das Anwesen umgab. Ein wenig gespenstisch fand sie es dennoch.

Karolin Rix näherte sich dem Haus und klingelte. Als jedoch niemand öffnete, entschied sie, um das Grundstück herumzulaufen. Ein schmaler asphaltierter Weg entlang einer Kirschlorbeerhecke wies ihr die Richtung. Sekunden später fand sie sich auf einer riesigen Grünfläche stehend, die an eine Terrasse grenzte. Die Gartenmöbel waren abgedeckt und alles schlummerte friedlich vor sich hin. Fast hätte man meinen können, hier wohnte niemand. Um sich einen Blick von der Lage zu verschaffen, lief die Juristin zum angrenzenden Panoramafenster und blickte ins Wohnzimmer, bis sie erschrocken rief: »Um Gottes willen. Herr Matuschek?« Der Richter lag vor ihr auf dem Boden. Ohne Zögern wählte sie die Nummer der Polizei und wartete auf deren Eintreffen.

Etwa fünfzehn Minuten vergingen, bis jemand vor Ort war.

Der Streifenpolizist schlug denselben Weg ein, den auch sie gegangen war, und schritt auf die junge Frau zu. Sein kühler Blick, mit dem er sie musterte, ließ sie zweifeln, ob er ihr glaubte. Immerhin war sie zuerst vor Ort gewesen. Zunächst sagte er kein Wort, sondern starrte sie nur an, als hätte sie einen Klingelstreich verübt, den er jetzt ahnden müsste.

Sie reichte ihm die Hand und musterte ihn mit kühlem Blick.

»Guten Morgen, mein Name ist Rix, ich war mit Herrn Matuschek heute im Gericht verabredet. Nachdem er nicht erschienen war, habe ich ihn angerufen. Ohne Erfolg. Ich habe mir dann erlaubt, nach dem Rechten zu schauen, und sah ihn so da liegen. Sehen Sie selbst!«, sagte sie und wies mit der Hand in die genannte Richtung.

Der Uniformierte erwiderte die Begrüßung, drehte sich sofort um und starrte durch die Fensterfront. »Haben Sie irgendetwas berührt?«

»Nein, natürlich nicht. Ob er tot ist?«

»Das werden meine Kollegen von der Kripo gleich feststellen«, sagte er und alarmierte sie.

Nach zehn Minuten wimmelte es nur so von Leuten der Spurensicherung.

»Wo finde ich das Opfer?«, hörte man jemanden rufen und eine Blondine näherte sich.

»Sie müssen ums Haus herum gehen«, erwiderte ein Kollege in weißem Schutzanzug. Offenbar war er neu im Team.

»Geht's auch etwas genauer?«, maulte Nadine und schaute ihn gereizt an.

»Folgen Sie dem Weg. Er führt direkt zum Garten.«

»Na bitte, geht doch«, blaffte sie zurück. »Sie sind wohl noch nicht lange bei der SpuSi.«

Der junge Mann lächelte verschmitzt. »Genau genommen drei Monate. Kommen Sie, ich bringe Sie hin.«

Nadine zeigte sich versöhnlich und nahm den Vorschlag an. Während sie den Rasen betrat, strahlte die Sonne durch die Baumkronen und ließ sie die Augen zusammenkneifen. *Herrlich, ein Wetter, um in die Sauna zu gehen.* Sie wandte sich an die Rechtsreferendarin und

162

stellte die üblichen Fragen. »Ist Ihnen irgendetwas aufgefallen?« Inzwischen ging man von einem Gewaltverbrechen an Matuschek aus.

»Nein! Er war bereits tot, als ich kam.«

»Und sonst?«

»Nichts«, wehrte Karolin Rix ab.

»Gut, vielen Dank«, gab Nadine schlecht gelaunt von sich. »Würden Sie bitte den Kollegen Ihre Personalien geben.« Sie wandte sich von ihr ab und streifte Latexhandschuhe über, um in das Wohnzimmer zu gehen. Die imposante Sitzgruppe samt einer Sammlung zeitgenössischer Gemälde ließ Nadine staunen. Zunächst stufte sie die Bilder als echt ein, jedoch bei genauerem Hinsehen erwiesen sie sich als Drucke. Ansonsten schien der Geschmack des Inhabers eher altbacken – dunkle Möbel, braune Türen und eine veraltete Küche.

Bedächtig schritt die Kriminalistin zum Toten, der merkwürdig anmutend auf dem Boden lag. Sie sah auf die Leiche hinab. Die Augen waren geschlossen. Und auf den ersten Blick meinte sie, ihn zu kennen. *Der Mann von Freitag? Mist, ich habe ihn nur von hinten gesehen. Dennoch, er könnte es gewesen sein.*

»Weiß man, wie sich der Täter Zugang verschafft hat?«, fragte Nadine in die Runde von Kollegen, die inzwischen um die Leiche herumstand.

»Er könnte über die Terrasse gekommen sein. Wenn man erst einmal die Tür aufgehebelt hat, ist es ein Leichtes, einzudringen. Oder durch den Keller. Von den Anwohnern, die wir befragt haben, erinnert sich niemand, etwas Auffälliges bemerkt zu haben«, meinte Hübner, der sich kundig gemacht hatte.

Nadine schaute auf Matuschek. »Findet ihr seine

Haltung nicht merkwürdig? So liegt kein Toter da. Der wurde regelrecht aufgebahrt. Als läge er in einem Sarg.«

»Na, dann kann man sich den Leichenbestatter ja sparen«, hörte man die Stimme Hendricks, der sich der Leiche näherte und ebenso gebannt auf sie starrte. »Dazu wirkt der Mann ausgesprochen frisch.«

Man machte ihm Platz.

Hendrick hockte sich hin und ging an die Arbeit, währenddessen Nadine zum Terrassenfenster schritt. Augenscheinlich nach war es nicht gewaltsam geöffnet worden, was sie zum Schluss kommen ließ, dass der Täter einen anderen Weg benutzt haben musste. Zielgerichtet ging sie zum Hauseingang und vergewisserte sich auch dort. Der Bursche, der ihr erzählt hatte, erst bei der Spurensicherung angefangen zu haben, hantierte gerade an der Haustür mit Pinsel und Fingerabdruckpulver.

»Und irgendwelche Spuren?«, erkundigte sich Nadine freundlicher als zuvor.

»Einige.«

»Oh, wie präzise. Na, da bin ich aber gespannt.« Mit einem Lächeln und dem Wissen, dass der neue Kollege im Moment noch nichts sagen konnte, wandte sie sich ab und ging zu Hendrick, der die Leiche untersuchte.

»Und?«, fragte sie knapp.

»Blutige Angelegenheit«, meinte er zu ihr aufblickend.

Nadine schaute skeptisch. »Wie kommen Sie darauf? Ich sehe kein Blut.«

Hendrick zeigte auf das Parkett. »Wenn ich mit UV-Licht darübergehe, könnten Sie es sehen.«

»Tatsächlich? Haben wir es etwa mit einem Profi zu tun?« Der Gedanke bereitete ihr Angst. *Wieso ausgerechnet Richter Matuschek?*

Hendrick wirkte unentschlossen. »Warten wir die Obduktion ab.«

»Und wann wird das sein?«

»Morgen früh.«

»Wieso erst dann?«

Der Rechtsmediziner erhob sich und strich über seine Hose. »Ich habe noch einen Rentner auf dem Tisch liegen, bei dem man am Herzversagen zweifelt«, erklärte er nüchtern.

»Was dagegen, wenn ich dabei bin?«, fragte Nadine mutig.

»Sind Sie sicher, dass Sie das wollen?«

»Nein, das bin ich nicht, aber ich könnte es versuchen. Irgendwann ist immer das erste Mal.«

Hendrick stimmte ihr mit einem Kopfnicken zu, zweifelte aber an ihrem Willen.

Dass Nadine bereits einer Obduktion in der Polizeischule beigewohnt hatte, erwähnte sie nicht. Im Gegensatz zu ihren Mitstreitern hatte sie nur ein flaues Gefühl in der Magengegend gehabt, und war nicht wie sie umgekippt.

Der Rechtsmediziner schaute kritisch. *Respekt, das hätte ich nicht gedacht.* Ohne ein Wort begab er sich erneut in die Hocke und kümmerte sich um den Toten, bis er ihn für den Abtransport ins Leichenschauhaus freigab. Seine Arbeit war vorerst getan.

Nadine missfiel der Tatbestand einer dritten Leiche. Noch wusste man nicht, woran der Richter gestorben war. Dass er getötet worden war, stand außer Frage. Obwohl mehrere Morde aufzuklären waren, schloss sie eine Serie aus. Das Bild Matuscheks passte nicht zu den anderen. Zumindest sagte das ihr Gefühl, obschon das den Kollegen nicht behagte. »Man sollte sich niemals auf die innere Stimme verlassen«, hörte sie noch heute ihren ehemaligen Chef sagen, der sich vor Jahren bei einem Treppensturz Arme und Beine gebrochen hatte. Daraufhin war er in den Ruhestand gegangen, was sie nicht weiter gestört hatte. Er war ein Flegel. Und zum Glück hatten sich die Zeiten geändert wie auch der Chef. Selzer, der neue, verkörperte einen anderen Typ Mann. Modern und respektvoll. Trotzdem ließ sie sich von ihrem Gefühl leiten und wollte genau dort ansetzen, wo sie die Spur von Nissens Gast verloren hatte. Bei Nissen selbst.

Nadine unterrichtete Selzer von ihrem Vorhaben, der entschlossen war, sie zu begleiten. Man stieg ins Auto, während er es chauffierte und sie aus dem Fenster starrte. Nachdenklich wandte sie sich ihm zu. »Findest du es nicht seltsam, dass Nissen und Matuschek nur einen Katzensprung voneinander entfernt wohnen? Mit Sicherheit kannten sich die beiden. Immerhin arbeiteten sie in derselben Branche.«

»Warten wir es ab. Wer weiß, ob Nissen zu Hause ist. Eigentlich müsste er jetzt in der Kanzlei sein.« Selzer schaute auf die Armbanduhr, die kurz nach eins zeigte.

Nachdem der Wagen vor dem Haus geparkt war, stieg man aus und ging zielstrebig darauf zu. Nadine fühlte sich unwohl, zumal sie mit einem kurz angebundenen Nissen rechnete. Der Mann schien abwesend, unterdessen die russischstämmige Haushälterin Olga mit dem Fahrrad um die Ecke bog. Bereits von Weitem schüttelte sie den Kopf. »Njet, der ist arbeiten.«

Die Kriminalisten bedankten sich und fuhren zu Nissens Sozietät. Man hatte Glück. Kurt Nissen saß im

Büro und wälzte einen Stapel Akten. Neben ihm auf dem Tisch standen eine Flasche Mineralwasser sowie eine Kanne Tee. Dem Klopfen an der Tür begegnete er ungehalten, hatte er doch seiner Sekretärin erklärt, er wünsche keine Störung. »Was gibt es denn?«, fragte er gereizt und man sah ihm an, dass er an einem Gespräch mit der Polizei nicht interessiert war. »*Sie* schon wieder? Ich habe Ihnen doch gesagt, dass ich den Tod meiner Familie erst einmal verdauen muss.«

Die beiden gingen auf ihn zu. Selzer voran, Andres ihm nach. »Aber dieses Mal kommen wir in einer anderen Angelegenheit«, meinte Selzer.

»Also, um was geht es *dieses Mal?*«, fragte Nissen gereizt nach und schaute auf die Uhr, um zu signalisieren, dass die Zeit bemessen war.

»Kennen Sie einen Klaus Matuschek?«, legte der Kriminalist los.

Die Erwähnung des Namens traf den Anwalt wie einen heftigen Schlag gegen die Brust. Sofort wimmelte es nur so von Gedanken in seinem Kopf. *Wieso fragen die nach ihm?* Nissen presste Luft die Kehle hinab. Es fühlte sich an, als würde er nicht genügend Sauerstoff bekommen. Obwohl er keine Krawatte trug, zog er am Kragen, als hätte er eine um den Hals liegen. »Ja, wer kennt den nicht? Ich bin Anwalt und habe des Öfteren mit ihm zu tun. Wieso die Frage?«

»Man hat ihn heute Morgen in seinem Haus tot aufgefunden. Wir gehen von einem Gewaltverbrechen aus«, gab Selzer von sich. Er sah in die Augen des vor ihm sitzenden Mannes, der plötzlich schwer schluckte und alles nur noch wie gedämpft um sich herum wahrnahm. »Herr Nissen? Haben Sie gehört, was ich sagte?«, wiederholte Selzer und erhielt keine Antwort.

Erst nach einer erneuten Aufforderung schaute Nissen ihn an.

Der Rechtsanwalt griff nach der Mineralwasserflasche. Mit zittrigen Händen öffnete er sie und führte sie zum Mund. Sein Schlucken verdrängte die Stille, was Nadine zum Anlass nahm, ihn nach seinem Befinden zu fragen.

»Ich habe seit heute Morgen nichts gegessen. Mir ist etwas flau im Magen«, tat Nissen die Gefühlsregung ab.

»Könnte Ihre Sekretärin nicht ...?«, wollte Nadine sagen, als der Anwalt ihr das Wort abschnitt. »Nein, kann sie nicht«, entgegnete er barsch. »War's das jetzt?«

Nadine tat verärgert. »Okay, dann reden wir später.« Ihre Stimme klang ebenso gereizt wie die von Nissen, der sich um ein Lächeln bemühte. *Was ändert das?* Sein Inneres war aufgewühlt wie der Sand nach einem Sturm. Alles um ihn herum schien zusammenzufallen. Nichts blieb, wie es war. Binnen einer Woche hatte ein Unbekannter sein Leben zerstört. Er fühlte sich wie jemand, dem man offenbart hatte, dass seine Gewaltfantasien heilbar wären, die er zwar nicht besaß, die aber aufkeimten. Er musste denjenigen finden, der ihm all das zugefügt hatte. Koste es, was es wolle.

Nachdem die Polizisten gegangen waren, sackte Kurt Nissen zusammen und begann zu weinen. Niemand sollte ihn derart sehen, derweil die zwei auf dem Weg zum Auto heftig diskutierten, ob man ihn nicht vorladen solle. Nissens ständige Ausflüchte gingen Nadine gehörig auf die Nerven. Darüber hinaus stachelten sie ihren Ehrgeiz an. Was hatte er nur zu verbergen?

In dieser Nacht schlief Nissen schlecht, genau wie in der zuvor. Zum Essen musste er sich zwingen, zu vier

Gläsern Wein nicht. Erschöpft war er ins Bett gefallen, um Stunden später zu erwachen und schmerzlich festzustellen, dass das Bett neben ihm leer war. Instinktiv streckte er die Hand aus, fühlte auf das benachbarte Laken und hatte keine Erklärung parat.

Genau wie Nissen schlief auch Nadine miserabel. Nicht weil sie zu viel gegessen hatte, nein, vielmehr bereitete ihr das Versprechen Hendrick gegenüber Kopfschmerzen, dem sie zugesagt hatte, bei der morgendlichen Leichenschau zugegen zu sein. Als sie damals den leblosen Körper eines Babys auf der kalten Pritsche des Todes liegen gesehen hatte, hatte sie sich dem gewachsen gefühlt. Doch heute? Sie erinnerte sich noch gut an das Kind, welches von seinem Vater getötet worden war, und an den Rechtsmediziner, der in die Runde empörter Polizeianwärterinnen und -wärter schaute.

Die jungen Leute hatten erfahren, dass das Baby vom Papa zu Tode geschüttelt worden war. Nur warum? Handelte es sich hierbei um einen überforderten als auch gewalttätigen Vater aus sozialschwachen Verhältnissen? Nein, das tat es nicht. Was man dann zu hören bekommen hatte, sollte ihre Sichtweise für den Tod ändern.

Wie jeder liebende Mann hatte auch dieser Angst um sein Kind gehabt und die Sorge um den plötzlichen Kindstod hatte wie ein Damoklesschwert über ihm geschwebt. Als es eines Tages nicht mehr geatmet hatte, war er in Panik geraten und schüttelte es so lange, bis es starb.

Zutiefst betrübt war man an jenem Tag aus dem Sektionssaal gegangen und hatte Wochen später erfahren, dass der Vater die Schuld auf sich genommen hatte. Die Antwort, ob sein Freispruch gerechtfertigt war, ließ man offen. Schlussendlich war nicht das Strafmaß entscheidend, sondern die Buße, die jeder in solch einem Fall zu durchleben hatte, und für die es kein Gefängnis gab.

Als Nadine am anderen Morgen erwachte, ging sie in Gedanken Atemübungen durch und versuchte, sich zu entspannen. Auf Joggen verzichtete sie, zumal es in der Nacht geschneit hatte. Stattdessen ging sie früher als gewohnt zur Arbeitsstelle und wünschte im Foyer Herrn Matissen alles Gute, weil er Ende der Woche in den wohlverdienten Ruhestand wechseln wollte.

Der Grauhaarige mit dem Seemannsbart war kein Kriminalbeamter, ungeachtet dessen interessierte er sich für Menschen mit kriminellen Handlungen, was letztendlich der Grund gewesen war, zur Polizei zu gehen.

»Und, Frau Andres, was macht die Arbeit?«, fragte er höflich nach und man hörte sofort, dass er aus dem Norden stammte.

»Ehrlich gesagt, im Moment macht sie keinen Spaß.«

»Das wird schon wieder. Ich wünsche Ihnen einen tollen Tag«, sagte Matissen und begann, ein paar Takte aus *Ich war noch niemals in New York* zu pfeifen.

Nadine kannte das Stück und es sollte sie für den Rest des Tages begleiten. Aber nicht nur das, ihre Laune verbesserte sich schlagartig und ließ die stattfindende Obduktion weniger grausam erscheinen.

Pünktlich um zehn vor neun betrat sie den Sektionssaal mit weichen Knien.

170

Hendrick hatte bereits alles vorbereitet und stand neben der Leiche von Klaus Matuschek. Als er sie hereinkommen sah, schaute er kurz zu ihr und schien gleichfalls überrascht. »Sie haben tatsächlich Wort gehalten«, bemerkte er beeindruckt und schielte zu seinem Kollegen.

Nadine trat näher und blickte in das Gesicht des Toten. Danach musterte sie den Arzt.

»Und schon eine Idee, warum der Mann so drapiert wurde?«, fragte Hendrick.

»Tja«, begann sie, »ich würde meinen, es handelt sich um einen Einzeltäter, der Matuschek als Art Trophäe sieht. Er wollte, dass man ihn auf diese Weise findet, sonst hätte er ihn nur getötet.«

»*Nur getötet?*«, wiederholte Hendrick unmissverständlich. »Das ist wie ein bisschen schwanger. Entweder man ist es oder man ist es nicht. Ebenso wenig spricht man von *nur töten*«, maßregelte er sie. Der Rechtsmediziner deckte den Verstorbenen auf, dessen Anblick Nadine aufstoßen ließ. Sie schürzte die Lippen. »Sorry, Sie wissen doch, was ich damit sagen will.«

»So, weiß ich das?«, entgegnete der Arzt flapsig. »Mhm, die Theorie eines Einzeltäters?«, meinte er nüchtern. Er schaute auf die blasse Haut des Toten und vollendete den y-förmigen Einschnitt an der Vorderseite des Rumpfes. Im Anschluss legte er das Skalpell beiseite und wollte zur Säge greifen, als Nadine die Hand vor den Mund hielt und kurz davor war, sich zu übergeben. Gerade noch rechtzeitig verließ sie den kalt anmutenden Saal, wohingegen Hendrick die Leichenschau fortsetzte.

15. Ein qualvolles Ende

Als Nadine sich von ihrem Schreck erholt hatte, betrat sie erneut den Saal, wohnte jedoch nicht mehr der Sektion bei. Stattdessen lauschte sie dem Gespräch der Fachleute, die von Einbalsamierung sprachen. Worte wie *Leichenkonservierung* und *Mumifizierung* schossen ihr durch den Kopf.

»Derartiges ist mir bisher noch nicht untergekommen«, hörte sie Hendrick dicht vor sich sagen. Nadine erschrak. Sein Nähertreten hatte sie nicht bemerkt. »Man hat ihm bei lebendigem Leib das Blut aus den Arterien gepumpt, bis er daran starb, und dann Hohlraumflüssigkeit in den Torso gepresst. Ich gehe von Formaldehyd aus. Allerdings frage ich mich, woher er das Zeug hat.«

Aber warum? Wieso sollte jemand erst das Blut aus den Adern pumpen und dann das Bild eines Schlafenden vortäuschen? Letztendlich änderte es nichts am Tod, egal, wie man Matuschek hinterlassen hatte. Irgendetwas stimmte für Nadine daran nicht. Sie seufzte. *Angenommen, wir haben es mit einem Täter zu tun, der Magdalena und Isabell Nissen ermordet hat, und mit einem weiteren, der den Richter auf dem Gewissen hat. Und dennoch besteht zwischen den Morden eine Verbindung namens Kurt Nissen. Er kannte alle drei Opfer. Nur was hatten sie gemein?* Wie gebannt blieb sie auf ihrem Stuhl sitzen, von dem aus sie die ganze Zeit die beiden Ärzte beobachtet hatte. Eigentlich sollte sie ins Büro, fühlte sich aber dazu nicht imstande. Etwas ließ sie nicht los. Waren es die drei Toten, deren Seelen keine Ruhe gaben, oder war es der Umstand, von dem Hendrick gerade gesprochen hatte.

»Na Kollegin, Sie können jetzt gehen«, sprach Hendrick auf Nadine ein und legte die Hand auf ihre Schulter. Gleichzeitig wies er mit dem Kopf in Richtung Ausgang. »Ich mach mich gleich an den Bericht, damit Ihre Kollegen ihn noch vor dem Abend haben. Okay?«

Nadine nickte, als würde sie verstehen, was er sagte, aber nicht wissen, was er meinte. Erst als der Arzt sie an der Schulter rüttelte, kam sie zu sich. Ihr Blick huschte zur Uhr. Sie verließ die Rechtsmedizin und lief durch den weiß getünchten Flur zum Treppenhaus. Auf den Fahrstuhl verzichtete sie, zumal sie die Dinger ohnehin nicht mochte. Die Vorstellung, darin stecken zu bleiben, dazu allein, bereitete ihr Unbehagen. Jede zweite Stufe nehmend, preschte sie die Treppe hinauf und stürzte hinaus ins Freie. Trotz der herrschenden Kälte, die ihr sofort ins Gesicht peitschte, fühlte sie sich lebendig. Der Geruch von Schnee umspielte ihre Nase, und die Freude auf ein warmes Büro stimmte sie besser gelaunt.

Wie schon lange nicht mehr raste Nadine mit dem Motorroller durch die Stadt und genoss das Leben.

»Matuschek wurde einbalsamiert?«, fragte Selzer ungläubig und erhob sich von seinem Schreibtischstuhl. Er hatte gerade den Telefonhörer zurück auf das Telefon gelegt, als er Nadine ins Büro treten sah. Zunächst glaubte er an einen Scherz, doch als er das betroffene Gesicht der Kollegin betrachtete, die schweigend nickte, zweifelte er nicht mehr.

Nadine zog die Jacke aus und wandte sich Selzer zu. »Es war grausam. Ich konnte der Autopsie nicht vollständig beiwohnen. Mir war kotzelend«, stöhnte sie und pustete Luft durch den Mund.

Hufnagel zog unterdessen seine Schreibtischschublade auf, um eine kleine Flasche zu entnehmen, und überreichte sie der Kollegin. »Das wird helfen.«

Überrascht schaute sie ihn an, zögerte, gönnte sich aber den Schnaps. Ihrem Husten nach hatte er gewirkt. »Wow, was ist das für ein Teufelszeug?«

Hufnagel grinste und bemerkte wohlwollend: »Das stammt aus meinem Erste-Hilfe-Koffer. Nehmen Sie es wie Medizin.«

Obgleich Nadine Hochprozentiges hasste, war sie dankbar dafür. Leider konnte der Klare nicht über das unangenehme Erlebnis hinweghelfen. Es war da und klebte an ihr wie eine üble Nachrede. Trotz allem war sie stolz, sich anfangs noch der Herausforderung gestellt zu haben, und erntete die zustimmenden Blicke der Männer. Selbst der abgeklärte Hübner begann unentwegt zu nicken.

Mit den Händen in den Hosentaschen lief Selzer durch das Büro. Erst zum Fenster, dann zur Kaffeemaschine, um schließlich vor der Glaswand stehen zu bleiben. »Versuchen wir es anders. Worin sehen Sie das Motiv?«, fragte er herausfordernd. Gleichzeitig nahm er sich einen Stift und notierte das Wort MOTIV auf das Glas.

Nadine antwortete mit »Mord aus Eifersucht«, was Selzer mit einem Gedankenstrich darunter setzte. »Gut und weiter?«

»Aus Geldgier«, gab Hübner gelangweilt von sich.

Selzer notierte auch das.

Hufnagels Antwort war »Aus Rache«, was wiederum vom Chef festgehalten wurde. »Das reicht mir nicht. Bitte strengen Sie sich an! Wir sollten die drei Morde nicht über einen Kamm scheren, wenngleich sie kurz hintereinander geschehen sind.« Selzer schüttelte

174

unwillkürlich den Kopf. »Mir fehlt zwischen dem ersten und dem letzten Tötungsdelikt die Verbindung. Stellen Sie diese her und ich schließe mich Ihnen an!«

Nadine postierte sich vor ihm. »Du machst Witze, oder? Der Mörder postet drei aufeinanderfolgende Nachrichten und benutzt jedes Mal ein Gedicht von Hermann Hesse. Warte, ich google es!« Sie ging zum PC und wurde sofort fündig. »Der Duft der Rose nimmt dich in einen süßen Bann, rührt dich liebkosend leise wie eine Liederweise mit Ahnung voller Schönheit an, ist ohne Gleichnis rein und zart: Du kannst es nicht ermessen, fühlst nur ein süß Vergessen und eine Gegenwart.«

Selzer stimmte ihr zu. »Das scheint eine Verbindung zu sein. Genauso gut wäre ein Trittbrettfahrer denkbar.«

»Lassen Sie bitte die Kirche im Dorf«, widersprach Hufnagel energisch.

Nadine mischte sich ein. »Ich habe mir die Textstellen bereits angeschaut. Für Mutter und Tochter hat der Schreiber die ersten Zeilen gewählt, während er für den Richter die letzten nahm. Aber die Dazwischenliegenden sind unbenutzt.«

Selzer wirkte nachdenklich. »Du gehst von einem weiteren Mord aus?«

Nadine zuckte mit den Schultern. »Wäre doch möglich, oder?«

»Gut, halten wir an deinem Gedanken fest. Kommen wir zur Beantwortung der Motivfrage. Wem könnte der Tod der beiden Frauen dienen? Nissens Geliebter? Nur wer soll das sein?«

Fast zeitgleich kam die Antwort. »Seine Sekretärin.«

Nadine, die mit ihr gesprochen hatte, hielt es für absurd. Die Kleine schwärmte regelrecht für ihren Chef.

Man beschloss, ihr erneut einen Besuch abzustatten und nach dem Alibi zu fragen.

»Tja und jetzt beißt sich die Katze in den Schwanz«, meinte Selzer. »Und wieso hätte sie auch Matuschek ermorden sollen? Einen dicken, unansehnlichen, alten Mann? Mal abgesehen von der Art des Tötens. Hier war jemand mit einer ordentlichen Portion Wut am Werk.«

»Vielleicht war sie beiden Männern zugewandt«, erklärte Hübner fachmännisch, als würde jede Frau nur darauf warten, mit zwei Kerlen ins Bett zu steigen. Letztendlich entsprang der Satz wohl eher seiner Wunschvorstellung.

»Schon klar, Hübi, die konnte von denen nicht genug bekommen und wusste nicht, für wen sie sich entscheiden soll. Also nahm sie den Jüngeren und beförderte den Älteren ins Jenseits. Toll, echt toll.«

Weiber, dachte Hübner. *Wenn das so einfach wäre, könnte man alle Morde sofort aufklären.* »Na, so simpel nun auch wieder nicht. Etwas Fantasie solltest du schon an den Tag legen.«

»Lassen wir das!«, versuchte Selzer, zu schlichten.

Nadine verlor keine Zeit. Sie griff zum Telefon und rief Nissens Anwaltskanzlei an. Die Sekretärin, die das Gespräch an ihren Chef weiterleiten wollte, wurde daran gehindert. »Moment, ich möchte *Sie* sprechen.«

»Mich?«, kam es fragend von dem anderen Ende der Leitung. »Aber ich, ich«, begann Frau Rauter zu stottern, als plagte sie das schlechte Gewissen, »ich dachte ...«

Das Denken überlassen Sie besser mir. »Wo waren Sie eigentlich am 14. Februar?«, hakte Nadine nach und meinte, die Sekretärin an der Angel zu wissen. *Dem Klang ihrer Stimme nach hat sie etwas zu verbergen. Irgendwie macht sie einen unsicheren Eindruck.*

»Ich? Ähm, warten Sie. Ich war den ganzen Tag im Büro. Hatte aber die Tage zuvor wegen Fastnacht frei.«

Nadine nickte wissend und blickte zum Kalender. »Kann das jemand bestätigen?«

Am anderen Ende der Leitung wurde geschwiegen. Ein Schuldbekenntnis?

»Nein, ich denke nicht. Herr Nissen war die meiste Zeit außer Haus.« Kurze Pause. »Aber meine Freundin, die schon. Mit der habe ich eine Stunde telefoniert.«

»Eine ganze?«, wiederholte Nadine ungläubig. »Gibt es in einer Anwaltskanzlei so wenig zu tun?«

Verhaltenes Schweigen.

»Nein, die Tage um die fünfte Jahreszeit sind sehr ruhig. Viele haben frei, außerdem sind Ferien.«

Nadine stimmte Adriana Rauter erneut kopfnickend zu. »Nennen Sie mir bitte den Namen Ihrer Freundin«, sagte sie und schrieb ihn auf einen Zettel. »Und wo verbrachten Sie die Pause?«

»Auch hier. Ich erinnere mich, dass es am Vierzehnten geregnet hat, außerdem war es kalt. Da bin ich lieber in der Kanzlei geblieben ... Aber wenn Sie jetzt fragen, ob das jemand bezeugen kann, muss ich leider passen. Wobei ...« Sie zögerte kurz und fügte an: »Warten Sie bitte einen Augenblick, ich schaue im Anrufprotokoll nach.« Frau Rauter klickte auf den blauen Lautsprecherbutton der Startseite ihres PCs, wartete, bis sich das Menü öffnete, und überflog die angenommenen Telefonate, die mit einem grünen Pfeil gekennzeichnet waren. »Laut Anrufjournal habe ich einige geführt. Sie können sich gerne davon überzeugen.«

Nadine gab sich zufrieden und bat Frau Rauter um die Aushändigung des Journals. »Das Gleiche bitte auch für den Sechzehnten.«

»Wieso das?«

Demnach weiß sie es nicht. »Wegen eines weiteren Mordes«, stellte Nadine unmissverständlich klar, beließ es dabei, zumal sie die Informationen hatte, die sie benötigte.

Nachdem das geklärt war, unterrichtete sie die Kollegen und schätzte Adriana Rauter als glaubwürdig ein. Sie ging davon aus, keine Unregelmäßigkeiten im Telefonjournal zu entdecken. Zudem sprachen die Zeugen von einem schmal gewachsenen Mann und niemals von einer Frau. *Und wenn sie seine Komplizin war?* Nadines Miene verfinsterte sich.

Nur ein paar Kilometer entfernt verfolgte man einen ähnlichen Gedankengang. Charlotte, die sich erst kürzlich in der hauseigenen Bücherei ihres Seniorenstifts ein Buch bestellt hatte und sich freute, es jetzt zu lesen, konnte sich nicht darauf konzentrieren. Immerzu begann sie erneut, bis sie genervt den Schmöker beiseitelegte. *Frau Kraft erzählte von vergifteten Blumen. Wer tut denn so etwas? Ein Blumenhändler? Nein, eher nicht. Wiederum erwähnte Nadine Pralinen?*

Die Pensionärin seufzte leise.

Der Tag hatte kalt begonnen und würde wohl auch kalt enden. Wind war aufgekommen und ließ die Bäume vor Charlottes Appartement melodisch vor sich hin rauschen. Sie schloss die Augen und kam sich vor wie am Meer. *Wenn es noch länger stürmt,* dachte sie schläfrig, *werden noch Bäume umstürzen, genau wie gestern in Karlsruhe. Zum Glück kam dort niemand zu Schaden.*

Sie öffnete die Augen, suchte nach der Brille, die sie auf den Kopf geschoben hatte, und nahm einen Schluck aus der Tasse, die neben ihr auf dem Tisch stand. Der Tee war kalt geworden und ließ die Rentnerin kurz aufschreien, was wiederum von Maria nicht ungehört geblieben war. Ihr Klopfen erfolgte zu laut und schreckte Frau Kaufmann auf.

»Komm ja schon«, rief Charlotte der Tür entgegen. Mühevoll erhob sie sich vom Sofa, schlurfte durch den winzigen Flur und ordnete rasch die Haare, bis sie Maria eintreten ließ.

»Tachchen. Wieso dauert dit so lange?«, fragte sie drauf los und schob ihr ausladendes Hinterteil durch den Gang.

Charlotte ignorierte das Gemaule und bot ihr stattdessen eine Tasse Tee an.

»Tee? Wat bessert fällt Ihnen wohl nicht ein. Ick wollte nur die Zeitung holen. Sie wissen schon wegen die Todesanzeigen.«

Maria, das heißt wegen der Todesanzeigen. Was hat sie nur für einen scheußlichen Pullover an. Achtzigerjahre? Die Seniorin reichte ihr die Zeitung und nahm ihr Buch demonstrativ wieder auf, wenngleich sie Maria dann als eigenbrötlerisch hinstellte.

Maria überging den Wink mit dem Zaunpfahl, indem sie sich setzte und kurz durch die Zeitung blätterte. »Mannomann, so ville? Der Winter rafft uns Alte dahin. Wat? Gleich zwei aus ener Familie. Oder ist dit etwa …?« Sie sah zu ihrer Bekannten und erhoffte sich eine Antwort.

Charlotte nickte verhalten. *Tatsächlich, das ist die Todesanzeige von Mutter und Tochter.* »Meine Liebe, ich muss arbeiten.«

Maria musterte pikiert das Gesicht der Freundin. »*Sie* und malochen? Erzählen Sie mir nüscht. Wat treibt Sie schon wieder um? Die Morde etwa? Können wir da nix machen? Wenigstens son bissl.«

Charlotte setzte einen milderen Gesichtsausdruck auf. »Tja, wenn ich nur wüsste, was?«

Maria stellte sich aufrecht, drückte die Brust raus und legte die Hände an die Hüfte. »Mensch, Charly, ick globe, Sie werden alt. Kümmern wir uns doch um den Liebhaber von Frau Nissen. Oder von mir aus och um den Auftragsmord. Hauptsache, wir tun wat.« Die Seniorin schien fest entschlossen.

»Maria, Sie überraschen mich immer wieder. Ich habe auch schon eine Idee. Wir statten Altbürgermeister Harald Neuhold einen Besuch ab.«

Maria Schulz dämmerte es. »Sagen Sie bloß, Sie sind och mit dem befreundet?«

»Jaja, Harald ist ein alter Schulfreund von mir. Wir saßen ein paar Jahre nebeneinander. Schon damals hat der sich lieber um die Mädels gekümmert statt um die Schule. Soviel mir bekannt ist, war er drei Mal verheiratet und hat aus allen Beziehungen Kinder. Holen Sie bitte Ihre Jacke! Wir treffen uns in fünfzehn Minuten im Foyer.«

Maria gehorchte und stellte keine weiteren Fragen, zumal sie wusste, dass Charlotte jetzt nicht mehr aufzuhalten war.

Wie viele alteingesessene Konstanzer war auch Neuhold um die Mittagszeit in der Bürgerstube anzutreffen. Für gewöhnlich aß er dort, weil seine Frau dement war und im Pflegeheim lebte. Die Speisekarte haltend, durchforstete er gerade das Tagesangebot und schielte gleichzeitig über den Rand der Karte in Richtung Kellnerin.

Etwa zur selben Zeit betraten auch die Rentnerinnen das Lokal.

»Wieso waren wir hier noch nie? Sieht ja richtig schnieke aus. Gutbürgerlich, wie man so schön sagt. Und ick dachte so direkt am Bahnhof, dit kann nur 'ne Spelunke sein«, sprach Maria erstaunt und blickte auf die rechte Seite, dorthin, wo sich hinter Glas die Küche befand. Links davon standen rustikale Tische, die sich über den Rest des Raumes verteilten.

Charlotte ließ Maria reden und schaute sich im Lokal um, das zur Mittagszeit gut besucht war. Endlich! Hinten in der Ecke erspähte sie ihren Schulfreund, dem sie jedoch rein zufällig begegnen wollte. Schnurstracks ging sie auf ihn zu, gefolgt von Maria. »*Harald*? Harald Neuhold? Bist du das?«, fragte die Rentnerin gespielt erstaunt.

Neuhold, dem die Störung nicht passte, tat zunächst, als hätte er die Dame nicht gehört. Charlotte blieb hartnäckig, bis er sich geschlagen gab und den Rentnerinnen einen Platz anbot.

Nachdem Charlotte ihre Freundin vorgestellt hatte und erste Phrasen über die Vergangenheit ausgetauscht waren, bestellte man sich eine Kleinigkeit zum Essen.

»Sag mal, Harald, hast du eigentlich noch Kontakt zu Lisbeth? Du weißt doch die Kleine, von der alle Jungen etwas wollten«, begann Charlotte langsam mit dem Ausfragen.

Neuhold, der einen Rinderbraten bekommen und nur Augen für die Kellnerin mit dem tiefen Dekolleté hatte, fühlte sich sichtlich gestört. Geistig abwesend meinte er nur, dass er die Kleine später geheiratet habe, weil sie schwanger gewesen sei. Allerdings habe die Ehe nicht lange gehalten, weil er es mit der Treue nicht ernst nehme. Charlotte, die das wusste, schmierte ihm Honig ums Maul, indem sie sagte, er habe ohnehin keine graue Maus verdient, sondern eine, die ihm besser zur Seite stehe.

Langsam wurde Neuhold redselig und wandte sich den Damen zu. Letztendlich war es ihm egal, wer ihn bauchpinselte, Hauptsache, es war eine Frau. Der Kellnerin konnte er auch morgen noch seine Aufwartung machen. »Und was hast du all die Jahre getrieben?«, fragte er mit tiefem Bass und ließ sich von Charlotte ihre letzten dreißig schildern, was ihn augenfällig langweilte.

Maria rollte mit den Augen und fand ihn zum Kotzen. *Was ist das nur für ein Kerl,* fragte sie sich, während sie die Eindrücke auf sich wirken ließ. *Gepflegt bis zum Schuh und trotzdem nicht zu gebrauchen.*

»Ihr im Rathaus habt euch immer die hübschen Absolventinnen von der Berufsschule geschnappt«, begann Charlotte das Gespräch geschickt auf das Rathaus zu lenken.

Die Versuchung seitens Neuholds war groß, sich zu äußern. Besser, er zeigte sich zurückhaltend, denn wem war heute noch ein offenes Wort von Nutzen? Jene Jahre hatte er hinter sich gelassen und versucht, sie zu vergessen.

Charlotte ließ nicht locker, denn sie spürte wohl, dass er etwas zu verbergen hatte. »Ja dann«, murmelte sie und machte bewusst eine Pause, in der sie mit Maria ein paar Worte über das Essen wechselte. Kurz darauf kehrte sie zu ihrem vorangegangenen Gespräch zurück. »Hast du von dem Einbruch gehört, bei dem eine Frau zu Tode gekommen ist?«, fragte sie Neuhold scheinheilig und stellte sich dumm. »Tja damit muss man wohl rechnen, wenn man in einer wohlhabenden Ecke wohnt.«

Neuhold räusperte sich, als wollte er zum Gegenangriff starten, was er dann auch tat. »Ganz so war es nicht, meine Liebe. Es war kein Einbruch, wie man mir aus sicherer Quelle zugesichert hat. Magdalena, ich meine Frau Nissen, wurde kaltblütig ermordet.«

»Ach, du kanntest das Opfer? Aus dem Rathaus?«, zeigte sich Charlotte neugierig.

»Ja«, antwortete er rasch, was für Charlotte allerdings zu schnell war. *Meine Frage scheint ihm unangenehm zu sein.* »Wie ich hörte, traf es ebenso die Tochter. Schlimme Sache. Wer tut denn so etwas? Wie wird sich jetzt wohl der arme Vater und Witwer fühlen?« Charlotte stöhnte leise, um ihrem Entsetzen eine persönliche Note zu verleihen.

»Der Vater? Ach und der Witwer erst«, war die kurze Antwort Neuholds, in der Zynismus ruhte.

Jetzt reichte es Maria. »Wissen Sie, ick habe zwar keene Kinder, aber hätte ick welche, würde ick ziemlich traurig sein, wenn denen wat passiert. Sicher mehr als wenn mein Oller sterben würde, den ick Gott sei Dank nicht habe. Dit eigene Blut is enem doch näher als 'nen fremdet.«

Neuhold starrte Maria an, als hätte sie Herpes auf der Lippe und müsste den Gedanken daran bekämpfen, es nicht selbst zu bekommen. »Gute Frau, ich kenne Sie zwar nicht. Aber das mit dem eigenen und fremden Blut kann ich nur unterschreiben.«

Hat der Typ 'ne Meise, wieso will der wat unterschreiben? Ick habe dem doch nüscht vor die Nase jelegt.

Charlotte setzte die Befragung fort. »Mein lieber Harald, warum derart skeptisch? Stimmt etwas mit der Familie nicht?«, wollte sie wissen.

Neuhold, der die Mahlzeit beendet hatte und das meiste zurückgehen ließ, verlangte nach der Rechnung, die ihm ein schrulliger Kellner brachte. Nach dem Bezahlen stand er auf und verabschiedete sich, den Blick auf die Freundin gerichtet. »Kennst du eine noch intakte Familie? Meine Damen, habe die Ehre. Freut mich, dich mal wieder gesehen zu haben, Charlotte.«

Als er gegangen war, ließ Maria ihrem Unbehagen freien Lauf, was ihre Bekannte mit einem Schmunzeln entgegennahm. »Und, was lernen wir daraus?«

16. Die andere Seite

Zwei Dinge störten Charlotte maßlos. Zum einen das abschätzige Verhalten Neuholds und zum anderen seine Andeutung bezüglich Nissen. Ohne etwas gesagt zu haben, hatte er es getan. Aber nicht nur das. Neuhold schien etwas zu verbergen.

Vater und Witwer?

Charlotte hatte es eilig. »Kommen Sie, Maria, wir müssen gehen.«

»Jetzt mal langsam. Ick bin noch nicht fertig. Eigentlich wollte ick noch ...« Doch ihrem Wunsch konnte nicht mehr entsprochen werden, weil Charlotte den Kellner längst zu sich beordert hatte, um die Rechnung zu begleichen.

Ahnungslos hatte Neuhold ihr die Hand gereicht. Sie spürte, wie ihr vor Aufregung das Blut in die Wangen schoss. Wohl auch ein Beweis dafür, dass sie mit ihrer Vermutung richtig lag. Irgendetwas in ihrer Frage hatte ihn nervös werden lassen. Sonst wäre er nicht so rasch verschwunden.

»Kommen Sie, wir sollten dringend in die Stadtbücherei«, forderte Charlotte ihre Bekannte auf.

Maria schwang ungelenk ihren Wollmantel über, für den sie sich sogar in Unkosten gestürzt hatte. Ihren alten hatte sie entsorgt, um dem Druck der Hänseleien zu entgehen. Für sie hätte er es noch getan, aber die Gepflogenheiten eines mondänen Altenheims galt es zu respektieren.

»Wat? Bücherei? Ick höre wohl nicht richtig. Wissen Sie, wie lange ick schon keen Buch mehr jelesen habe? Und dit fange ick och nicht mehr an.«

Charlotte legte Marias Kragen gerade, zupfte ein paar Fusseln vom Mantel und schlug ihr wissend auf die Schulter. »Das ist mir bekannt, meine Liebe. Wir leihen kein Buch aus, sondern gehen ins Archiv.«

»Um wat zu suchen?«

»Geduld, meine Liebe, Geduld.«

Wie Maria das Geplänkel hasste. Es war gerade so, als legte man einem Kind Schokolade vor die Nase und bat es, erst nach zehn Minuten davon zu essen. Welches Kind konnte dem widerstehen?

Charlotte trat hinaus auf die gut befahrene Straße und wartete auf die Freundin. Nachdem die Ampel auf grün geschalten hatte, überquerte man die Fahrbahn und lief über die Marktstätte bis zur Kanzleistraße. Von dort ging es dann weiter zum Münsterplatz.

»Menno, dass dit ein Marsch quer durch die Stadt wird, haben Sie mir nicht jesagt. Ick kann nicht mehr«, schnaufte Maria hörbar und blieb unvermutet stehen.

»Maria, sehen Sie dort vorne linker Hand das rötliche Haus? Da müssen wir hin.«

»Sehe ick. Ach, dit is die Bücherei. Waren wir dort nicht mal zu einer Lesung?«

Charlotte bejahte und erfreute sich an Marias Kenntnis.

Nachdem man das Gebäude erreicht hatte und Charlotte ihre Bekannte mit einem nachfolgenden Kaffee köderte, trat man ein. Obwohl das Archiv nicht täglich geöffnet war, gewährte man den Damen Einlass. Warum erschloss sich Maria nicht. Dennoch war sie gewillt, danach zu fragen. Charlotte kannte sich hier anscheinend bestens aus.

Übergroße Regale sowie schmale Gänge säumten ihren Weg.

Maria zögerte. Irgendwie kam ihr das unheimlich vor. Kein Straßenlärm, keine spielenden Kinder und auch sonst keinerlei Geräusche. Zu ruhig für sie.

Charlotte, die es sich inzwischen auf einem der Holzstühle bequem gemacht hatte, starrte in den Computer auf dem Tisch.

»Und wonach werden Sie im Zeitungsinformationssystem suchen?«, stellte sich Maria wissend, weil sie das System von früher her kannte. Immerhin war sie in der Druckerei der Berliner Morgenpost beschäftigt gewesen.

Charlotte behielt den Blick gerichtet auf den Computer. »Ach, wie ich sehe, kennen Sie sich aus.« Während sie sprach, scrollte sie mit der Maus über ein Exemplar der hiesigen Tageszeitung. »Tja, wenn ich das wüsste. Sagen wir, nach einem Anhaltspunkt oder einem Hinweis, der meine Annahme bestätigt.«

Jetzt spricht sie wieder in Rätseln. Ick bin doch nicht Moses. Oder habe ick die Weisheit mit Löffeln jefressen? Maria schüttelte den Kopf und vernahm das leise Gurren der Computermaus. Neugierig trat sie an Charlotte heran und schaute über deren Schultern. »Mhm, Sie kramen also in der Vergangenheit von dieser Nissen herum. Stimmt doch, oder?«

Wieder tat Charlotte erstaunt. »Ja.« Sie atmete tief durch, wohl um zu zeigen, dass die Recherche bislang erfolglos war.

»Wat jenau suchen Sie denn?«, maulte Maria.

»Nach einem Hinweis, dass Frau Nissen möglicherweise vor der Hochzeit schwanger gewesen ist.«

Maria stellte sich seitlich von Charlotte. »Also dann kombiniere ick mal. Sie globen doch nicht etwa, dass die Kleene von 'nem anderen stammt? Oder?«

Gerade als Maria ihre Meinung lautstark verkündet

hatte, stieß Charlotte einen Schrei aus, den man für den eines Tieres hätte halten können. Animalisch und gehaltvoll. »Sehen Sie das Foto?«, sie zeigte auf eine Brünette groß gewachsene Frau mit dickem Bauch, inmitten einer Gruppe Gleichaltriger, vermutlich vor dem Konstanzer Rathaus. In der Textzeile darunter war zu lesen, dass die einunddreißigjährige Magdalena Hürth erfolgreich die Umschulung zur Bürokauffrau beendet hatte.

»Umschulung? Wat ist denn dit?«, wollte Maria wissen.

Charlotte schnaufte. »Wie soll ich das jetzt erklären? Angenommen, Sie erlernen einen Beruf und können diesen aus gesundheitlichen Gründen nicht mehr ausüben, dann schult man um.«

»Und wer zahlt dit? Vater Staat?«

»Es kommt darauf an. Auf alle Fälle ist es eine gute Sache. Immerhin besser als auf der Straße zu stehen. Sich regen bringt Segen.«

»Sie wieder mit Ihren Sprüchen. Und nun?«

»Finden wir heraus, wer der Vater des Kindes ist.«

»Wir?«

Charlotte nickte wohlwollend, als wäre es das Selbstverständlichste überhaupt.

»Umschulung hin oder her. Mit 'nem Kind im Bauch war dit sicher nicht so leicht, oder?«, fragte Maria irritiert nach und griff sich hilflos ins Gesicht.

An diese Möglichkeit dachte auch Charlotte. *Was bin ich nur für ein Narr!* Die Rentnerin spürte, wie eine Idee in ihr aufkeimte. Sie kramte in ihrer Tasche nach einem Stift, den sie mit zittrigen Händen entnahm, um sich etwas zu notieren. Gleichfalls erinnerte sie sich an den Spruch ihres verstorbenen Gatten *Wenig Zeit bedarf guter*

Vorbereitung und beschloss, Rudolf anzurufen.

»Hallo Mutter, was gibt es denn?«, fragte Rudolf, als wäre er froh, sich ablenken zu können. Die ständigen Überlegungen, wer und warum und vor allem wieso man Magdalena und Isabell Nissen sowie Klaus Matuschek ermordet hatte, bereiteten ihm Kopfschmerzen. Viel lieber wäre er an die frische Luft gegangen, statt im Büro zu sitzen.

»Rudi, könntest du für mich herausfinden, wen Magdalena Nissen, geborene Hürth, in der Geburtsurkunde ihrer Tochter als Vater angegeben hat?«

Hufnagel schnaufte innerlich. Andererseits fragte sie nie ohne einen triftigen Grund. Ein Anruf beim hiesigen Standesamt sollte genügen. »Kannst du das nicht selbst?«

»Ach Rudi, ich habe zwar viele Freunde, aber nicht überall. Junge, für mich ist es müßig, immer betteln zu müssen«, tat sie wehleidig.

Hufnagel wurde stutzig. »Von wo aus telefonierst du? Und was ist das für ein Rauschen im Hintergrund?«, fragte er und vernahm den dezenten Ton eines herunterfahrenden Computers.

»In der Stadtbibliothek«, kürzte Charlotte das Gespräch ab und erinnerte an ihren Wunsch.

Nachdem man aufgelegt hatte, klemmte sich Hufnagel ans Telefon, während die Rentnerinnen die Bibliothek verließen. Das Versprechen Maria gegenüber hielt Charlotte ein. Man besuchte das Wessenberg Café, und nach einer halben Stunde klingelte auch schon ihr Handy. Rudolf war am Apparat und teilte mit, dass Magdalena Nissen in der Urkunde keinen Vater angegeben hatte. Er wurde darauf mit *unbekannt* geführt.

Dachte ich's mir. Die Kleine stammt nicht von Nissen. Er muss sie adoptiert haben. Demzufolge muss es einen Adoptions-beschluss geben. Erneut rief Frau Kaufmann ihren Sohn an und bat ihn um einen weiteren Gefallen. Und sie sollte recht behalten. Isabell war am 20.05.1996 von Kurt Nissen adoptiert worden.

Hufnagel informierte die Kollegen. Woher er jedoch sein Wissen bezog, behielt er vorerst für sich. Das nach-folgende Lob genoss er dennoch.

Nadine teilte ihre Verwunderung mit den anderen. *Jetzt verstehe ich auch, warum er so wenig Gefühl gezeigt hat.* »Habt ihr eine Idee, warum Nissen uns gegenüber die Adoption verschwiegen haben könnte? Heutzutage ist das doch kein Beinbruch mehr.« Während Nadine sprach, stand sie auf.

Das Gemurmel, das sich auf die Frage hin erhob, wurde rasch lauter. »Das ist eine gute Frage.«

»Und rückt alles in ein anderes Licht.«

»Dann könnte ...«, lauteten die durcheinander-gewürfelten Antworten.

Selzer stimmte Nadine nickend zu, die sich inzwischen an der Kaffeemaschine zu schaffen machte. »Finden wir es heraus.« Selzer stand auf und lief zum Fenster, um es zu öffnen. »Ganz schön stickig hier«, meinte er und heimste sofort den bösen Blick der Kollegin ein, die es lieber wärmer mochte.

Hübner jonglierte seinen Bleistift zwischen den Händen. »Ich kann mich mal umhören.« Gleichzeitig griff er zum Telefon, wartete geduldig ab, bis er schließlich mit einem breiten Lächeln antwortete. Nach ein paar Sätzen, die durchaus zweideutig waren, kam Hübner zum Punkt. Doch außer einem »Ja« und »Bist du dir sicher?« hörte man nichts, was hätte darauf schließen können, worum es bei diesem Gespräch ging. Nachdem er aufgelegt hatte und die Aufmerksamkeit der Kollegen auf sich zog, genoss er sie. »Wie ich soeben aus guter Quelle erfahren habe, ist Nissen vom anderen Ufer. Die Ehe war nur eine Farce.«

Man warf sich vielsagende Blicke zu.

Vom anderen Ufer?

Hufnagel meldete sich zu Wort: »Wie sicher ist Ihre Quelle? Mit solchen Behauptungen würde ich mich zurückhalten, es sei denn ...«

»... es sei denn, ich kann sie beweisen?«, ergänzte Hübner überheblich und setzte sich aufrecht.

Hufnagel brummte ein zustimmendes »Mhm«.

»Kann ich, Kollege, kann ich. Die Dame, die mir das soeben gesteckt hat, arbeitet im Gericht. Man munkelte dort schon seit Längerem etwas von einer Affäre.«

»Angenommen, es stimmt, müsste dann seine Frau nicht davon gewusst haben? Als nächste Vertraute bekommt man das doch mit.« Nadine schaute fassungslos.

Selzer schüttelte energisch den Kopf. »Nicht immer. Es gibt genügend, die ihre Bisexualität zurückgezogen ausleben. Zum Beispiel in diversen Klubs.«

»Chef, wer sagt Ihnen denn, dass Nissen bisexuell ist? Er könnte genauso gut homosexuell sein. Vielleicht sogar mit Zustimmung seiner Frau«, kam Hübner altklug daher.

»Du meinst, die hat all die Jahre davon gewusst?«, sagte Nadine. *Wie kann man sich das nur antun?*

»Möglich. Interessant wäre zu wissen, warum«, grübelte der Kollege.

»Gehen Sie dem mal nach«, forderte Selzer und

schaute zunächst zu Hübner und dann zur Andres.

Obwohl die Zusammenarbeit zwischen den beiden nicht gerade auf Zuneigung basierte, störte Nadine sich dieses Mal daran nicht. Man hatte einen roten Faden, den man nun gemeinsam weiterspinnen durfte. Und dennoch konnte sie Magdalena Nissen nicht verstehen. Niemand musste heutzutage an einer derartigen Lüge festhalten. In Deutschland hatte man sich doch längst dem Thema der gleichgeschlechtlichen Liebe zu eigen gemacht. Seit dem 1. Oktober 2017 gestattete man schwulen wie auch lesbischen Paaren das Heiraten und das Adoptieren von Kindern. Das Gesetz zur Öffnung der Ehe für Homosexuelle war noch am gleichen Tag in Kraft getreten. Bislang konnten solche Paare nur eine eingetragene Lebensgemeinschaft führen. *Andererseits stammt das Gesetz aus jüngerer Zeit. Aber was ist mit denen, die heute um die sechzig sind? Wie Nissen und sein Freund?* »Wann genau wurde Isabell adoptiert?«, erkundigte sich Nadine bei Hufnagel und notierte die Ziffern auf einem Blatt Papier.

20.05.1996

Im Anschluss daran machte sie sich im Internet schlau und las vom Paragrafen 175 des deutschen Strafgesetzbuches, der vom 1. Januar 1872 bis zum 11. Juni 1994 existierte. Darin wurden sexuelle Handlungen zwischen Personen männlichen Geschlechts unter Strafe gestellt. Womit die Frage, warum Nissen seine Homosexualität für sich behalten hatte, beantwortet wurde. Für einen Mann des Staates, noch dazu einem der das Recht verkündete, schickte es sich nicht, ein derart ausschweifendes Leben zu führen. Die Alibifunktion einer Ehe sogar mit Kind galt als bester Leumund für einen Juristen.

»Wodurch klar wird, warum Nissen eine Ehe eingegangen ist. Und was ist dabei für seine Frau herausgesprungen?«, stellte Nadine die Frage in den Raum.

»Das fragst du jetzt nicht allen Ernstes?«, provozierte sie Hübner. »Prestige – Anerkennung – es gibt genügend Ladys, die sich mit den Federn ihrer Männer ausstaffieren. *Frau Doktor* ist der beste Beweis. Ich kenne einige, die sich mit dem Titel des Gatten schmücken.«

Man bestätigte ihm das kopfnickend.

»Demnach eine Scheinehe«, meinte Hufnagel.

»Wenn Sie es als solche bezeichnen wollen«, stimmte ihm Selzer zu.

Nadine starrte ihn entgeistert an. »Haben wir eine Chance, den Namen des leiblichen Vaters zu erfahren?«

Selzer hielt es für unwahrscheinlich, zumal es keine Informationen gab.

»Okay, suchen wir Nissens Freund. Es muss doch irgendeinen Hinweis auf ihn geben. Ich fahre noch mal in die Kanzlei«, entgegnete Nadine entschlossen.

Selzer positionierte sich vor ihr. »Ich glaube kaum, dass du damit weiterkommst. Der Mann mauert total. Wir sollten uns besser in der Szene umhören. Konstanz ist im Gegensatz zu Berlin ein Dorf. Ich könnte mir vorstellen, dass man das homosexuelle Paar kennt.«

Die fragenden Blicke aller waren unübersehbar. Jeder stellte sich anscheinend die gleiche Frage, bis das Telefon von Frau Andres klingelte.

»Oh Schröder, kann ich dich zurückrufen? Wir sind in einer Besprechung.«

Doch der Mann von der KTU ließ nicht locker und bat sie um ein paar Sekunden.

»Entschuldigt mich bitte«, murmelte Nadine den Blick auf die Kollegen gerichtet. Im Folgenden wandte sie sich dem Gespräch zu.

Schröder machte es spannend, indem er sagte: »Hast du eine Vorstellung, mit wem du es bei Klaus Matuschek zu tun hast?«

Nadine stutzte. »Wieso fragst du das?«

»Tja, weil ich bei unserem geschätzten Richter ein paar pikante Fotos auf der Festplatte gefunden habe.«

»Aufnahmen? Du?«

»Was ist daran so abwegig?«

»Du hast doch nicht etwa sein Log-in geknackt? Schröder, du bist ein Schatz.«

Dem jungen Mann schwoll vor Stolz die Brust an. »Für mich ein Kinderspiel. Es gibt bei einem alleinstehenden Mann seines Alters nicht allzu viele Möglichkeiten. Entweder war es das Geburtsdatum der Eltern, das seine oder im schlimmsten Fall eines, das ich nicht imstande war, herauszufinden. Ich hatte Glück, er wählte das von sich. Wie simpel der Mann doch gestrickt war.« Schröder machte eine Pause. »Und ich dachte, du hättest keine Zeit?« Dem Unterton nach zu urteilen, erfreute es ihn, die Kollegin zu reizen.

Nadine schnaufte hörbar durch die Nase und rollte mit den Augen. »Jetzt red schon, was ist mit den Fotos!«

»Komm vorbei und sieh selbst!«

Sie hätte ihn lynchen können, sie derart auf die Folter zu spannen. Aber so tickte nun mal Schröder.

Nadine verließ das Büro, hastete über den Gang und lief kurz darauf in der KTU ein.

»Schieß los!«

Derart schnell hatte Schröder nicht mit ihr gerechnet

und schaute dementsprechend verdutzt von der Arbeit hoch. Er hatte sich gerade ein Stück Schokolade zu Gemüte geführt und war mit Kauen beschäftigt. Schmatzend bat er Nadine zu sich und wies mit dem Finger auf den Bildschirm. Gemeinsam starrte man auf ein Schwarz-Weiß-Foto älteren Jahrgangs, auf dem Klaus Matuschek, noch schlank und mit freiem Oberkörper, an einem Fenster stand. Dieser Umstand stellte noch nicht das Problem dar, wenn er nicht von einem anderen Mann umarmt worden wäre.

Schröder klickte auf das nächste Bild, das die beiden in eindeutiger Pose auf einem Bett liegend zeigte.

»Interessant. Demnach waren Matuschek und Nissen vermutlich ein Liebespaar. Das auf dem Foto könnte Kurt Nissen sein.« Nadine seufzte, zog sich einen Stuhl heran und nahm neben Schröder Platz. »Ich glaube nicht, dass sich die beiden selbst abgelichtet haben. Für mich sieht das nach einem Schnappschuss aus nächster Nähe aus. Als hätte man ihnen nachgestellt. Was im Umkehrschluss bedeuten könnte, dass man sie erpresst hat.«

Schröder betrachtete sie eine Weile und versuchte, ihre versteinerte Miene zu deuten. »Du sprichst von der Ehefrau des Geliebten?«

Nadine schüttelte energisch den Kopf. »Das ergibt keinen Sinn. Nissen hat die Tochter seiner Frau adoptiert. Vermutlich, um nach außen hin seriös zu wirken.«

»Du meinst, um das hier zu vertuschen?«, bemerkte Schröder nachdenklich und zeigte auf eines der Fotos. »Angenommen die Männer wurden erpresst, könnte man durchaus den Tod von Matuschek erklären, aber nicht den von Isabell Nissen. Das ist unlogisch. Ich glaube nicht an eine Beziehungstat, zumal die einzig mögliche Verdächtige selbst ermordet wurde. Das Ganze dürfte einige Zeit zurückliegen. Schau dir die Fotos an, die sind locker zwanzig Jahre alt.«

Nadine nickte, nicht weil sie ihm zustimmte, sondern weil er sie auf eine Idee gebracht hatte. »Du meine Güte. Warum bin ich da nicht gleich drauf gestoßen?«

Schröder schaute sie entgeistert an und konnte ihr nicht folgen. »Ich scheine irgendetwas verpasst zu haben«, stellte er resigniert fest.

Nadine preschte von ihrem Platz hoch, verabschiedete sich mit einem »Mail mir bitte die Fotos zu« und verschwand durch die Tür. Gleichwohl sie eine Antwort auf ihre Frage bekommen hatte, ließ sie Schröder im Ungewissen.

17. Unerwartete Erkenntnisse

Voller Ungeduld und im Glauben, die Bilder sofort in ihrem E-Mail-Account zu wissen, rutschte Nadine unruhig auf ihrem Stuhl umher. Der Tag war lang genug gewesen und sie wollte noch vor Feierabend die Kollegen darüber informieren. Beleidigt verzog sie das Gesicht und murmelte: »Mann, wie lange braucht der denn?« Zudem vernahm sie Hufnagels Stimme, der sich lauthals verabschiedete, weil er noch etwas Wichtiges zu erledigen hatte.

»Was ist los?«, fragte Selzer, dem ihr Verhalten nicht entgangen war. »Was wollte Schröder so Dringendes von dir?«

Nadine, die nervös auf den Schreibtisch trommelte, sagte: »Genau das möchte ich euch zeigen. Aber dieser ...«, sie verkniff sich den Ausdruck, der ihr im Kopf herumschwirrte, und gab stattdessen zur Antwort: »Schröder lässt sich mal wieder Zeit.« Unentwegt starrte sie auf den Bildschirm, in der Hoffnung, eine Nachricht zu finden. Als sie dann kam, schnaufte sie hörbar durch.

Selzer ging an ihren Tisch und schaute auf die eingegangene Mail. Ein paar Sekunden verstrichen, bis der Anhang sich öffnete und diverse Fotos zeigte. »Also *das* wollte er dir zeigen.«

Nadine brummte zustimmend.

»Weiß man, wer der andere ist?«, fragte Selzer interessiert nach und erkannte Matuschek.

Die Kollegin nickte, vermutete in dem Mann, der mit dem Rücken zum Fenster stand, Kurt Nissen, den sie gewillt war, nun damit zu konfrontieren.

»Und du meinst, er gibt bereitwillig zu, dass er ein

Verhältnis mit diesem Matuschek hatte, gerade jetzt, wo er tot ist?« Selzer presste die Lippen aufeinander und schüttelte ungläubig den Kopf. »Vergiss es!«

»Mensch, Daniel, irgendwo müssen wir ansetzen. Wenn er bei seiner Gattin nicht mit uns kooperieren wollte, dann vielleicht bei seinem Geliebten. Wenn das stimmt«, sie wies mit dem Kopf auf die Fotos, »waren die beiden ein Paar. Er muss doch daran interessiert sein, den Täter zu finden.«

Hufnagel, der ihnen die ganze Zeit zugehört hatte, nebenbei die Blumen goss, teilte die Meinung. »Und wenn Nissen unser Mörder ist?«

Nadine schaute ihn zweifelnd an. »Das glaube ich nicht. Warum hätte er das tun sollen? Ich sehe eher eine Verbindung zwischen Isabell, ihrer Mutter und dem Richter.«

Hübner, der nur ein paar Wortfetzen aufgeschnappt hatte, weil er von der Toilette zurückgekehrt war, sagte ohne zu überlegen: »Und wenn Magdalena Nissen ein Verhältnis mit Klaus Matuschek hatte?«

Selzer verschränkte die Arme vor der Brust und lief bedächtig zur Glaswand. Danach wurde es still.

»Also ich muss dann jetzt«, hörte man Hufnagel noch sagen und die Tür kurz darauf schließen, während Selzer sprach: »Wir schauen die ganze Zeit nach rechts nur nicht nach links!«, forderte er, ohne den Blick von der Tafel zu wenden. »Die Verbindung besteht nicht in diesem Verhältnis, sondern in einem völlig anderen.«

Nadine wie auch Hübner begannen zu verstehen, was er damit zum Ausdruck bringen wollte.

»Du meinst, es geht nicht um die Homosexualität der Männer, vielmehr um ...« Sie unterbrach sich, weil sie den Gedankengang nicht in Worte fassen konnte.

»Genau. Wir haben uns zu sehr in diese Vorstellung verrannt. Vermochten etwas sehen, was nicht ist. Lassen Sie uns für heute Schluss machen.«

Ausgerechnet jetzt will er gehen?, dachte Nadine.

Doch was sie nicht ahnte, war, dass Selzer das Gespräch mit Kurt Nissen suchen wollte. Er ging davon aus, dass ein Small Talk unter Männern ihm weniger peinlich war. Und er sollte recht behalten. Noch am gleichen Abend stattete er dem Witwer einen Besuch ab und wunderte sich über dessen Offenheit. Die Beweisfotos führte er mit sich.

Trotz seiner Niedergeschlagenheit war Nissen gesprächig und ging bereitwillig auf die Fragen von Selzer ein. »Ja, das stimmt. Ich hatte ein Verhältnis mit Klaus Matuschek. Wir kannten uns lange, bevor ich Magdalena kennengelernt habe. Er ist ... mhm ... war meine große Liebe. Aber als homosexuelles Paar hätte man uns als Anwälte nie akzeptiert. Zumindest nicht damals. Und so kam Klaus auf die Idee, dass wenigstens einer von uns heiraten sollte, um den Anschein von Seriosität zu wahren. Es traf mich, den Attraktiven, dem Frauen ohnehin Avancen machten.«

Selzer lauschte Nissen gespannt. Gleichzeitig war er überrascht von seiner Redseligkeit.

»Als Klaus von einem Bekannten erfuhr, dass dessen Geliebte von ihm ein Kind bekommen hatte, er sich aber nicht von seiner Frau scheiden lassen wollte, überredete er mich, sie zu heiraten. Und ich tat es. Wissen Sie, ich war nicht immer schwul«, bemerkte Nissen zwischendurch, weil er glaubte, Selzer eine Erklärung schuldig zu sein. »Magdalena nahm mein Angebot dankend an. In den folgenden Jahren mauserte sie sich dank uns zur Chefsekretärin und wurde sogar politisch tätig.«

Selzer schaute skeptisch. »Wusste Ihre Frau von dem Verhältnis?«

»Anfangs nicht, doch mit der Zeit hat sie es wohl herausbekommen. Sie muss eine Detektei beauftragt haben. Auf alle Fälle zeigte sie mir eines Tages jene Bilder, die Sie gerade in der Hand halten.«

Dann stammen die Fotos also von seiner Frau. »Wäre es nicht fair gewesen, ihr von Anfang an die Wahrheit zu sagen?«

Nissen fühlte sich unwohl. »Das habe ich versucht. Nur blockte sie ab. Ich denke, sie ahnte es längst, zumal unser Liebesleben kaum mehr stattfand.«

Selzer schaute zu Nissen, zu dem das Bild eines gepflegten Mannes passte. Selbst daheim zeigte er sich noch im grauen Maßanzug samt Hemd und passender Krawatte. »Hatte Ihre Gattin einen Liebhaber?«

Nissen schüttelte verhalten den Kopf. »Nein, das glaube ich nicht. Magdalena war so beschäftigt mit ihrer Karriere, dass ihr dafür keine Zeit blieb. Und wenn, hat sie es geschickt vor mir verborgen.« Er stockte. »Gehen Sie davon aus, dass ...?« Er zögerte erneut. »Nein, das ergibt keinen Sinn. Isabell ist ebenfalls ermordet worden.« Nissens Augen verwässerten sich.

»In dem Punkt stimme ich Ihnen zu. Es macht keinen Sinn. Kennen Sie den leiblichen Vater Ihrer Tochter?«

»Nein, ich nicht, aber Klaus. Allerdings behielt er den Namen für sich.«

Selzer zögerte, bis er sprach. »Sie, als Anwälte«, er schluckte, »haben vermutlich ein Testament gemacht, oder irre ich mich?«

Nissen lächelte und zeigte seine wohlgeformten

Zähne. Er mochte die Geschichten, dass ein Jurist gegen alles und jeden gewappnet war. »Sie irren nicht.«

Selzer gab sich zufrieden, verabschiedete sich und verließ das Haus. *Er war es nicht, aber es muss eine Verbindung zwischen Matuschek und den Frauen geben.*

Selzer war, wenn man von den drei Morden absah, einigermaßen gut aufgelegt, als er am nächsten Morgen das Büro betrat. Noch hatte man keine nennenswerten Erfolge vorzuweisen, aber das sollte sich bald ändern.

Nervös lief er durch das Büro in der Hoffnung, dass die Kollegen bald kämen, um die Suche nach dem Mörder in eine weisende Richtung zu lenken. Als sich alle bis auf Hübner eingefunden hatten, wollte er mit der Besprechung beginnen. Nadine hielt ihn jedoch davon ab. »Lass uns auf Herrn Hübner warten. Er kommt bestimmt gleich«, wandte sie ein.

Selzer verzog das Gesicht. »Okay«, meinte er ungeduldig, als sich die Tür öffnete und Tilo Hübner hereinkam. »Sorry, ich musste meine Frau noch zum Arzt fahren.«

Nadine schaute zu ihm und dachte sich ihren Teil. *Hoffentlich nichts Ernstes.*

»Okay, setzen Sie sich bitte und hören Sie mir gut zu.« Selzers Haltung entspannte sich. »Frau Andres lag mit Ihrer Vermutung übrigens richtig. Ich war gestern Abend bei Herrn Nissen und habe mit ihm gesprochen. Er und Matuschek waren tatsächlich ein Paar. Nissens Ehe allerdings eine Farce. Mich hat die Sache nicht schlafen lassen, ein Gedanke schwirrte mir die ganze Zeit durch den Kopf. Wo besteht die Verbindung zwischen Magdalena Nissen, ihrer Tochter und Klaus Matuschek?«

»Dann hat also Schröder recht, wenn er sagt, die Nissen hätte die Männer erpresst«, überlegte Nadine den Blick gerichtet auf Selzer.

»Nein, hat er nicht. Kurt Nissen hat es seiner Frau verheimlicht, bis sie selbst dahintergekommen ist. Sie ließ die Männer von einem Privatdetektiv beschatten, bis man sich schließlich einigte und beschloss, ihr Streben in die Politik zu forcieren. Und eine Krähe hackt bekanntlich der anderen kein Auge aus. Die drei trafen eine Übereinkunft, mit der es sich anscheinend bestens leben ließ.«

»Gut, lange Rede kurzer Sinn«, nörgelte Hübner, der mit den Gedanken woanders war. »Ich kümmere mich jetzt um Matuscheks Prozesse und kremple das Unterste zuoberst. Unter Umständen gab es eine Drohung oder er hat jemanden zu Unrecht verurteilt.«

Nadine verzog das Gesicht. »Und wie willst du das anstellen? Jeden Fall durcharbeiten? Mensch, das dauert Jahre.«

»Hast du eine bessere Idee?«, hinterfragte der Kollege.

»Habe ich. Schauen wir uns in Isabell Nissens Vergangenheit um. Sie war jünger und weniger bekannt. Möglicherweise haben wir etwas übersehen. Immerhin war sie kein unbeschriebenes Blatt.«

Selzer nahm den Obduktionsbericht und blätterte darin herum. »Du meinst ihren Drogenkonsum?« Danach legte er die Akte auf den Tisch.

Nadine bejahte. »Ich könnte mir vorstellen, dass sie mit dem Gesetz in Konflikt geraten ist.«

»Aber sie hat Jura studiert. Wäre es da nicht unangebracht, mit dem Gesetz in Konflikt zu geraten?«, hinterfragte Hufnagel provokant.

Die Kollegin musste ihm unweigerlich recht geben. Für eine juristische Laufbahn wäre das unvorteilhaft gewesen. »Tja, wenn das so ist«, antwortete Nadine, als wäre sie ein Kleinkind, von dem man erwartete, dass es einer Zurechtweisung einsichtsvoll zustimmte.

Selzer richtete sich im Sitzen auf, als wollte er eine Rede halten, wartete aber, bis alle ihm ein Ohr schenkten. »Ganz abwegig finde ich deine Idee nicht.« Gleichzeitig griff er zum Telefon und wählte die Nummer von Staatsanwalt Wolf, der jedoch nicht abnahm. »Mist, Wolf wäre jetzt eine große Hilfe gewesen.«

»Wolf?«, tat Nadine überrascht. »Sicherlich sitzt der gerade in einem Meeting und diskutiert darüber, wie wichtig es ist, die Ladenöffnungszeiten auszudehnen und den verkaufsoffenen Sonntag vierteljährlich zu veranstalten.«

»Warum so gehässig?«, wollte Selzer wissen und sah sein Handy hektisch auf dem Tisch vibrieren. Er nahm den Anruf entgegen und hörte Doktor Wolf sprechen, der ungehalten wirkte. Es passte ihm gerade nicht, während im Hintergrund eine Frau sprach: »Sie können in Zimmer zwei gehen und ziehen Sie bitte die Hose aus.« Wolf bekam einen roten Kopf. Es war ihm peinlich, dass Selzer das Gespräch mitbekam. »Also, was gibt es?«, knurrte er durch die Leitung.

»Wir benötigen im Mordfall Nissen Ihre Hilfe. Wissen Sie, ob Isabell Nissen jemals vor Gericht stand?«, fragte Selzer und zweifelte, ob seine Überlegung stimmte.

»Nissen?« Wolf überlegte kurz. »Das kann ich Ihnen im Moment nicht sagen. Geben Sie mir etwas Zeit.« Ohne ein Wort der Verabschiedung drückte Wolf das rote Auflegesymbol seines Smartphones und betrat das Behandlungszimmer. Die zu erwartende Untersuchung war ihm verhasst. Wie oft hörte man von Prostatakrebs gerade bei älteren Männern. Nachdem die Kontrolle erfolgreich beendet war, ließ Wolf sich von der Empfangsdame ein Taxi rufen. Noch im Auto rief er Selzer zurück und erklärte, dass er sich an den Fall Nissen erinnere. Die Studentin sei damals in einen Verkehrsunfall verwickelt gewesen und wurde aufgrund der Aktenlage vom Verdacht der fahrlässigen Tötung freigesprochen. Da sie nicht vorbestraft war, ließ man die Anklage fallen.

Selzer bat den Staatsanwalt um Akteneinsicht und vereinbarte mit ihm einen Termin am Nachmittag. Gleichfalls kam er ins Grübeln. *Verdammt.* »Es gab tatsächlich einen Fall Nissen«, bemerkte er noch in Gedanken.

»Und?«, bohrte seine Kollegin nach. »Was hat er gesagt?«

»Nicht viel. Aber ich treffe ihn nachher noch.«

»Da komme ich mit!«

»Nicht nötig, hier gibt es genug zu tun.«

Nadine räusperte sich und bekam nervöse Flecken am Hals. »Wieso willst du mich nicht dabei haben?« Ihre Stimme klang zunehmend gereizter.

Selzer verzog bedauernd das Gesicht. »Darum geht es nicht. Ich finde nur, dass wir nicht im Doppelpack bei ihm auftauchen müssen. Was glaubst du wohl, was der dann denkt? Dass wir nicht genug zu tun haben und er es dem Alten bei nächster Gelegenheit wieder aufs Brot schmiert.«

Nadine tat beleidigt, nur nützte es nichts. Selzer war der Chef, wenngleich sie das gerne mal vergaß. *So ein*

*blödes Getue. Amans hat sich mir gegenüber immer loyal ver-
halten. Vielleicht gibt er sich bei Frauen anders. Dann eben nicht.*
Gekränkt ließ sie Selzer stehen.

Selzer machte durch ein Räuspern auf sich aufmerksam.
»Darf ich eintreten?«, fragte er.

Wolf, der soeben am Telefon eine heiße Debatte
führte, wies mit einer einladenden Handbewegung den
jungen Mann zu sich und drehte sich dann samt
Chefsessel zum Fenster. Während er leise sprach,
wandte er sich unruhig hin und her. Nachdem der
Staatsanwalt das Gespräch beendet hatte, erhob er sich
und ging auf ihn zu. »Guten Tag, treten Sie bitte näher«,
dabei zeigte er hinüber zu einer bequemen Ledersitzgruppe, in dessen Mitte ein Glastisch stand.
»Nehmen Sie Platz! Mögen Sie Kaffee?«

Selzer nickte, meinte dennoch zu spüren, dass Wolf
sich von ihm gestört fühlte. Wenig später brachte die
Sekretärin das Getränk und hinterließ bei ihm den
Eindruck, dass sie etwas mit Wolf hätte. Ihr Blinzeln
ihrem Chef gegenüber schien eindeutig und sein
Hinterherstarren ebenso. Nachdem sie gegangen war,
wandte sich Wolf Selzer zu. »Also womit kann ich
Ihnen behilflich sein?«, fragte er und schaute nervös auf
seine Armbanduhr.

Selzer wirkte irritiert, zumal er erst vor ein paar
Stunden mit ihm telefoniert hatte. »Es geht um den
Prozess von Isabell Nissen.«

Wolf schien geistig abwesend. »Ach ja, richtig.« Er
erhob sich und ging zum Schreibtisch, wo unter einem
Berg Akten die gewünschte lag. Nach seinem erneuten
Setzen begann er, in der Mappe zu blättern. »Es lag ein
Verkehrsunfall vor«, sagte Wolf und beschränkte sich

auf die sachliche Feststellung, um dann Selzer mit einem Blick zu streifen. Er blätterte in der Unterlage. »Hier steht, dass Isabell Nissen am 14. Februar 2013 einen folgenschweren Unfall mit ihrem Motorrad verursacht hat. Dabei verunglückte eine Mutter mit ihrer Tochter. Die Frau verstarb noch an der Unglücksstelle, während das Kind schwer verletzt ins Krankenhaus gebracht wurde.«

Selzer unterbrach ihn. »Wer kümmerte sich dann um das Kind?« *Akteneinsicht stelle ich mir anders vor.* Der Kriminalist stöhnte innerlich.

»Davon steht hier nichts.« Der Staatsanwalt blätterte quer durch die Akte.

»Wie ist die Sache ausgegangen?«, wollte Selzer wissen und starrte auf Wolf, der wiederum auf seine Armbanduhr blickte.

Das leise Rascheln von umgeblättertem Papier war zu vernehmen.

»Frau Nissen wurde mangels fehlender Beweise freigesprochen. Warten Sie! Die beiden anderen Verkehrsteilnehmer trugen keinen Fahrradhelm, sodass man ihnen eine Mitschuld am Unfall zusprach. Hier steht, die Fahrradfahrerin, sprich die Mutter, hat bewusst das Risiko für sich und ihr Kind hingenommen, als sie sich entschloss, ohne Helm zu fahren. Mit einem Schutzhelm wären die Verletzungen nach Auffassung des Gerichts weniger drastisch ausgefallen.«

»Wie hieß die Frau?«

»Manuela Knoll und die Tochter ... Saskia.« Wolf wirkte ungehalten. »Noch Fragen?«

»Nein, keine weiteren Fragen«, sagte Selzer und bedankte sich für den Kaffee, an dessen Tasse er nur genippt hatte. Gleichfalls kam er sich vor, als stände er selbst vor Gericht.

Wolf, der sichtlich erleichtert wirkte und sich bereits vom Polster erhoben hatte, bemerkte, dass Selzer sich endlich eine passendere Frisur zulegen solle. Mit den Zotteln könne er keine Karriere machen. Selzer ignorierte sein Geschwätz, zumal er nicht zum ersten Mal eine Bemerkung diesbezüglich vernahm. Stattdessen hatte er noch eine abschließende Frage. »Wer hat den Prozess damals geleitet?«

»Junger Mann, das hätten Sie mich auch gleich fragen können. Sie haben meine Zeit schon genügend in Anspruch genommen.« Kopfschüttelnd schritt Wolf zurück zum Schreibtisch, auf dem er die Mappe unter einem Stapel Akten versorgt hatte, und kramte sie missmutig hervor. »Moment, das war ...«, er machte es spannend, nicht weil er Selzer ärgern wollte, sondern weil die Sekretärin ihn telefonisch an einen Termin erinnert hatte. »Richter Matuschek.«

»Bingo!«, sprudelte es aus Selzer heraus, als wäre er eine Mineralwasserflasche. »Danke, Doktor Wolf, Sie haben mir sehr geholfen.«

»Schon gut.« Wolf gab ihm die Hand und ging mit ihm ins Vorzimmer, in dem jedoch niemand außer der Schreibkraft saß.

Nachdem Selzer gegangen war, hörte er Wolf noch reden und Worte wie »Na endlich, wurde auch Zeit« mit der Dame wechseln.

***

Er nickte und war mit sich zufrieden. Danach schickte er die E-Mail ab und hoffte auf eine baldige Antwort. Ihm war kalt, weil er das Fenster geöffnete hatte und kühle Luft in das Wohnzimmer strömte. Sein Entschluss, erst dann wieder zu rauchen, wenn er sie gesühnt hatte, war nun verwirklicht. Er genoss die Zigarette und hatte vergessen, wie lange er schon so da saß. Ebenso hatte er versäumt, das Fenster zu schließen. Erst als er den leisen Klingelton einer eingehenden Mail vernahm, wurde ihm das bewusst und er schloss es wieder. Voller Neugier öffnete er die Nachricht, die ihn lächelnd zu einer weiteren Zigarette greifen ließ.

Es freut mich, dass ich dir helfen konnte. Lass von dir hören.

Genussvoll inhalierte er den Qualm, sog ihn in sich auf, zumal ihm alles egal war. Früher, als sie noch gelebt hatten, hatte er sich das Rauchen ihnen zuliebe abgewöhnt. Doch ohne sie sah er darin keinen Sinn mehr. Ihren Tod zu rächen, war sein letzter Wunsch. Wenn die Justiz versagt hatte, musste man eben handeln. Moral hin oder her. In seinem anderen Leben hätte er sein Tun längst verteufelt, obschon er kurz davor war, ein normales Dasein zu führen. Wenn bloß dieser Anruf nicht gewesen wäre.

18. Tödliche Informationen

Als Selzer in das Büro zurückkehrte, hatte er das Gefühl, als würde Weihnachten kurz bevorstehen. Er hatte alles erledigt, was für das Fest vonnöten war, um es nun zu genießen. Auf einmal sah er Geschenke, die er nicht gesehen hatte. Jetzt galt es, das Geschenkband zu lösen und abzuwarten, wie sich die Überraschung offenbarte. Die Tatsache, dass Isabell Nissen unschuldig aus der Verhandlung gegangen war, warf Zweifel auf, ob es hier mit rechten Dingen zugegangen war. Der gesunde Menschenverstand ließ ihn kopfschüttelnd am Schreibtisch Platz nehmen. Er schöpfte Atem, wohl wissend, dass alle Augen im Raum auf ihn gerichtet waren. »Wir haben uns verrannt. Isabell Nissen ist der Schlüssel zu allem. Sie hat am 14. Februar 2013 mit ihrem Motorrad einen fatalen Unfall verursacht. Dabei wurde eine Frau tödlich verletzt. Ihre Tochter kam ins Krankenhaus.«

»Lebt die Kleine noch?«, fragte Nadine interessiert nach.

»Ich weiß es nicht. Das herauszufinden, wäre deine Aufgabe. Ihr Name ist Saskia Knoll. Und die Herren kümmern sich bitte um den Ehemann der Verstorbenen. Ich will alles über ihn wissen.«

Nadine starrte Selzer an, und ein bohrendes Unwohlsein machte sich in ihrem Magen breit. Sie ahnte bereits, worauf er hinauswollte. »Angenommen, es gibt einen Hinterbliebenen, dann stellt sich mir die Frage, ob er das traumatische Ereignis überwunden hat. Und wenn nicht, wie lebt er damit heute, und vor allem, hat er Rache geschworen?«

Es war totenstill im Zimmer, als erwartete man noch mehr von ihr.

»Was ist? Was schauen Sie so?«, erkundigte sich Nadine den Blick geradeaus gerichtet zu Hufnagels Schreibtisch.

»Frau Andres, das ist eine sehr traurige Geschichte, aber deshalb gleich drei Menschen ermorden? Finden Sie nicht, dass das etwas weit hergeholt ist?«

»Wer sagt Ihnen denn, dass es nicht so ist?« Nadine legte den Kopf schief.

Hufnagel feuerte ungerührt den nächsten Satz ab, ohne die Kollegin aus den Augen zu lassen. »Frau Andres, das war ein bedauerlicher Unfall. Belassen wir es vorerst dabei und verrennen uns nicht in irgendwelche Räuberpistolen.«

Nadine saß wie ein Trauerkloß da, als Selzer meinte, genügend Hypothesen in den Raum gestellt zu haben, und sie an ihre Aufgaben erinnerte. Danach verließ er das Zimmer, während sie beleidigt gegen die Stuhllehne sank und nicht bemerkte, dass Hübner plötzlich neben ihr stand.

»Alles okay bei dir?«, fragte er.

»Ja, aber wieso muss man gleich so reagieren? Ich habe doch einfach nur laut gedacht.«

»Tja, manchmal gehen auch einem Chef die Argumente aus. Du musst ihn verstehen, wir haben so gut wie nix in der Hand. Und vergiss die zwei Gestalten aus Berlin nicht. Die schwirren hier immer noch herum.«

Nadine sah ihn durchdringend an. »Stimmt. Man hört und sieht von denen aber nichts mehr. Bist du dir sicher, dass die überhaupt ermitteln?«

»Nein, bevor wir es nicht hundertprozentig wissen,

sollten wir uns Mühe geben, die Fälle selbst zu klären. Sicher beobachten die uns. Nicht, dass die am Ende unsere Abteilung schließen. Wir müssen die Geschichte hinter der Geschichte finden.«

Hübner hatte recht.

»Okay. Ich kümmere mich um das Mädchen.«

Er nickte ihr zu und sein Lächeln stimmte Nadine versöhnlicher. *Manchmal kann der richtig nett sein.* »Sag, was ist mit deiner Frau?«, setzte sie das Gespräch fort, um sich ebenfalls von ihrer besten Seite zu zeigen.

Hübner legte die Stirn in tiefe Falten. »Im Moment wissen wir es noch nicht. Man hat beim letzten Ultraschall eine Veränderung in ihrer Brust entdeckt. Jetzt muss sie zur Mammografie.«

»Brustkrebs?«, flüsterte Nadine so leise, dass er es kaum verstand, aber das Wort von ihren Lippen ablesen konnte.

Hübner zuckte mit den Achseln. Sie begriff, dass er nicht weiter darauf eingehen wollte.

Nadine hatte sich inzwischen die Akte vom Verkehrsunfall zukommen lassen. Sie studierte die Augenzeugenberichte und las von einem Felix Hertle, der den Unfall mitbekommen hatte. Laut dessen Aussage waren Mutter und Tochter ohne Fahrradhelm unterwegs gewesen. Sie waren nebeneinander hergefahren und hatten sich unterhalten, unterdessen dicht neben ihnen der Stadtverkehr tobte. Ebenfalls äußerte sich Hertle zur Unfallverursacherin und beschrieb sie als rücksichtsvoll, weil sie unentwegt gehupt hatte, jedoch die Fahrradfahrerin ihr Warnsignal ignorierte. Nadine verschlug es die Sprache und sie bekam das Gefühl, dass Isabell Nissen bewusst von der Tat freigesprochen worden war. Ihre Mitschuld schloss der Bericht eindeutig aus. *Keine Mutter lässt ihr Kind ohne Helm fahren. Es muss eine logische Erklärung für all das geben.* Die anderen Zeugenaussagen deckten sich im Wesentlichen mit der von Hertle. Dennoch konnte Nadine in der Mappe keinen weiteren Hinweis auf ein Hupen seitens der Motorradfahrerin finden. Im Gegenteil, eine ältere Dame sagte sogar aus, nichts gehört zu haben, während eine Bemerkung im Protokoll sie als schwerhörig abstempelte und mit *unglaubwürdig* einstufte.

Nadine beschloss, den Zeugen Felix Hertle zu befragen. Zudem wollte sie in Erfahrung bringen, wie es der Kleinen ging, bis sie die letzte Seite der Unfallakte öffnete. Sie entdeckte eine handschriftliche Notiz, die etwa ein halbes Jahr nach dem Unfall hinzugefügt worden war. *Saskia Knoll erlag heute ihren schweren Verletzungen im Klinikum Konstanz, 14.08.2013.*

Die Worte schnürten Nadine den Hals zu. Sie griff sich an die Schläfe und konnte es nicht fassen. Wie angewurzelt blieb sie sitzen, starrte auf die graue Mappe, die sie noch immer in den Händen hielt. Die neu gewonnenen Erkenntnisse stimmten sie nicht froh, und dennoch gab es einen Anhaltspunkt. Sofort informierte sie die Kollegen.

»Tilo, hast du Lust, mich zu diesem Hertle zu begleiten?« *Ich muss ihn auf andere Gedanken bringen.*

Hübner willigte ein. Da die nächste Untersuchung seiner Frau erst morgen stattfinden würde, nutzte es niemandem, sich bereits heute verrückt zu machen. Eine geistige Auszeit konnte nicht schaden.

»Gut, du fährst!«, beschloss Nadine und war erleichtert, sich nicht durch den vormittäglichen Stadtverkehr zwängen zu müssen.

»Klar, wer denn sonst. Du etwa?«, konterte er provokant, nahm seine Jacke, die er über die Stuhllehne gelegt hatte, und zog sie über.

Hufnagel, der gerade ins Büro gekommen war, schaute entsetzt. »Ähm, ich dachte, wir beide«, damit meinte er sich und Hübner, »kümmern uns heute um den Ehemann der Verunfallten.«

Hübner winkte ab. »Alles zu seiner Zeit, Herr Kollege. Ich muss noch etwas Dringendes in der Stadt erledigen. Wenn ich zurück bin, mache ich weiter, wo Sie aufgehört haben.« Hübner lächelte frivol und Hufnagel merkte, dass er ihn auf die Schippe nahm. Andererseits war es seine Entscheidung und die Sache mit der Gattin machte es auch nicht leichter. *Dann halt nicht. Das schaffe ich auch alleine.*

Von dort, wo Hübner den Wagen geparkt hatte, konnte Nadine die Bahngleise sehen. Sie blickte sich um und fand sich inmitten eines riesigen Wohnkomplexes stehen. Weiß getünchte Häuser mit schwarz gerahmten Fenstern sowie passenden Balkonen. Etwa zehn Mietparteien zählte sie den Blick gerichtet nach oben.

»Ganz schön nah an den Gleisen. Ist bestimmt sehr laut hier«, stellte sie fröstelnd fest und rieb sich die Hände.

»Tja, da kann man nichts machen. Die Leute sind froh, eine Wohnung gefunden zu haben. Früher standen hier Baracken und ein Farbengeschäft. Die haben alles platt gemacht, um bauen zu können. Schön ist anders. Da lob ich mir meine Eigentumswohnung. Würde ich heute eine kaufen wollen, wäre die Finanzierung zwar günstig, aber ich bekäme keine. Der Konstanzer Markt ist leer gefegt. Und das, was es gibt, ist durchweg überteuert. Also zieht man freiwillig hierher. Immerhin handelt es sich um einen Neubau.«

Nadine bedankte sich für die kurze Einführung in den städtischen Immobilienmarkt und wusste auch ohne Hübner, dass eine Wohnung hier unerschwinglich war. Noch brachte das Leben für sie in einer Wohngemeinschaft Vorteile. Sollte sich das ändern, gab es bestimmt eine Lösung.

Nadine betätigte die Klingel mit der Aufschrift *Hertle* und vernahm sogleich ein Surren. »Komm! Es ist jemand daheim«, stellte sie erfreut fest.

Die zwei nahmen den Fahrstuhl, der sich aufgrund der vielen Stockwerke als zweckmäßig erwies. Und dennoch hätte sie das Laufen vorgezogen, zumal ihr das schmale Ding ein gewisses Unbehagen bereitete. Im obersten Stock hielt das Ungetüm an.

Die Wohnungstür von Felix Hertle wirkte nicht gerade einladend. Irgendjemand hatte mit voller Wucht dagegengetreten und einen tiefen Riss in der Oberfläche hinterlassen.

Nadine klopfte an die Tür, die sogleich von einer jungen Frau mit zotteligem Haar und lilafarbener Jogginghose geöffnet wurde. Ihr schmatzendes Kaugummikauen war nicht zu überhören. »Sie wünschen?«, fragte sie kess und drehte sich immerfort nach hinten um.

»Frau Hertle, wir möchten Sie gerne sprechen.« Nadine zeigte ihren Dienstausweis vor.

»Die Bullen?«, fragte die junge Frau abschätzig. »Ich wusste doch, dass Sie eines Tages vor unserer Tür stehen würden.«

»Können wir hereinkommen?«, forderte Nadine nett.

»Wenn's sein muss. Aber bevor mein Freund nach

Hause kommt, müssen Sie weg sein. Sonst macht der Stunk, weil es nüscht zu essen gibt.«

»Ach, Sie sind gar nicht verheiratet?«

»Nö. Wovon sollten wir das bezahlen? Mit den paar Kröten vom Amt kommt man nicht weit.«

Also Hartz IV, dachte Nadine und trat gemeinsam mit Hübner in den kleinen Flur, der kaum größer als ein Quadratmeter war.

»Hier entlang!«

Die Kriminalisten folgten und standen kurz darauf in einem zugemüllten Zimmer, bei dem man nicht wusste, ob es ein Wohn- oder Schlafzimmer sein sollte. Überall standen Umzugskartons mit gestapelter Kleidung. Gleichfalls war der Gestank von Urin sowie vergammelten Essensresten vorhanden, der selbst durch aufgestellte Lufterfrischer nicht zu verhindern war. Dass es sich um Kindersachen handelte, hatte Hübner sofort bemerkt.

»Sie haben Kinder?«, fragte er entsetzt nach und schaute sich weiterhin um.

»Hab ich, ja, die Kleine ist bei der Oma«, antwortete die Frau resigniert und stellte sich den Polizisten mit Anika vor. »Sorry, das sieht nicht immer so aus. Ich muss erst noch aufräumen. Ich hatte bis vor ein paar Tagen einen Hund zur Pflege. Daher der Geruch«, tat sie das Chaos ab.

Die Kriminalisten gingen zurück in den Flur und stellten ihre Fragen.

»Sagt Ihnen der Name Isabell Nissen etwas?«, wollte Nadine wissen.

»Nissen? Nö, nie gehört«, entgegnete Anika und trat nervös von einem Fuß auf den anderen. »Wer soll das sein?«

»Isabell Nissen hat vor ein paar Jahren einen schweren Verkehrsunfall verursacht. Durch die Aussage *Ihres* Freundes wurde sie entlastet und freigesprochen.«

»Ja und? Ist doch gut für die.«

Nadine stöhnte innerlich. »Finden Sie es nicht merkwürdig, dass Herr Hertle als Einziger gehört haben will, wie Frau Nissen damals vor dem Auffahrunfall gehupt hat?«

»Nein«, kam es zögerlich.

»Isabell Nissen wurde vor ein paar Tagen ermordet. Und jetzt raten Sie mal, was wir in ihrem Blut gefunden haben?«, stellte Nadine die Frage in den Raum.

Schulterzucken von Anika.

»Crystal Meth! Und noch etwas, sie nahm das Methamphetamin nicht erst seit gestern. Sie war schon vor fünf Jahren davon abhängig. Und da frage ich mich, ob sie nicht auch zum Zeitpunkt des Unfalls Drogen konsumiert hat.« *Das hätte der Polizei doch damals auffallen müssen.*

»Und was habe *ich* damit zu tun?«, erkundigte sich Anika sichtlich nervös.

Hübner wurde langsam ungehalten und ergriff ihren Arm. »Jetzt mal raus mit der Sprache. Sie wissen doch was. Glauben Sie wirklich, dass sich Ihre Tochter in solch einem Saustall wohlfühlt? Ein Anruf beim Jugendamt genügt und sie kommt zu Pflegeeltern.«

Das hatte gesessen, obschon es nicht ganz fair von Hübner gewesen war. Aber der Zweck heiligte bekanntlich die Mittel.

Zutiefst erschrocken trat Anika einen Schritt zurück und stieß gegen eine Tür. Ihre Hände fühlten sich an, als hätte sie sich gerade verbrannt. Die Hitze kroch wie eine Natter an ihr empor und ließ den Kopf schmerzen.

»Felix wusste das.«

»Was wusste er?«, hakte Hübner nach und drückte ihren Arm.

»Na, das mit den Drogen. Er hat den Unfall beobachtet und kurz darauf eine Tüte von diesem Zeug auf der Straße liegen sehen. Sie war von der Frau mit dem Motorrad.«

»Und? Jetzt lassen Sie sich nicht alles aus der Nase ziehen«, schimpfte Hübner und kassierte gleichzeitig Nadines rügenden Blick, der ihm signalisierte, dass er sich im Ton vergriffen hatte.

»Er steckte das Zeug ein und machte später seine Aussage. Nachdem er mitbekam, dass es sich um die Tochter der Stadträtin handelt, hat er sie angerufen und um Geld gebeten.«

»Sie meinen, er hat sie erpresst!«, stellte Nadine die Sache klar. »Über wie viel sprechen wir?«

Anika bejahte. »Ich weiß es nicht und ich habe auch nichts von dem Geld gesehen.«

»Wo ist Ihr Freund jetzt?« Hübner ließ Anikas Arm los und schüttelte sich genau wie sie.

»Keine Ahnung, bei irgendeiner Tusse. Bitte lassen Sie mir meine Tochter«, wandte sich Anika an Nadine und zog bittend an ihrer Jacke.

Sie nahm ihre Hand und löste sich mit einem Darüberhinwegstreichen von ihr. »Wir sind nicht vom Jugendamt. Aber Sie sollten schleunigst Ordnung schaffen. Und nicht nur hier, sondern auch in Ihrem Leben. Das ist kein Umfeld für ein Kind.« Gleichzeitig schaute sie sich um und ließ ihren Blick über ein paar Schnappschüsse, vermutlich aus besseren Tagen schweifen und vermutete darauf Anika nebst Freund und Tochter. Die junge Frau bedankte sich mit Tränen in den Augen. Erst als die Kriminalisten gegangen waren, begann sie heftig zu weinen.

Nach dem Verlassen des Wohnhauses griff Nadine zum Handy und bat Selzer um die Einleitung der Fahndung nach Felix Hertle, den sie jetzt für dringend tatverdächtig hielt.

Eine Stunde darauf standen Nadine und ihr Kollege vor dem Konstanzer Bahnhof und schauten sich hektisch um. Selzer hatte sich gemeldet und mitgeteilt, dass man Hertles Handy per Funkzellenauswertung orten konnte, wobei die Signale direkt von hier kämen. Schweigend liefen sie den Gehweg ab. Doch außer den Wartenden an der Bushaltestelle konnte man Hertle nicht sehen.

»Was sollen wir hier?«, fragte Hübner. »Weit und breit niemand, der Hertle ähnelt.«

»Woher willst du das wissen? Wir kennen den doch gar nicht«, widersprach Nadine und fühlte gleichzeitig ihren Puls rasen. Bei derart vielen Personen war ihr die Suche ein Graus. Was, wenn Hertle eine Waffe hatte oder ein Messer zückte? Nicht nur Erwachsene standen hier, sondern auch eine Gruppe Schulkinder. Würde man die Leute diskret auffordern wegzugehen, wüsste Hertle Bescheid. Daher galt es, behutsam mit der Situation umzugehen und weiterhin die Augen offen zu halten.

»Erzähl mir nichts, du hast dir doch die Fotos auf dem Sideboard genauso angeschaut wie ich. Und der Typ darauf kann nur Hertle gewesen sein.« Jemand rempelte Hübner an, entschuldigte sich und lief weiter.

Nach einer knappen Stunde schmerzten Nadine die Füße, außerdem war ihr kalt und es hatte begonnen zu regnen. Die Leute hatten ihre Schirme aufgespannt und warteten geduldig, bis der Bus kam. Nummer eins in Richtung Fähre. Schon bald löste sich die Menschenmenge auf, und der Platz war besser zu übersehen.

»Wo ist der Kerl nur?«, schnauzte Hübner die Kollegin ungehalten an.

»Selzer sagt, wir sollen hierbleiben. Das Signal hätte sich verstärkt«, erwiderte sie.

Fröstelnd stand sie neben ihm, als Fahrradreifen quietschen. Ein Rad älteren Baujahres wechselte von der Fahrbahn auf den Fußgängerweg und kam auf die beiden zu. Nadine dachte noch daran, dass sie umgefahren werden würde, und fühlte auch schon Hübners Hand in ihrer Seite. Viel ging ihr in dem Moment nicht durch den Kopf, nur dass gleich etwas passierte.

Gewarnt durch seinen Schrei, sprang Nadine beiseite. In letzter Minute konnte sie demjenigen ausweichen, der unglücklicherweise selbst zu Boden fiel und ein paar Passanten mit sich riss. Das Ganze dauerte nur ein paar Sekunden, hinterließ jedoch einen gehörigen Schrecken. Man hörte die Schreie eines Kindes, dessen Mutter auf den Gehsteig gefallen war. Glücklicherweise wurden die Polizisten schnell Herr der Lage und sie beruhigten die Leute, bis ihr Blick auf den verunglückten Fahrradfahrer fiel.

»Hübi, mich laust der Affe. Sieh dir den Typen mal genauer an!«

Er begriff sofort, bat die Kollegin, sich von der anderen Seite dem Mann zu nähern, der inzwischen aufgestanden war und weiterfahren wollte.

»Nicht so schnell, mein Junge. Wir unterhalten uns besser auf dem Polizeirevier«, versuchte Hübner, die Angelegenheit so unkompliziert wie möglich zu gestalten. Dass man den Mann wegen eines anderen Deliktes suchte, brauchte keiner zu wissen. Hertle entriss sich Hübner, trat mit Wucht gegen sein Knie und lief davon, bis er einen Meter entfernt stolperte und auf den Asphalt fiel. Das metallische Einrasten von Handschellen beendete schließlich den Fluchtversuch.

»Das war es dann wohl«, schimpfte Nadine und zerrte den Radfahrer vom Gehweg hoch.

»He, was soll denn das?«, knurrte er. »Ich habe niemandem etwas getan. Jetzt mal langsam.«

»Haben Sie nicht?«, hinterfragte die Kriminalistin herausfordernd. »Das wird sich klären.«

»Blöde Kuh. Ich will meinen Anwalt sprechen. Sofort!«

Nadine öffnete den Mund zu einer Erwiderung, aber Hübner, der das Gespräch mitbekommen hatte, drängte sie zum Gehen. Kaum dass der Halunke im Dienstwagen verstaut war, gab er Gas. Seine Kollegin spürte ihren Herzschlag und atmete tief durch.

»Alles okay?«, fragte Hübner.

Nadine nickte abgehackt, was so viel hieß, dass es das nicht war. »Und bei dir? Hast du Schmerzen?«

Hertle lachte laut. »Na, ihr Weicheier, lasst euch doch am besten gleich krankschreiben.«

Nadine kochte vor Wut, beließ es dabei und konzentrierte sich auf den Straßenverkehr, als sich von einem kleinen Ganoven provozieren zu lassen. Noch wusste Hertle nicht, warum man ihn mitnehmen wollte, und die Zeit für eine passende Ausrede gönnte man ihm nicht.

»Halts Maul!«, entgegnete Hübner.

»He! So dürfen Sie mit mir nicht sprechen.«

Hübner schaute wütend in den Rückspiegel. »Sagen

Sie mal, Herr Hertle, was glauben Sie eigentlich, wer Sie sind?«

Dem Mann entglitt der Blick. Er würgte den Kloß, der ihn schwer atmen ließ, die Kehle hinab und dachte darüber nach, wieso der Typ seinen Namen kannte. Das nachfolgende Schweigen brachte es zum Ausdruck.

19. Verhängnisvolle Gier

»Lassen Sie mich los!«, rief Hertle, nachdem er aus dem Wagen gestiegen war. Sein Protest wurde ignoriert. Erneut versuchte er, sich Gehör zu verschaffen. Er hob die Hände und holte aus. Doch die Handfesseln ließen es nicht zu.

Hübner schaute den Gefangenen mit hassverzerrten Augen an. »Jetzt mal langsam! Sie kommen mit! Dann werden wir weitersehen.«

»Geht's noch? Wegen so einer Lappalie mich gleich zu verhaften?«, brüllte Hertle und ließ sich gegen seinen Willen ins Polizeirevier schieben.

Nachdem man ihn in eines der Besprechungszimmer verfrachtet hatte, ging es zur Sache. Man wollte es sich nicht nehmen lassen, ihn sofort zu befragen. Wie es schien, war Hertle ahnungslos. Nadine hatte die Unfallakte KNOLL auf dem Tisch liegen und verdeckte sie mit dem Arm.

Hübner stand auf und schritt durch das Zimmer, als wäre es ein Gerichtssaal. Die Arme hatte er hinter dem Rücken verschränkt. »Sie können sich immer noch nicht vorstellen, warum Sie hier sind?«, fragte er nach.

Hertle schaute über seine Schulter hinweg, antwortete mit »Nein« und schien bemüht, ihm mit den Augen zu folgen. Sein Gehen ließ den Mann nervös werden, was von Hübner beabsichtigt war. »Gut, helfe ich Ihnen mal auf die Sprünge. Sagt Ihnen der Namen Nissen etwas?«

Hertle schluckte. *Scheiße, was will der von mir?*

»Das dachte ich mir. Isabell Nissen? ... Klingelt es da nicht?«

Hertle wurde unruhig. Er bekam feuchte Hände, die

er zu trocknen versuchte, was nicht unbemerkt blieb.

»Magdalena Nissen, sagt Ihnen *dieser* Name wenigstens etwas?«

Hertle riss die Augen auf. *Mist, wie komme ich aus der Nummer wieder raus?* »Neee«, er schüttelte den Kopf. »Was soll die Fragerei? Ich kenne die Leute nicht.«

Hübner setzte sich und rückte den Stuhl bedrohlich nahe an den Besprechungstisch heran. Gleichzeitig nahm Nadine ihren Arm von der Akte und ließ Hertle auf den Pappdeckel schauen.

KNOLL – 14. FEBRUAR 2013

Also wegen der alten Scheiße sitze ich hier, dachte Hertle.

»Na, dämmert es jetzt?«, fragte Nadine langsam, ohne den Blick von ihm zu lassen. »Und? Sind Sie nun gesprächsbereit?«

Hertle überlegte einen Moment, während die beiden Polizisten einander stumm zunickten.

»Mann, was soll der Scheiß?« Es schien, als wollte Hertle antworten.

»Laut *Ihrer* Aussage wurde Isabell Nissen freigesprochen, obwohl sie zwei Menschen überfahren hat. Haben Sie dafür eine Erklärung?«

Achselzucken auf der gegenüberliegenden Tischseite.

»Keine! Formuliere ich meine Frage eben anders. Was glauben Sie wohl, wie lange verschwindet man hinter schwedischen Gardinen, wenn man drei Personen kaltblütig ermordet hat?«

Hertle überlegte und wusste nicht, worauf sie hinauswollte.

Hübner platzte der Kragen. Wütend preschte er vom Stuhl hoch, langte mit den Armen über den Tisch und packte Hertle am Pulloverausschnitt. »Jetzt habe ich aber die Nase voll. Wenn Sie uns verarschen, nehme ich

Sie für 24 Stunden in Gewahrsam. Wir wissen, dass Sie Magdalena Nissen erpresst haben. Hat sie Ihnen nicht genug gegeben, oder warum haben Sie sie getötet?«

Getötet? Ich? Was will der von mir? »Kommen Sie, ich bringe doch niemanden um.« Hertle nahm eine bequemere Haltung ein. »Ja, ich habe Geld von ihr gefordert. Und sie hat brav bezahlt. Das war es dann schon. Seit damals habe ich nichts mehr von der gehört. Ehrlich! Das müssen Sie mir glauben.«

»Glauben? *Ihnen?* Ich glaube prinzipiell solchen Typen wie Ihnen nichts. Beweisen Sie es mir! Wir suchen den Mörder von Isabell und Magdalena Nissen sowie den von Richter Matuschek. Na, klingelt es da nicht?« Hübner schaute ihn zornig an.

Und ob es das tat. *Aber wieso?*, schrie Hertles Innerstes.

Hübner warf einen Blick auf seine Uhr. »Angesichts der fortgeschrittenen Stunde«, inzwischen war es kurz vor sechs, »halte ich es für angebracht, dass wir uns von Ihnen verabschieden und morgen weitermachen.«

Hertle machte ein zufriedenes Gesicht.

»Denken Sie etwa, nach Hause gehen zu können?«, setzte Hübner nach.

Der Gesichtsausdruck des jungen Mannes verdunkelte sich, und seine Augen schienen hasserfüllt. »Hören Sie, ich habe damit nichts zu tun.« Sein Einwand verpuffte in der Luft.

Ein uniformierter Polizist führte Hertle schließlich ab, der weiterhin seine Unschuld beteuerte und sie lauthals auf dem Flur verkündete.

Nachdem Andres und Hübner im Büro eintrafen, in dem Selzer den Kopf haltend am Tisch saß, schaute er kurz auf, um dann in die Haltung zu verfallen wie zuvor.

»Was ist?«, fragte Nadine stirnrunzelnd und sichtlich irritiert.

Hufnagel, der ebenso anwesend war, konterte mit einer Gegenfrage. »Und bei Ihnen?«

»Ich habe zuerst gefragt«, rechtfertigte sich die Kollegin und starrte ihren Chef an.

Selzer blickte erneut auf. »Der Alte will morgen wissen, was wir bisher haben. Plus einer Liste der Verdächtigen. Das wäre nicht mal das Schlimmste, aber können Sie mir erklären, warum ich dem sagen soll, was das alles den Steuerzahler kostet? Ich?«

Nadine konnte es nicht fassen. »Verstehe ich nicht? Für den Etat ist doch Amans zuständig.«

»Und was hat dieser Hertle gesagt?«, erkundigte sich Selzer, um vom Thema abzulenken.

»Nicht viel. Wir knöpfen uns den morgen noch mal vor«, kam es von Nadine.

Am nächsten Vormittag

Selzer, der sich die ganze Nacht den Kopf zerbrochen hatte, warum Harald Amans sich derart merkwürdig verhalten hatte, beschloss vorerst, das Finanzielle außer Acht zu lassen. Über den Rest machte er sich weitaus weniger Gedanken, zumal es sein täglich Brot war. Mehr als einen Fresszettel mit dem bislang verbrauchten Budget hatte er sowieso nicht parat. Dass ihm der Bürokram verhasst war, wusste auch Amans und bislang hatte er es verstanden, ihn damit zu verschonen. Das überließ er lieber Frau Kleinschmidt, der Büroperle aus Hufnagels alter Abteilung.

Es war bereits nach neun, als Amans sich bei Selzer meldete. Er sollte umgehend zu ihm ins Büro kommen, hatte er gesagt. Selzer bewegte sich nur mühsam voran, irgendetwas sträubte sich in seinem Inneren gegen diesen Besuch. Kurz vor Amans Tür verharrte er und schwankte zwischen Klopfen und Kneifen. Würde ihn jemand derart stehen sehen, man hätte ihm das nicht geglaubt. Bevor er die Faust ballte, legte er das Ohr an die Tür. Im Büro wurde gesprochen. Jetzt blieb ihm nur die Flucht nach vorne und das Anklopfen wurde mit einem lautstarken »Ja bitte!« bestätigt.

Selzer ging hinein und zuckte zusammen. Nicht nur der Chef war anwesend, sondern auch die beiden Sesselfurzer aus Berlin.

»Kommen Sie nur herein!«, forderte Amans seinen Mitarbeiter auf und wies ihn an den Besprechungstisch. »Sie kennen sich ja bereits«, meinte er und blickte nickend hinüber zu den Herrschaften. »Dann schießen Sie mal los! Was haben Sie für uns vorbereitet?«

Amans wirkte auf seinen Mitarbeiter befremdlich und es schien, als hätte er Angst. Sein Blick, gerichtet auf die anderen, kam ihm hektisch vor. Wortlos legte Selzer die Notiz auf den Tisch, die nur ein paar Zahlen enthielt.

»Lassen Sie mal sehen«, meinte die Frau mit dem Dutt und machte ein angestrengtes Gesicht. »Das ist alles?«, fragte sie mit hoher Stimme.

Selzer zuckte mit den Achseln. *Wenn ich in die Verwaltung hätte gehen wollen, wäre ich nicht Profiler geworden, du dumme Nuss.* Innerlich kochte er vor Wut. »Wieso, haben Sie mehr zu bieten?«, setzte er nach und meinte die Aufklärung der Morde.

Die Nase rümpfend, kratzte sie diese, was Selzer wiederum als Verzweiflungstat einstufte, weil er wusste, dass er sie mit der Frage verunsichert hatte. Gleichfalls funkte ihr Kollege dazwischen, indem er sich bedankte und Selzer zum Gehen aufforderte. *Da kommt einmal Verstärkung und außer blödem Nachfragen erfolgt nichts. Ich hatte mir die Zusammenarbeit konstruktiver vorgestellt. Das sind Bürokraten, wie sie im Buche stehen.* Aber Selzer hatte Wichtigeres zu tun. Schlecht gelaunt lief er über den Gang und gönnte sich einen Kaffee vom Automaten.

***

Der Gefangene hatte Durst, versuchte zu schlucken, doch seine Kehle war trocken wie Gras in sengender Hitze. Die Zunge klebte am Gaumen. Nach und nach kamen weitere Wahrnehmungen hinzu und eine Männerstimme drängte sich in sein Bewusstsein.

»Aufwachen! Man verlangt nach Ihnen.«

Hertle schlug die Augen auf und fühlte jeden seiner Knochen. Der Rücken schmerzte, die Schulter tat weh, als hätte jemand die ganze Nacht darauf gedroschen. Er streckte Arme und Beine aus. »Mensch, habe ich beschissen geschlafen. Haben Sie was zu trinken?«, knurrte er mit trockener Kehle.

Etwa eine halbe Stunde danach hatte er sich erholt und saß im gleichen Besprechungszimmer wie tags zuvor, in dem Nadine Andres geduldig auf ihn wartete. Herausfordernd schaute sie ihn an. »Und wie war die Nacht auf Staatskosten?«

Hertle hob die Augenbrauen. »Was wollen Sie eigentlich von mir? Hören Sie, wenn ich Ihnen sage, was ich weiß, lassen Sie mich dann gehen? Kann ich bitte ein Glas Wasser haben?«

Man brachte ihm einen Pappbecher mit Trinkwasser, den er sofort leerte.

Selzer kam in den Raum und setzte sich schweigend

zu seiner Kollegin.

»Das kann ich Ihnen nicht versprechen. Wenn Sie uns helfen, wirkt sich das sicherlich positiv auf ihr Strafmaß aus. Ich schätze mal, dass sie nicht allzu lange hinter Gittern verschwinden wollen, zumal sie ein Kind haben«, sagte Nadine.

»Aber woher ...?«

Selzer musterte den Kerl und begann, mit ihm über die Erpressung zu sprechen. Er hörte von den fünfzig-tausend Euro, die man ihm gegeben hatte. Außerdem beteuerte Hertle, seither nichts mehr von Frau Nissen gesehen, geschweige denn gehört zu haben, was Selzer ihm wiederum glaubte. Er ging von einer höheren Summe aus, die man seines Erachtens hätte erpressen können. »Wer außer Ihnen wusste, dass Isabell Nissen am Tag des Unfalls Drogen mit sich führte?«

»Nur Anika.«

»Demnach haben Sie die Sache alleine durchge-zogen?«

»Ja.«

»Und was haben Sie mit dem Geld gemacht?«

Hertle schüttelte nachdenklich den Kopf. »Das meiste habe ich verzockt. Der Rest ist für Klamotten draufgegangen.« Wie es schien, ärgerte er sich jetzt. Immerhin war es leicht verdientes Geld gewesen.

Nadine konnte es nicht fassen, beließ es aber dabei, denn Moral war hier fehl am Platz. »Ja und?« Sie beugte sich gespannt vor und legte ihre verschränkten Arme auf den Tisch.

Vor Nervosität kaute der Gefangene an den Finger-nägeln. »Was und?«

»Irgendjemand muss davon gewusst haben. Denken Sie nach! Möglicherweise schweben Sie in Lebensgefahr.

Alle Beteiligten von damals sind tot.« Nadine schaute ihn bohrend an. »Wer wusste es noch?«

»Außer meiner Freundin und mir niemand.« Doch das *niemand* wirkte auf die Polizisten nicht überzeugend, daher bat Selzer seine Kollegin zur Besprechung in die hinterste Ecke. »So kommen wir nicht weiter«, flüsterte er den Blick gerichtet zu Hertle.

Nadine nickte ihm wortlos zu.

»Wir können den jetzt nicht auf freien Fuß setzen. Ich spreche mit dem Staatsanwalt. Der verschweigt uns etwas.«

Nadine bemühte sich um einen leisen Ton, doch es gelang ihr nicht: »Daniel, das kannst du nicht machen. Wir haben nichts gegen ihn in der Hand.«

»Haben wir nicht?«, widersprach er. »Für mich steht er unter Mordverdacht.«

Hertle bekam es mit der Angst. *Die Arschgeigen wollen mich in den Knast stecken.*

***

»Wie willst du sterben?«, hatte er sie immer wieder gefragt. Doch waren es nur Gedanken, die er ihnen gerne an den Kopf geschleudert hätte. Ihr Tod war sinnlos, genau wie der von Frau und Kind. Allerdings die Erkenntnis stellte sich ihm nie. So wie sie mit Recht und Ordnung umgegangen waren, sollten sie auch sterben. Er presste die Zähne aufeinander, schloss die Hände zu Fäusten und spürte den Schmerz.

»Wird das denn nie vergehen?«, sprach er mit sich selbst und geriet in Wut. Er fühlte seinen Puls rasen, ihm wurde heiß und sein Schädel schien zerspringen zu wollen.

Er ging ein paar Schritte auf und ab, starrte aus dem Wohnzimmerfenster und sah die Sonne, deren Strahlen sich nicht im Geringsten unterschieden wie von denen vor Jahren. Und doch hatte sich seither alles verändert. Sein Leben war aus den Fugen geraten und der Spruch *Alles wird gut* kam ihm jetzt wie Heuchelei vor. Menschen, die das sagten, spürten weder Trost noch Empathie. Oder ihr *Wie geht es Ihnen?* Letztendlich war er ihnen egal. Einem Mann, der Frau und Kind verloren hatte, ging man besser aus dem Weg, hatte man doch Angst, dass er seinen Gefühlen erliegen würde. Die Wenigsten vermochten damit umzugehen. Es wurde einsam um ihn herum und er mied die Menschen, wann immer er konnte. Der einzige Kontakt, der ihm geblieben war, war im Beruf, den er nach wie vor liebte. Das Geschäft, das er führte, hatte er noch mit Manuela eröffnet. Damals waren sie gerade vom Land in die Stadt gezogen, weil sie der Tochter einen kürzeren Schulweg ermöglichen wollten. *Wären wir nur dortgeblieben. Dann hätten die beiden vor lauter Umzugsstress nicht ihre Fahrradhelme vergessen und würden heute noch leben.* Das schlechte Gewissen klebte an ihm wie Hundekot. *Wieso ausgerechnet wir? Es hätte jeden anderen treffen können. Warum uns?* Eine Frage folgte der nächsten, doch eine Antwort blieb aus.

Das Schellen des Telefons riss ihn aus den Gedanken. Schon lange hatte niemand mehr auf der Nummer angerufen. Eigentlich wollte er es längst entsorgen, beließ es dabei, weil es ein letztes Lebenszeichen der Familie in sich barg. Noch immer hörte er die Stimme seiner Frau. Und jetzt klingelte es wieder. Er fühlte ein Stechen in der Brust, dann einen Hoffnungsschimmer, dass sie es waren. Doch die Hoffnung war längst gestorben und an auferstandene Tote glaubte er nicht.

Behutsam nahm er den Hörer vom Apparat und presste ihn ans Ohr. »Hallo?«, fragte er ängstlich nach.

»Spreche ich mit Herrn Knoll?«, erkundigte sich die Stimme eines älteren Mannes.

Knoll? Nein, so heiße ich nicht. Nicht mehr. Der ist gestorben und liegt jetzt auf dem Friedhof. »Sie müssen sich verwählt haben. Mein Name ist Scherber«, log er.

»*Scherber?*«, wiederholte der Teilnehmer irritiert.

»Ja, Scherber. Das passiert öfters. Anscheinend wurde die Nummer zweimal vergeben.« Knoll fühlte sich unwohl, denn Gespräche dieser Art waren ihm verhasst.

»Na dann, nichts für ungut.«

Man legte auf, während der eine seinen Gedanken weiter nachhing und der andere sein Stichwort auf der Notiz strich.

***

Ein widerliches Kribbeln breitete sich über Hufnagels Schulter aus. Hätte er sich doch nur morgens nach dem Duschen eingecremt. Jetzt im Winter brauchte die Haut besonders viel Feuchtigkeit, hatte seine Frau gesagt. Für ihn war es ein Graus, den frottierten Körper einzuschmieren. Genauso hasste er Sonnencreme. Sie stank und klebte dazu. Ein Geräusch, das von der Straße kam, ließ ihn davon ablenken. Er sah die Sonnenstrahlen, die er in letzter Zeit so vermisst hatte, und vergaß das unangenehme Jucken, bis es völlig aus dem Kopf verschwand.

Genau wie er starrte auch ein anderer dorthin.

Erst das »Hallo?« holte Hufnagel zurück auf den Boden der Tatsachen. Er zuckte zusammen und sah hinüber zu Selzer, der erwartungsvoll auf ihn schaute.

»Haben Sie den Mann der Verstorbenen schon ausfindig machen können?«, fragte er. Aber Hufnagel hatte nichts vorzuweisen. Vielleicht in einer Stunde, aber nicht im Moment. Zudem war es Mittag geworden und der Hunger hatte sich mit einem Knurren angekündigt.

Hufnagel schnaufte und wollte einen Satz formulieren, als Selzer von einem Telefonat am Weiterreden unterbrochen wurde. *Gott sei Dank.* Nachdem er aufgelegt hatte, war sein Mitarbeiter fort. Selzer ärgerte sich über sich selbst. Egal, in welche Richtung man ermittelte, sie führte ins Nichts. Und der Einzige, der etwas wusste, schwieg sich aus. Wie gerne hätte er Hertle jetzt unter Druck gesetzt, doch Recht sollte Recht bleiben. Dennoch musste er dem Mörder auf irgendeine Weise begegnet sein. Doch dafür war ein weiteres Gespräch vonnöten. Selzer ließ Hertle zu sich bringen.

»Möchten Sie etwas trinken?«, fragte er, als wäre man Kollegen, was der Gefangene dankend annahm. Selzer musterte ihn eindringlich. »Ich kann Ihnen nicht helfen, wenn Sie nicht mit uns kooperieren wollen. Denken Sie nach, ob Sie nicht doch mit jemandem über den Unfall gesprochen haben. In einer Kneipe vielleicht oder mit einem Freund? Außer Ihnen und Familie Nissen wusste niemand von den Drogen«, sagte er streng.

Hertle fing an zu drucksen. »Na ja, ich hatte da mal was mit einer.« Er kratzte nervös über sein stoppeliges Kinn und begann, fortzufahren: »Wir haben uns zwei, drei Mal gesehen, mehr nicht. Sie verstehen schon.«

Selzer, der rechts von Hertle saß, fasste nach: »Den Namen bitte.«

»Mann, woher soll ich das wissen? Ich lernte sie im

Berry's kennen.«

»Sie meinen die Diskothek im Industriegebiet?«

»Ja, die, wo im letzten Sommer die Schießerei stattgefunden hat.«

Selzer ging das Gleiche durch den Kopf. »Und wann machten Sie die Bekanntschaft?«

»Mal überlegen. Kurz bevor Anika das Baby bekommen hat. Ich konnte nicht mehr mit ihr schlafen. Na ja, und da ist es halt passiert.«

Der Kriminalist verzog das Gesicht, schon jetzt war ihm der Kerl zuwider. Wer anderen nach dem Geld trachtete, schreckte auch vor intimem Betrug nicht zurück. »Können Sie sie beschreiben? Ihr Alter? Haarfarbe? Größe?«

Hertle wurde unruhig und bat um eine Zigarette, die ihm Selzer erst nach der Unterredung zubilligte.

»Sie sprach nicht so gut deutsch. Ganz komisch. Tja und das Alter.« Er zuckte mit den Achseln. »So alt wie ich, würde ich sagen. Aber hübsch war die und ziemlich groß.« Im Laufe des Gesprächs nestelte er nervös an den Fingern herum.

Selzer bedankte sich und löste sein Versprechen ein. Nach der Raucherpause übergab er Hertle einem uniformierten Polizisten, der ihn zurück in die Zelle brachte.

Eine Ausländerin? Groß. Hübsch. Jung. Mann, das sind heutzutage viele. Andererseits?

20. Wenn Hoffnung stirbt

Die Nachtluft war kühl, als Selzer sich auf den Heimweg begab. Es hatte begonnen zu stürmen. Abgebrochene Äste, umgeworfene Mülleimer und zerrissene gelbe Säcke, deren Inhalt überall auf der Straße verteilt herumlag, säumten den Weg. Angeheitert stolperte er über eine leere Weichspülerflasche und belächelte die Art des Sammelns von wiederverwertbarem Plastik.

Es war etwa gegen 22.00 Uhr. Das Handy klingelte und seine Kollegin am anderen Ende der Leitung sprach: »Hast du kurz Zeit für mich?«

Selzer nickte, was sie nicht sah.

»Stör ich?«, wollte sie wissen.

Er verneinte knapp.

»Was machst du gerade?« Sie vernahm ein Rauschen im Hintergrund.

»Durch die Stadt laufen.«

Nadine glaubte ihm nicht. »Was ist bei Hertle herausgekommen? Hat er noch etwas gesagt?« Sie lauschte und hoffte auf eine prompte Antwort, die eher schleppend kam.

»Mhm, nicht viel. Warte mal!« Selzer klemmte das Handy zwischen Schulter und Ohr und legte den Mantelkragen enger um den Hals. Danach lockerte er sich und besann sich auf das Gespräch. »Ich werde aus dem Typ nicht schlau. Er sprach von einer Affäre mit einer Ausländerin, wohl zu jener Zeit, in der seine Freundin schwanger war.« Seine Stimme klang anders als sonst.

»Glaubst du ihm?«, hinterfragte sie und wirkte gereizt.

»Klar, warum nicht?«, lallte Selzer. »Der nimmt, was

er kriegen kann.«

Nadine schnaufte laut, sodass er nach ihrem Befinden fragte.

»Lass das, Daniel! Im Gegensatz zu dir geht es mir gut. Wieso musst du immer über die Stränge schlagen? Ein, zwei Bier hätten gereicht.«

»Süße, ich brauche keine Anstandsdame. Was soll ich deiner Meinung nach abends machen? In den Puff gehen oder mich mit Freunden treffen? Was wäre dir lieber? Im Gegensatz zu dir vertrockne ich nicht.«

Nadine kochte vor Wut. Hätte sie ihn vor sich stehen gehabt, sie hätte ihm eine gescheuert. Stattdessen riss sie sich zusammen, antwortete: »Ne, das tust du weiß Gott nicht. Also was ist jetzt?« Um Daniel zu provozieren, stellte sie das Radio lauter, sodass man hätte meinen können, sie wäre in einem Lokal.

»Bist du daheim?«, fragte er nach.

»Nö, auch vertrocknete Frauen gehen mal aus.«

»Schade, sonst hätte ich hochkommen können. Bin gerade in deiner Nähe.«

Mist, ich dumme Nuss lüge Daniel auch noch an. Das wäre die Chance gewesen. Andererseits in seinem Zustand kann der sich morgen an nichts mehr erinnern. »Lass gut sein! Eine Ausländerin sagtest du? Welcher Nationalität?«

»Osteuropäisch nehme ich an.«

»Russisch?«, ergänzte sie fragend.

»Ja, kann sein.« Daniels Stimme klang jetzt ganz nah.

»Hübsch? Groß gewachsen?«, hängte sie an, was beide mit »Olga!« beantworteten.

»Das würde Sinn machen. Olga arbeitet als Haushälterin bei den Nissens und weiß mit Sicherheit viel über die. Ich kümmere mich gleich morgen früh darum. Und du, schlaf dich erst mal aus. In deinem

235

Zustand ist Ärger vorprogrammiert.«

Selzer faselte noch etwas wie »Soll ich nicht doch ...?«

»Daniel, untersteh dich. Wir sehen uns morgen. Nüchtern und rasiert!« Nadine beendete das Gespräch und bedauerte, keinen herkömmlichen Telefonhörer in der Hand gehabt zu haben. Diesen hätte sie mit Wucht auf die Gabel gelegt. Er sollte wissen, wie es um sie stand. *Wer nicht hören will, muss fühlen.*

Am nächsten Morgen kurz vor acht

»Hoffentlich bringt uns das weiter«, sagte Nadine zu sich und lenkte ihren Motorroller auf den Parkplatz von Familie Nissen. Sollten sich Olga und Felix Hertle tatsächlich gekannt haben, warf das ein anderes Licht auf das Geschehen. Die Möglichkeit, dass beide die Morde geplant hatten, schien absurd, jedoch denkbar. Doch was sollte sie dazu bewogen haben? *Hass? Eifersucht? Geldgier?*

Nissen, der noch daheim war, öffnete der Kriminalistin die Tür und war zugleich überrascht über deren morgendliches Erscheinen. »Wohl aus dem Bett gefallen?«, versuchte er, die Begrüßung locker zu beginnen, was ihm wiederum nicht leicht fiel.

Nadine, die halb auf den Treppenstufen und halb auf dem Podest stand, bat Nissen um eine Unterredung mit der Haushälterin, die, wie er meinte, ihren Dienst erst mittags beginne. Unverrichteter Dinge fuhr sie wieder ab. *Auf zu Olga!*

Die Russin wohnte in einem Mietshaus, etwa zehn Minuten entfernt. Die Tür öffnete sich sofort, nachdem Nadine die Klingel mit *Uljanova* betätigt hatte, als hätte man auf sie gewartet. Wahrscheinlich wurde sie auch nur von einem der Hausbewohner beobachtet, denn eine Tür ging auf und schloss sich wieder.

Das Treppenhaus wirkte steril, unpersönlich und schnörkellos. Typisch für ein Mehrfamilienhaus einfacher Bauweise. An der Pinnwand neben dem Eingang hing eine Hausordnung, deren gelb unterstrichene Zeilen heraustachen.

Nadine stieg Stufe um Stufe hinauf.

Frau Uljanova wohnte im ersten Obergeschoss. An der Wohnungstür baumelte ein Schild mit der Aufschrift *welcome*, welches noch dezent wackelte. Wie es schien, hatte jemand die Tür gerade geschlossen.

Nachdem die Kriminalistin geklingelt hatte, wurde ihr umgehend geöffnet und ein kleiner Junge mit kurz geschorenem Haar stand im Türrahmen. »Wer bist du?«, fragte er mit hellem Stimmchen.

Nadine ging in die Knie, streichelte über sein blondes Haar und erkundigte sich nach Olga, die er sofort mit »Mama« bezeichnete. Im Anschluss lief der Kleine in die Wohnung, um sie zu holen.

Olga war überrascht, Nadine zu sehen.

»Sie haben ein Kind?«, fragte die Polizistin erstaunt und bat, eintreten zu dürfen.

Sogleich folgte sie Olga in die kleine Unterkunft, um dann im Wohnzimmer Platz zu nehmen. Auf der Anrichte an der Wand flimmerte ein Bildschirm und zeigte einen Trickfilm. Dem gegenüber stand ein rotbraunes Sofa mit ockerfarbener Tagesdecke, die wohl den üblen Zustand des Mobiliars verdecken sollte.

»Setzen Sie sich bitte«, sprach Frau Uljanova und hielt ihren Sohn an der Hand.

»Besten Dank.«

»Sascha, geh in dein Zimmer.« Dezent schob sie den

Jungen zum Flur hinaus und versprach, später noch mit ihm zu spielen. Nur jetzt brauchte sie ihre Ruhe. Erneut wandte sie sich Nadine zu, lächelte und fragte sie flüsternd: »Haben Sie den Verbrecher schon?«

Nadine schüttelte den Kopf. »Deshalb bin ich hier. Kennen Sie einen Felix Hertle?«

Olga runzelte die Stirn, als dachte sie nach. »Da, ähm, ja. Wir hatten mal was miteinander, bis er mich wegen einer anderen sitzen ließ.«

Sie spricht von Anika. »Und seitdem haben Sie ihn nicht mehr gesehen?«, bohrte Nadine nach.

»Njet ... nein. Ich bin danach mit Micha zusammengekommen, Saschas Vater. Glauben Sie, dass es Felix war?«, versuchte Olga zu erfragen, derweil sie sich ebenfalls auf der Couch niederließ und mit den Beinen gegen die Tischkante stieß.

Die Kriminalistin antwortete nicht, stellte aber eine andere Frage. »Haben Sie Hertle gegenüber jemals erwähnt, dass Isabell Nissen Drogen genommen hat?«

Olga kam ins Schwitzen und bekam feuchte Hände, die sie nervös gegeneinanderrieb.

»Ich glaube nicht, dass Felix der Gesuchte ist, aber ausschließen können wir es nicht. Wenn Sie ihm helfen wollen, denken Sie bitte nach.« Nadine starrte Olga an. »Wusste er davon?«

Im Gesicht der Russin lag Angst. Sie haderte mit sich.

Die Polizistin legte ihre Hand auf die ihre und schwieg.

Olga biss sich auf die Unterlippe, leckte darüber hinweg und antwortete schließlich: »Ja, ich glaub schon. Woher, weiß ich nicht. Er erzählte mir, dass er viel Geld bekäme. Ich hab nie verstanden, wie er das meinte«, druckste sie.

Das kann doch nicht alles gewesen sein, sagte Nadine sich. Ihr Misstrauen wuchs. »Wer hatte noch davon Kenntnis?«

Olga schüttelte den Kopf. »Weiß nicht. Ehrlich.«

Als Nadine das vernahm, kam sie ins Grübeln. »Und Sie? Wie war Ihr Verhältnis zu Isabell Nissen?« Ihr Blick war durchdringend.

»Normalnui«, antwortete Olga in ihrer Landessprache, was aber für Nadine gut zu verstehen war. »Ich habe niemanden ermordet.«

Nadine glaubte ihr. Immerhin oblag ihr die Verantwortung für ein Kind. Und es hatte den Anschein, als lebte sie allein. »Mochten Sie Frau Nissen?«

»Da, ja, sie war nett. Ich sah sie selten. Die meiste Zeit war sie fort ... Ich war das nicht.« Olga rieb sich die Arme, als würde sie frieren. »Darf ich jetzt zu meinem Sohn?«

Nadine gab sich zufrieden und überreichte Olga eine Visitenkarte für den Fall, dass ihr noch etwas einfiele.

Nachdem die Polizistin gegangen war, schaute Olga ihr noch vom Fenster aus nach, was die Kriminalistin wohl spürte. »Werde ich jetzt für meine Sünden bestraft?«, flüsterte die Russin tonlos und erschrak, weil sie Nadine zu ihr aufschauen sah. Vor Schreck ließ sie die Gardine los. *Ich muss es ihr sagen.*

Im selben Moment klingelte es auch schon an der Tür.

Olga tat überrascht, als sie die Polizistin erblickte.

»Sie wollten mich sprechen?«, sagte Nadine im Glauben, dass es der Wahrheit entsprach. *Komm! Erzähl's mir!*

Olga nickte stumm und bat sie erneut in die Wohnung.

»Ich werde Ihnen alles sagen, auch wenn ich dafür ins Gefängnis komme.«

»Na, so schlimm wird es schon nicht sein, es sei denn, Sie haben jemand getötet.«

»Njet«, flüsterte die groß gewachsene Frau ängstlich. »Was ich gemacht habe, ist sehr, sehr böse«, antwortete sie und begann mit ihrer Geschichte.

»Es war kurz nach der Übersiedlung von Moskau nach Deutschland«, fing sie langsam und überlegt an zu sprechen. Damals war sie noch verheiratet gewesen und wünschte sich nichts sehnlicher als ein Kind. Doch ihr Mann, russischstämmig wie sie, verbrachte die Zeit lieber mit Freunden. Eines Tages, nach einer seiner Sauftouren, schlug er sie windelweich. Ein weiteres Mal folgte noch, dann lief sie weg, ging ins Frauenhaus und lernte Felix Hertle kennen. Sie bezog ihre erste eigene Wohnung. Und erneut meinte man es gut mit ihr. Sie wurde Haushälterin bei den Nissens. Alles schien wunderbar, bis auf den Mann, der Olga gleichfalls enttäuschte.

Eine traurige Geschichte, dachte Nadine und konnte noch immer keinen Bezug zu Isabells Drogenkonsum herstellen. Nur wagte sie es nicht, Olga zu unterbrechen, da sie den Eindruck gewann, als helfe ihr das Gespräch. Und dennoch begann sie es zu bedauern, aber Gewalt gegen Frauen traf nun mal auch sie.

Olga bekam ihre Unruhe mit und entschied, die Geschichte zu kürzen.

Im Laufe der Jahre zogen die Nissens sie mehr und mehr ins Vertrauen, fuhr sie fort, daher blieb der Unfall von Isabell ihr nicht verborgen. Die Tatsache, dass man sie zu Unrecht freigesprochen hatte und jeder im Haus das wusste, konnte die Russin nicht verstehen.

Zunächst verlief alles wie gewohnt, bis sie im Frühling 2017, im Büro ihres Arbeitgebers ein wenig für Ordnung sorgen sollte. Beim Staubwischen stieß sie dann auf eine Gerichtsakte, in der sie blätterte, weil der Name auf dem Pappdeckel ihr bekannt vorkam. Einer der Lieferanten trug denselben. Seitdem plagte Olga das schlechte Gewissen, weil der Herr glaubte, seine Familie bei einem Verkehrsunfall verloren zu haben, während die Schuldige ungeschoren davongekommen war. Was sollte sie tun, den Mund halten oder ihm die Wahrheit sagen? Andererseits hatte sie bei den Nissens eine gute Anstellung, die sie nicht verlieren wollte. Daher hielt sie es für das Beste, sich anonym zu melden, nur störte ihr Akzent. Schließlich überbrachte ein Freund die Nachricht und sprach sie dem Witwer auf den Anrufbeantworter.

Olga fühlte eine Mitschuld und Nadine stimmte es traurig. Und dennoch war die Entscheidung, die Olga getroffen hatte für einige Menschen schwerwiegend. Die Kriminalistin bat sie um den Namen jenes Mannes, den sie bereits kannte, ihm allerdings keinen Mord zugetraut hätte. Doch die Beweislage erhärtete sich und das Unfassbare schien nun fassbar.

Als Nadine ins Büro trat, waren alle anwesend bis auf Selzer. Man erzählte ihr, er habe sich krank gemeldet, was sie wiederum mit einem hämischen Lächeln beantwortete. Damit hatte sie nicht gerechnet. Nadine nahm das Handy und ging hinaus auf den Flur. Ungeduldig schritt sie ihn ab und wählte Selzers Nummer, der müde das Gespräch entgegennahm. »Sorry, mir geht's nicht gut«, sprach er mit belegter Stimme.

Nadine antwortete im Flüsterton: »Echt? Daniel, ich glaube, ich weiß, wer der Mörder ist.«

Selzer hustete. »Wieso sprichst du so leise? Ich verstehe dich kaum.«

»Mensch, damit es die anderen nicht mitbekommen. Ich telefoniere vom Gang aus. Du musst unbedingt herkommen.«

»Muss das sein? Mir geht's beschissen.«

»Ja!«

»Okay, ich besorge mir Kopfschmerztabletten. In einer halben Stunde bin ich da. Sag den anderen Bescheid.«

»Mach ich. Melde dich bitte sofort, sobald du im Foyer stehst. Ich komme dann runter. Ich muss noch etwas mit dir besprechen.«

»Warum nicht gleich?«

»Weil ich keine Zeit habe«, redete sie sich heraus.

Selzer hielt Wort und rief Nadine vom Foyer aus an.

»Also was gibt es so Dringendes?«, erkundigte er sich und schaute seine Mitarbeiterin an, die inzwischen zu ihm gestoßen war. Er öffnete die Jacke und verschanzte die Hände in den Hosentaschen. Gleichfalls ließ er Nadine nicht aus den Augen, bis sie ihn am Arm packte und in eine Ecke zog.

»Es geht um Herrn Hufnagel. Du hattest ihn bereits mit der Suche beauftragt.«

»Wovon sprichst du? Ich nahm an, wir kümmern uns um den Mörder.«

»Das tun wir auch.« Sie verschaffte sich Luft, indem sie Selzer alles erzählte, der daraufhin zustimmend nickte. »Okay, ich rede mit ihm.«

Nadine atmete tief aus. Zeit für Sentimentalitäten

hatte man nicht. Mit Sicherheit ließe sich alles klären.

Kurz darauf nahm Selzer Hufnagel beiseite. Es stellte sich heraus, dass er seine Arbeit erledigt hatte, sich allerdings ein erneutes Nachhaken ersparte. Möglicherweise wäre man dem Täter dann gleich auf die Schliche gekommen. Doch dessen Reaktion bezüglich seines Familiennamens ließ den Polizisten nicht weiter nachfragen. Für ihn war der Mann über jeden Zweifel erhaben und schied somit als Tatverdächtiger aus.

Im Anschluss nickte man sich zu und begab sich ins Büro, in dem die anderen tuschelten. Dabei ging es um eine interne Information, die verlauten ließ, dass man einem Vorgesetzten der Buchhaltung die Zuständigkeit gekürzt hatte, in dem man einen Teil seines Bereiches einem Neuen übertrug. Und jetzt machte das Gerücht die Runde. Wie reagierte der Mann? Nahm er sein Schicksal an oder suchte er sich einen anderen Job?

Das Erscheinen von Selzer und Hufnagel unterbrach das Geplauder und sorgte augenblicklich für Ruhe.

»Konzentrieren wir uns bitte wieder auf die Morde«, sagte Selzer streng und setzte sich an den Schreibtisch. Gegen die Stuhllehne gepresst und die Arme vor der Brust ineinandergeschlagen sprach er weiter: »Nehmen wir mal an, Olga hat den Mörder über alles unterrichtet, dann kannte er jedes Detail vom Unfall. Jetzt brauchte er nur noch den richtigen Moment abzuwarten. Unter falschem Namen verschaffte er sich ein Alibi und lenkte uns bewusst von sich ab. Erschwerend kam die Erpressung von Hertle hinzu, die uns ebenfalls danebengreifen ließ. Wen wundert's dann nicht, dass uns die Kollegen aus Berlin unterstützen. Wir kommen ja nicht weiter.«

Klingt ironisch, dachte Nadine.

»Das zur Theorie«, meinte Hübner abfällig und schaute Selzer von seinem Tisch aus an.

»Genau, die Theorie. Wir fahren jetzt zu diesem Laden«, sprach Selzer entschlossen und erhob sich vom Stuhl. »Also, worauf warten Sie, Herr Hübner? Kommen Sie mit?«

Hübner ließ sich das nicht zweimal sagen. Der Aufforderung vom Chef kam er mit Freude nach. Endlich raus an die Basis.

»Ach und Sie beide klemmen sich bitte an den PC. Finden Sie heraus, ob der Mann aktenkundig geworden ist. Ich glaub nicht, dass seine Intension nur mit dem Tod der Familie zu tun hat. Vielleicht gibt es was, das uns weiterhilft.«

»Machen wir Chef«, versicherte ihm Nadine. Insgeheim war sie froh über dessen Entscheidung.

Selzer nickte in die Runde und verließ mit Hübner das Büro. Man hatte wieder eine Spur, die es zu verfolgen galt. Voller Hoffnung lief Selzer zum Parkplatz, während sein Mitarbeiter hastig folgte. Seine Kopfschmerzen waren inzwischen verflogen.

Wenig später saß man im Auto.

***

Etwa zur gleichen Zeit schob Charlotte Kaufmann Daumen und Zeigefinger unter ihre Brille, kniff die Augen zusammen und massierte sich die Nasenflügel. Maria, die mit ihr auf der bequemen Ledersitzgruppe in der Eingangshalle der Seniorenresidenz *Wolkenlos* Platz genommen hatte, schaute ihr neugierig zu.

»Wat ist? Haben Sie Kopfweh?«, fragte sie mitleidsvoll.

»Nein. Wie kommen Sie darauf?«, dabei starrte sie Maria entsetzt an.

»Na ja, dit sieht so aus als ob.«

Charlotte nahm die Brille von der Nase, glitt erneut über sie und setzte die Sehhilfe wieder auf. »I wo, Maria, ich dachte nur an unseren Fall. Die Polizei tappt immer noch im Dunkeln.«

Maria riss die Augen auf. »Charly, dit ist nicht *unser* Fall. Wann kapieren Sie dit endlich? Sie sehen doch selbst, wie verworren dit Janze ist. Sind wir halt mal nicht mit von der Partie.«

Doch davon wollte Charlotte nichts wissen. »Umso besser«, meinte sie und war längst mit den Gedanken bei den Morden. Billigend schüttelte sie den Kopf und warf Maria einen vernichtenden Blick zu.

***

Er war wütend auf sich. Weniger weil er nun alleine war als vielmehr deshalb, weil die Situation ihn dazu gebracht hatte, zum Mörder zu werden. In seinen schlimmsten Träumen hätte er sich das so nie vorgestellt. Zumindest etwas Glück hätte ihm bleiben können.

Langsam schritt er zum Laptop, der nach wie vor auf ihrem Sekretär stand. Behutsam klappte er den Deckel hoch, legte die Hände auf die Tastatur, genau wie sie es einst getan hatte, wenn Abrechnungen für den Laden gemacht werden mussten. Wie oft hatte er sie dabei beobachtet, wenn ihr Kopf dezent nach rechts blickte und ihre schmalen Finger die Zettelwirtschaft sortierten. Er hatte sie nie darum beneidet und jetzt durfte er sich mit dem lästigen Bürokram herumplagen. Nur warum ließ die Polizei derart lange auf sich warten? Er hatte doch alles getan, um entdeckt zu werden. Die Menschen, die er getötet hatte, hatten es in seinen Augen verdient. Nun waren sie gerächt, obschon es ihm damit nicht besser erging. Die Leere im Herzen konnte die Rache letztendlich nicht stillen.

Vorsichtig presste er die Lippen aufeinander und pustete einen Kuss in Richtung Himmel. Irgendwann würde er ihnen dorthin folgen. Doch bis dahin wäre sein Werk vollbracht. Und wieder tippten seine Finger eine Nachricht in eines der sozialen Netzwerke. *Wie lange soll ich noch warten, ahnend voller Schönheit ohne Gleichnis rein und zart?*

21. Am Nachmittag

Hufnagel hätte nichts Besseres passieren können als die Tatsache, Innendienst leisten zu müssen. Es war Freitagnachmittag und der Feierabend rückte näher. Selbst Nadine sehnte ihn herbei, gleichwohl man dem Mörder dicht auf den Fersen war. Den Ruf einer inneren Stimme folgend, loggte sie sich in Facebook ein, in der Hoffnung etwas zu finden, was ihr bislang verborgen geblieben war. Wie etwa das nicht vorhandene Indiz, das man dringend benötigte.

Und sie hatte Glück, entdeckte die fehlende Zeile von Hesses Gedicht, das sie inzwischen auswendig kannte. Nadine vermutete darin einen Hinweis, den sie zwar nicht erhoffte, mit dem jedoch zu rechnen war. Nur wem galten die Worte? Wer würde als Nächstes sterben? Oder hatte man es mit einem pathologischen Lügner zu tun? Nur gelogen hatte er nie. Jede Textstelle, die man bislang wahrgenommen hatte, beinhaltete eine Mordankündigung.

Nadine stand auf, im festen Glauben, dass die Nachricht erneut gelöscht werden würde. Sie schritt durch das Büro, lief zur Miniküche und zurück. Am Fenster machte sie Halt, presste die Hand gegen die Scheibe und begann laut zu denken. »Aber wieso?«

Hufnagel, der in die Arbeit vertieft war, schaute zu ihr hinüber und hielt es für das Beste, vorerst zu schweigen.

»Da bringt dieser Typ einen nach dem anderen um. Was geht in ihm vor? Bereut er seine Handlung und warum erscheint gerade heute eine neue und, wie ich meine, letzte Message?« Mit starrem Blick setzte Nadine sich wieder an den Schreibtisch, um festzustellen, dass die Nachricht nicht entfernt worden war. »Was haben wir übersehen?«, fragte sie den Ellenbogen auf den Tisch gestellt und mit Daumen und Zeigefinger das Kinn haltend.

Hufnagel schwieg sich aus. Er war zu sehr beschäftigt, als dass er jetzt mit ihr herumrätseln wollte. Man war dicht davor, den Täter zu fassen. Beinahe hätte er ihn gehabt, wenn er nur mehr Skepsis hätte walten lassen. Momentan durchwanderte ihn ein schlechtes Gewissen und er war bestrebt, den Fehler wieder-gutzumachen. Noch ein Opfer durfte es nicht geben. Hufnagel hielt es für das Beste, mit seiner Mutter zu reden. Vielleicht hatte sie eine Idee und bei der Gelegenheit konnte er sie auch gleich fragen, ob es beim sonntäglichen Mittagessen bleibe.

Charlotte, die längst wieder in ihrem Appartement weilte, weil sie auf das Geplauder mit Maria keine Lust mehr verspürte, griff erfreut zum Hörer. Immerhin kannte sie die angezeigte Nummer.

»Hach Junge, es freut mich, dass du anrufst. Endlich.«

Hufnagel kam ins Grübeln, ob er nicht darauf hätte verzichten sollen. *Wenn sie schon so beginnt, hat sie Zeit.* »Na, Mutter wie geht's dir denn?«

Charlotte schnaufte wie ein altes Walross und pustete Luft aus. »Hach ja, geht so, mein Kind. Und dir?« Sie ließ sich etwas Zeit, um nicht aufdringlich zu wirken. »Sag, was macht euer Fall?«, sprach sie plötzlich weniger leise.

Hufnagel lächelte innerlich wie auch äußerlich. Darauf hatte er nur gewartet und gab ihr einen winzigen Abriss vom Stand der Dinge, was Nadine den Kopf leicht nach links halten ließ und einen bedenklich wirkenden Gesichtsausdruck abverlangte. *Herr Hufnagel, das sind Interna! Andererseits; wo kein Kläger da kein Richter.* »Bestellen Sie Charlotte bitte liebe Grüße«, kam stattdessen zur Antwort, was er kopfnickend bejahte.

***

Die Dunkelheit war noch nicht hereingebrochen, als Selzer den Wagen durch das offene Tor von Scherbers Blumenhandel lenkte und ihn abseits auf einem kieselsteinigen Behelfsplatz parkte. Hübner stieg aus dem Auto und schloss leise die Tür. Neugierig schaute er sich um. Es war still. Lediglich ein Flugzeug, vermutlich in Richtung Süden unterwegs, durchbrach die Ruhe und ließ ihn für ein paar Sekunden an Urlaub denken. Er hatte ihn noch nicht geplant, wollte es aber alsbald tun. Jetzt waren die Preise noch günstig. Doch als vierköpfige Familie? Entweder waren die Reisen erschwinglich, aber zu gefährlich oder zu teuer. Im Übrigen stand das Ergebnis der ärztlichen Unter-suchung seiner Ehefrau noch aus, was wiederum bedeutete, dass man nicht wusste, ob man überhaupt verreisen konnte.

Selzer verließ ebenfalls den Wagen, sah auf das Gebäude im Vordergrund und vermutete ein Gewächshaus. Links davon erblickte er einen Holzkarren mit Gemüse sowie ein Schild, auf dem zu lesen war: *Eigene Ernte aus biologischem Anbau* und *Selbstbedienung*. Darunter befand sich eine Geldkassette.

Alles wirkte friedlich, wenn nur nicht das Wissen um den Besitzer gewesen wäre.

»Chef!«

Selzer blickte zu seinem Kollegen, der auf eine offene

Tür im Gewächshaus hinwies. Er nickte ihm zu und gab ein Handzeichen, welches besagte, dass man sich zunächst umschauen sollte. »Ich rechts, Sie links.«

»Okay«, erwiderte Hübner.

Vorsichtig sicherten sich die beiden gegenseitig ab. Der Friede hatte nicht getäuscht. Es schien niemand anwesend zu sein, dennoch war man auf der Hut. Immerhin vermutete man hier einen Mörder. Und das konnte jedermann sein, denn außer ein paar Zeugenaussagen hatte man nichts in der Hand. Ob Frau Uljanova die Wahrheit gesagt hatte, war vorerst nicht zu beweisen.

Nachdem man sicher war, hier draußen niemanden anzutreffen, beschloss man, in das Gewächshaus zu gehen. Als sich hinter Hübner die Tür wieder schloss, erschrak er, weil er nicht damit gerechnet hatte. Gleichzeitig genoss er die angenehme Temperatur im Inneren des Hauses, die ihn seine Jacke aufknöpfen ließ.

Ein Vorhang aus Plastikstreifen gab schließlich den danach folgenden Raum frei.

Es roch nach Pferdemist, Erde und Ammoniak.

Das Treibhaus wirkte endlos und Pflanzkästen säumten zu beiden Seiten den Weg. Riesige Deckenleuchten erhellten den Raum und spendeten Wärme. Ein paar Gartenschläuche lagen auf dem Boden.

Die Männer liefen den Mittelweg vor, bis sie plötzlich von einem Rufen am Weitergehen gehindert wurden.

»Hallo? Der Verkauf findet draußen statt«, rief eine männliche Stimme aus dem Nichts, bis sich ein fülliger Mann in grüner Gärtnermontur hinter einer Reihe Pflanzen zeigte.

Die beiden gingen auf ihn zu, wirkten jedoch angespannt.

Soll das unser Mörder sein?, überlegte Selzer und musterte ihn. »Sorry, wir haben wohl das Schild übersehen«, log er und kam dem sympathisch wirkenden Mann näher.

»Kann passieren. Ich muss Sie dann bitten zu gehen«, forderte der Gärtner, bis er unerwartet einen Polizeiausweis zu sehen bekam. »Polizei? ... Bei uns? Haben wir was ausgefressen?«, fragte er kritisch.

Selzer blickte sich um, noch immer zeigte sich keine weitere Person. »Arbeiten Sie hier alleine?«

Der Mann überlegte kurz und sagte dann: »Nein, normalerweise nicht. Mein Chef ist zum Blumengroßmarkt nach Singen gefahren.«

»Nach Singen?«, wiederholte Hübner skeptisch. »Ich dachte, *das* ist hier eine Gärtnerei.«

»Ist es auch. Passiert nicht oft, dass er hin muss. Aber wir führen nun mal nicht alle Pflanzen«, entgegnete der Mann jetzt weniger freundlich.

»Gut, wie heißt Ihr Chef und geben Sie mir bitte seine Handynummer«, forderte Selzer ebenso barsch.

Nachdem die Formalitäten erledigt waren, der Gärtner eine Visitenkarte überreicht bekommen hatte, rief Selzer seine Kollegin an und bat sie um die Lokalisierung des Handys. Nach seiner Überzeugung handelte es sich hier um dieselbe Person, die Olga Uljanova mit Details aus der Gerichtsakte Knoll versorgt hatte. Nachdem das geklärt war, ließ Selzer sich die Personalien des Angestellten zeigen, der seinerseits wissen wollte, aus welchem Grund man seinen Boss suchte. Doch außer einer Standardantwort, dass es sich um eine Routinemaßnahme handelte, bekam er nichts zu hören. Als die Männer gegangen waren, griff der Gärtner sofort zum Handy und informierte den

Vorgesetzten. *Wurde auch Zeit, dass sie auf mich kommen,* dachte dieser hinter dem Steuer seines Autos.

Auf dem Weg zum Auto

»Glauben Sie, dass Herr ...«, Hübner musste überlegen, während Selzer ihm den Namen nannte. »... dass der unser Mörder ist?«

Selzer nickte abgehackt. »Ja, wenn Hufnagel gleich hellhörig geworden wäre, hätten wir ihn längst geschnappt. Der Fall war von Anfang an kompliziert.«

Sie stiegen in den Wagen und fuhren los.

Etwa zur selben Zeit lokalisierte Nadine Andres das Handy und erhielt ein Signal aus der Georg-Fischer-Straße, die im Singener Industriegebiet lag. Jedoch der kleine rote Kreis auf dem Bildschirm rückte nicht von der Stelle. Zunächst ging sie davon aus, dass der Unbekannte seinen Standort nicht verändert hatte. *Kein Grund zur Sorge,* meinte sie und unterrichtete Selzer, der auf dem Weg ins Büro war. Nach seinem Eintreffen war das Signal unverändert und die Befürchtung sollte sich bestätigen. »So ein Mist! Ich hätte wissen müssen, dass der Typ den anderen alarmiert.«

Ausgerechnet jetzt rief Amans an und bat ihn zum Gespräch. Und das am Freitagnachmittag.

Selzer klopfte mit Unbehagen gegen dessen Tür, die jemand von innen öffnete. »Treten Sie näher!«, rief sein Vorgesetzter und schien in bester Laune. »Möchten Sie sich setzen?«

Amans ging voran, Selzer ihm nach.

Der junge Mann fühlte sich unwohl, zumal er kurz vor dem Wochenende noch nie zu ihm bestellt worden war. Ein paar unangenehme Gedanken durcheilten ihn, die er sofort wieder von sich schob. *Bestimmt will er wissen, wie weit wir sind.*

»Machen wir es kurz, Herr Selzer. Die Kollegen aus Berlin haben meinen Antrag abgelehnt. Wir erhalten keine zusätzlichen Planstellen. Immerhin müssen wir dann niemanden einsparen. Man ist der Auffassung, dass eine Stadt wie Konstanz mit unserer Abteilung bestens versorgt sei. Außerdem wurde die Kripo durch Frau Andres und Sie hervorragend aufgestockt.«

Selzer schaute skeptisch. »Ich verstehe nicht ganz. Wollen Sie damit sagen, dass die zwei Beamten nicht von der Senatsverwaltung sind?«

Amans musste lachen. »Nein. Es lag nicht in unserer Absicht, Ihre Leute zu beunruhigen. Daher habe ich zu einer Notlüge greifen müssen. Die beiden arbeiten für den Haushaltsausschuss des Landtages und sie wollten sich selbst ein Bild vor Ort machen. Also kein Grund zur Sorge.«

Haushaltsausschuss, schoss es durch Selzers Hirn. *Und wir dachten ...* Insgeheim musste er lächeln. *Tja, wäre das auch geklärt.* Zufrieden verließ er Amans' Büro und gab den Kollegen Entwarnung.

Kurze Zeit später

Nadine, die unbedingt nach dem Handy vor Ort sehen wollte, wurde von Selzer daran gehindert, weil er der Auffassung war, dass ein Streifenpolizist das genauso gut konnte. »Nein, ich fahre selbst hin«, erklärte sie, bis er einlenkte und beschloss, das Angenehme mit dem Nützlichen zu verbinden. Immerhin konnte man auch dort Einkäufe erledigen, wobei ihm ein Feinkostladen mit südländischen Spezialitäten im Kopf herumschwirrte.

Nadine hatte die Daten für die Handyortung auf

ihrem Tablet gespeichert und verfolgte sie in Selzers Wagen weiter. Das Signal bewegte sich noch immer nicht von der Stelle. Man fuhr in die Georg-Fischer-Straße, bog rechts ab in die Stockholzstraße und fuhr Richtung Pfaffenhäule sowie dem Haselbusch.

»Hättest gleich im Haselbusch rein müssen«, meckerte Nadine, was Selzer nur ein müdes Lächeln abverlangte.

»Hätte schon, aber ich musste noch nach etwas schauen. Auf die fünf Minuten kommt es nicht an.«

Das Signal verstärkte sich, doch es blieb an einer Stelle.

»Schau mal, dort der Blumengroßmarkt! Der Standort stimmt mit meinen Koordinaten überein.« Nadine starrte auf ihr Tablet und vergewisserte sich erneut.

»Gut, gehen wir rein«, sprach Selzer entschlossen und parkte das Auto, während die Kollegin das Tablet weiter in den Händen hielt. Sie wies mit der Hand in Richtung Großhandel, an dessen Pforte sich eine riesige Glasfront erstreckte, die gleichzeitig als Eingang diente.

Fest entschlossen, den Inhaber des Handys hier vorzufinden, liefen sie geradeaus und inhalierten die Wohlgerüche unzähliger Blumen, die in Behältnissen dicht an dicht hintereinanderstanden. Plötzlich flackerte der rote Punkt auf und begann hektisch zu leuchten. Das Telefon musste hier irgendwo sein. Bloß wo? Überall befanden sich Schnittblumen. Genauer gesagt Tulpen. Rote, gelbe und lilafarbene. Nur vom Mobiltelefon fehlte jede Spur.

Kurz entschlossen zog Nadine ihre Jacke aus und drückte sie Selzer samt Tablet in die Hand. Sie streifte den Pullover hoch und griff in den vor ihr stehenden Eimer. »Es muss hier sein. Das Signal kommt aus einem der Behälter.«

»Okay, versuch dein Glück«, meinte Selzer und ahnte bereits Schlimmes, als er eine gut beleibte Frau auf sich zukommen sah und ihrem Blick nach zu urteilen nichts Gutes vermutete. »Beeil dich, wir bekommen Besuch!«, sagte er, als Nadine in eines der Gefäße griff und überrascht rief: »Hier ist was!«

Selzer ließ sie stehen und ging auf die Unbekannte zu, die ihre Arme bereits vor ihrem Michelin-Bauch verschränkt hatte. Wie eine Furie lief sie auf den jungen Mann zu. »Gehts noch? Nehmen Sie sofort die Hände da raus, sonst hole ich die Bullen«, schrie sie mehr, als sie sprach.

Selzer zeigte sich freundlich, doch es half nichts. Die Dame war fest entschlossen und suchte anscheinend Streit, den der Kriminalist unterband, weil Nadine von hinten rief: »Schatz, ich habe mein Handy gefunden. Hach, ich sollte besser darauf achtgeben. Entweder ich laufe oder ich telefoniere«, war ihr abschließendes Resümee, was der Kollege mit einem Kuss auf ihren Mund bejahte.

Nadine hatte zwei glückliche Momente. Die des gesuchten Handys und die eines flüchtigen Kusses. Sie schmeckte noch immer Daniels raue Lippen und wünschte die Sekunden zurück. *Wieso scheint nie der geeignete Augenblick zu sein?* Doch Zeit zum Überlegen blieb ihr nicht. Sie verbarg das Mobiltelefon in ihrer Umhängetasche und lief Hand in Hand mit Selzer aus dem Gebäude. Sicher war sicher.

Draußen schnaufte sie kurz durch. »Gerade noch mal gut gegangen. Komisch, das Handy muss die ganze Zeit eingeloggt gewesen sein. Kommt mir so vor, als sollten wir es hier finden.«

»Und warum?«, hinterfragte Selzer, unterdessen er per Funkschlüssel das Auto öffnete und die Kollegin über das Fahrzeugdach hinweg anschaute.

»Vielleicht weil er will, dass wir ihm auf die Schliche kommen«, überlegte Nadine und stieg in den Wagen, um dort ihren Gedanken fortzusetzen. »Wäre doch möglich oder? Wieso hat er beim letzten Post die Verszeile nicht gelöscht?« Ungläubig wackelte sie mit dem Kopf. »Sollen wir ihn zur Fahndung ausschreiben lassen?«

Selzer sah sie an und danach geradeaus. Der Himmel war grau und wolkenverhangen und schien der Vorbote von schlechtem Wetter zu sein.

»Ja, sollten wir. Aber ...«, er unterbrach sich, »wenn deine Theorie stimmt, will er gefasst werden, nur auf seine Art.«

»Auf seine Art?«, wiederholte Nadine ungläubig.

»Ich schätze, er will uns etwas mitteilen. Fragt sich nur was.«

»Und wenn es noch ein Opfer gibt?«

»Kann ich mir nicht vorstellen«, brummte der Kollege. »Er hat die in seinen Augen Schuldigen bestraft. Der Letzte wäre er.«

»Du sprichst von Selbstmord?«

»Davon ist auszugehen. Einer wie er hat doch keine Lebensfreude mehr. Wir müssen ihm nur zuvorkommen, sonst nimmt seine Geschichte mit ins Grab.«

»Was schlägst du vor?«, wollte Nadine wissen.

»Abwarten und Tee trinken.«

»Bist du von alle guten Geistern verlassen? Das ist ein Serienkiller!« Sie wirkte absolut ernst. Demonstrativ verschränkte sie die Arme vor der Brust und schaute

Selzer böse an. Jetzt, wo man kurz vor der Auflösung der Mordfälle stand, machte er einen Rückzug. »Daniel, das kannst du nicht bringen. Wir müssen ihn verhaften.«

Selzer legte seine Hand auf die ihre. »Vertrau mir!«

Dir? Ja natürlich tue ich das. »Okay. Lass es mich wissen, wann wir ihn schnappen.«

Mit diesen Worten verließ man Singen und fuhr geradewegs nach Konstanz. Dass Selzer einkaufen wollte, hatte er vergessen. Vielmehr grübelte er darüber nach, ob er das Richtige tat. Was wäre, wenn der Schuldige außer Landes ginge? Die nahe gelegene Schweiz lag nur einen Katzensprung von hier entfernt. Das mulmige Gefühl in der Magengegend hörte sofort auf, als er sich der liebevollen Geste von gerade eben gedanklich hingab.

Daniel brachte Nadine nach Hause und parkte im Anschluss den Wagen an der Dienststelle.

***

Es war so weit. Nun war er im Visier der Polizei. Der letzte Plan stand ihm bevor. In Kürze würden sie hier sein, um nach ihm zu suchen. Sich stellen, kam für ihn nicht infrage. Er wollte nicht ins Gefängnis. Eingesperrt ohne sie. Wer sollte ihre Gräber pflegen? Bis er herauskäme, wären sie verwildert oder aber dem Boden gleichgemacht. Er durfte nichts mehr dem Zufall überlassen. Man kannte seine Identität. Die Botschaft war überbracht, die Rachepläne vollendet. Jetzt gab es kaum mehr zu tun, als abzuwarten.

Mit verschwitzten Fingern drehte er die Visitenkarte der Polizei hin und her. *Dir werde ich also meine Geschichte erzählen.* Er griff zum Telefon und wählte die Nummer des Mannes, der sich mit Selzer meldete.

»Woher wussten Sie, dass ich es war?«, fragte er nach, ohne seinen Namen zu nennen.

Nachdem Selzer ihm die Frage beantwortet hatte, hatte er ebenfalls eine. »Wie war es möglich, ungesehen ins Haus der Nissens zu kommen? Wir fanden weder fremde Reifenspuren noch irgendeinen Hinweis auf ein gewaltsames Eindringen.«

Der andere konnte sein Lachen nicht unterdrücken, denn die Antwort war so simpel, dass sie ihm mühelos über die Lippen kam. »Die Nissens haben einen Ersatzschlüssel oberhalb des Briefkastens liegen. Die Reifen meines Autos habe ich mit einer Plane umwickelt.«

Schlaues Bürschchen.

»Mit Sicherheit werden Sie mich jetzt verhaften«, sprach er mit einem Gefühl von Hochstimmung, obwohl er die Antwort längst kannte. Für ihn war alles perfekt. Nun konnten sie ihn holen. Er war mit sich im Reinen. Die Arbeit war getan, wenngleich sie schmutzig und für viele nicht nachvollziehbar war.

»Von wollen kann hier nicht die Rede sein. Sie könnten sich aber auch stellen, das würde sich positiv auf Ihr Strafmaß auswirken«, erklärte Selzer bestimmt, jedoch freundlich.

»Keine gute Idee. Kommen Sie her. Aber bitte alleine, dann erzähle ich Ihnen meine Geschichte. Vielleicht können Sie mich danach besser verstehen.« Die Stimme des Mannes schien ruhiger als am Anfang. Er fühlte sich schuldig. Nur Reue verspürte er nicht.

»Ich kann in einer Stunde da sein«, log Selzer, um Zeit zu gewinnen. »Das reicht mir«, bekam er zur Antwort und hinterfragte sie sogleich. *Was hat er vor?*

Sich der Sache alleine stellen, war zu gefährlich. Einer, der drei Menschen auf dem Gewissen hatte, nahm auch einen weiteren hin. Selzer musste rasch handeln. Hufnagel und Hübner schienen ihm hierfür ungeeignet, zumal Hufnagel zu alt für diese Art Einsatz war und Hübner privat alle Hände voll zu tun hatte. Blieb nur Nadine. Nachdem die Männer das *Wann* geklärt hatten, rief Selzer sie an. Doch die Sache wies einen Haken auf. Nadine durfte nicht in Erscheinung treten, was sie einerseits missbilligte, aber andererseits für gut befand. Auf diese Weise stand sie nicht im Fokus. Und eines war gewiss, der Einsatz war gefährlich und machte das Tragen der Dienstwaffe notwendig.

22. Mit dem Leben am Ende

Eine Stunde später saß Nadine in Selzers Wagen und notierte sich gedanklich die Details, die er ihr vortrug. »Halte dich zurück – keine unüberlegten Aktionen – nur schießen, wenn er dich mit einer Waffe bedroht«, und so weiter und so weiter. Sie kam sich wie in der Schule vor, als die Mutter ihr ein paar Weisheiten mit auf den Weg gegeben hatte, denen sie sowieso wenig Bedeutung beimaß. Für einen Teenager war das schlicht und ergreifend zu viel, weil er bekanntermaßen nur einen Bruchteil von dem eines Erwachsenen aufnehmen konnte. Und genauso fühlte sie sich jetzt.

»Alles soweit klar?«, fragte Selzer sie musternd. »Ich weiß, dass ich dich mit meinem Gerede nerve. Du musst mich verstehen. Ich fühle mich für dich verantwortlich, zumal ich dich damit hineingezogen habe. Wie die Sache letztendlich ausgehen wird, weiß keiner.«

Nadine warf ihm einen scharfen Blick zurück. »Wäre es nicht klüger gewesen, das SEK zu verständigen? Wenn einem von uns was passiert, sind wir unseren Job los.«

Selzer nickte zustimmend und schaute gebannt auf die Fahrbahn. »Ich habe es versprochen. Glaube mir, ich mache nichts Unüberlegtes.«

Nadine bemühte sich, ihre Anspannung zu zügeln. Ihr Blick offenbarte allerdings, dass sie wenig Hoffnung hatte, dass es kein Blutvergießen gab. »Wo lässt du mich raus?«

»Gleich dort«, meinte Selzer, nachdem er das Areal der Gärtnerei erreicht hatte. »Siehst du den Pfad vorne rechts?«

Sie nickte angespannt.

»Gut. Dort steigst du aus. Von hier sind es etwa fünf Minuten bis zum Gelände. Das Gewächshaus sieht man von der Straße aus. Wenn du davor stehst, befindet sich linker Hand der Eingang, rechts die Fenster. Suche dir eins, von dem du alles überblicken kannst. Ich hoffe, es ist keiner weiter da.«

»Und der andere Gärtner?«

»Der wird Feierabend haben.« Inzwischen war es 19.52 Uhr.

Nadine schien nicht überzeugt. Zähneknirschend folgte sie Selzers Anweisung und verließ mit Unbehagen das Auto. »Und du meinst, der Typ stellt sich einfach so?«

»Klar, warum denn nicht?«, antwortete der Kollege ironisch.

»Na wie toll«, entgegnete sie, der nicht nach Scherzen zumute war. »Glaubst du wirklich, dass du bei dem reinmarschieren kannst und er dir die Morde gesteht?«

Selzer schaute aus dem Autofenster und dachte kurz darüber nach, dass er gleich weiterfahren würde, um genau das herauszufinden. »Wir dürfen nichts unversucht lassen.«

»Und wenn der nur mit uns spielt?«

»Nadine, das bringt doch nix. Ich gehe da jetzt rein und unterhalte mich mit ihm. Und du rührst dich nicht von der Stelle. Und mach endlich die Tür zu, sonst komme ich zu spät!« Selzer atmete tief durch, als er das Zuschlagen der Autotür vernahm.

Nadine blieb zurück. Natürlich hatte Daniel recht. Dennoch ärgerte sie sich. Zum einen über ihn und zum anderen über ihre Unsicherheit. Andererseits waren drei Menschen zu Tode gekommen und man stand der

Lösung unmittelbar bevor.

Etwa einen halben Kilometer entfernt parkte ihr Kollege das Auto. Inzwischen war es finster geworden. Selzer stieg aus dem Wagen und schaute sich neugierig um. Niemand schien anwesend zu sein. Mit einem unguten Gefühl strich er über die Waffe, prüfte die schusssichere Weste, die ihn einengte, und verschloss den Pkw. Gleichzeitig spürte er sein Herz, das unentwegt pochte, als hätte er einen Marathon hinter sich gebracht. *Konzentrier dich! Sei wachsam!*, schoss es ihm durch den Kopf.

Das Glas der Eingangstür glänzte im Licht einer Laterne, das die Dunkelheit nicht zu schlucken vermochte.

Schritt für Schritt kam Selzer dem Gewächshaus näher. Seine Sohlen quetschten sich in die grau melierten Kieselsteine, die knirschten und sein Kommen verrieten. Behutsam legte er die Hand auf die Türklinke und drückte sie nach unten. *Offen!* Gleichzeitig sah er sich nach allen Seiten um und trat erst dann in das Treibhaus. Über ihm erstreckte sich der Himmel eines zu Ende gehenden Tages, und vor ihm begann ein Meer aus Pflanzen. Den Weg, den er zu gehen hatte, kannte er bereits. Gleichfalls wies ein Licht, das von vorne leuchtete, ihn dorthin.

Meter um Meter näherte er sich der Quelle, die sich als halbmeterhohe Altarkerze erwies. Dahinter stand ein länglicher Kasten, abgedeckt mit einem Tuch.

»Bleiben Sie stehen!«, vernahm Selzer plötzlich die Stimme eines Mannes und er tat, was man ihm riet.

»Gut. Jetzt werden wir uns unterhalten«, gab sich der andere zufrieden.

Der Kriminalist schluckte und rief: »Von hier aus kann ich Sie nicht sehen. Ich wüsste schon gerne, mit wem ich es zu tun habe.«

»Alles zu seiner Zeit. Im Laufe des Gespräches komme ich auf Sie zu«, sagte der Fremde und dachte an etwas völlig anderes, nur nicht an das, was man seinen Worten entnahm.

Gut, spielen wir dein Spiel. »Okay, wie Sie wollen«, lenkte Selzer ein und starrte auf die tanzenden Flammen. Unter angenehmeren Umständen barg der Zustand von Schatten und Licht sogar etwas Geheimnisvolles. Aber jetzt lief ihm nur ein kalter Schauer über den Rücken. Er erinnerte sich an die Taschenlampenfunktion seines Smartphones, verwarf den Gedanken allerdings wieder.

Inzwischen war Selzers Kollegin auf dem Freigelände eingetroffen. Genau wie er hatte sie zunächst Probleme mit der Dunkelheit, an die sie sich allerdings auf dem Weg hierher gewöhnen konnte. Angezogen vom Kerzenschein blickte sie vorsichtig in eines der Fenster, dorthin, wo jemand stand. Der Statur nach handelte es sich um eine eher zierliche Person. Zunächst glaubte Nadine, eine Frau zu erkennen, erinnerte sich jedoch an diverse Zeugenaussagen, die durchweg von einem schmal gewachsenen und kleinen Mann berichteten. Nach der Gestik zu urteilen, ging sie davon aus, dass er mit jemandem sprach. *Daniel?* Tatsächlich. Gut zehn Meter von der Person entfernt sah sie ihn. Es schien, als hätte er die Lage im Griff. Nichts wies auf eine bedrohliche Situation hin, bis Selzer einen Schritt nach vorne trat und der andere zu schreien begann: »Ich sagte doch, Sie sollen dort stehen bleiben! Ich habe den Fußboden mit C4 ausgelegt. Besser, Sie halten still.«

Selzer rührte sich nicht von der Stelle. Von jetzt ab musste er mit allem rechnen. *C4 also! Ein Plastiksprengstoff, der häufig Verwendung bei militärischen Einsätzen findet. Er lässt sich unproblematisch lagern und die Herstellung ist kinderleicht. Und die Zutaten gibt es auch noch in der Apotheke.* Vorsicht war nun der bessere Ratgeber, doch die Möglichkeit eines Bluffs schloss er nicht aus. Der Mann ließ ihm keine Wahl. Er musste sich an seine Anweisung halten.

»Wunderbar, Sie haben es kapiert.« Der Fremde schnaufte hörbar und schien erleichtert. Mit einem Mal bekam seine Stimme eine weichere Note. »Haben Sie eigentlich Kinder?«

Selzer tat verwundert und dennoch ging ihm die Frage durch Mark und Bein. Es war nicht nur eine dieser Erkundigungen, nein, vielmehr war es die Nachfrage nach einer Lebenseinstellung. Familie – ja oder nein, verbunden mit der Antwort, die ihm gerne erspart geblieben wäre. *Schön wär's, nur fehlt mir die passende Partnerin.* Doch stattdessen fiel sie sachlich aus. »Nein.«

»Schade, Sie wissen nicht, was Sie verpassen.«

»Stimmt.« *Und Sie wissen nicht, was Sie tun.* Ein Lächeln umspielte Selzers Lippen und die Erinnerung an einen ähnlich lautenden Film ... *denn sie wissen, nicht was sie tun.*

»Ich hatte eine Tochter namens Saskia«, begann der Fremde ehrfürchtig zu erzählen, stoppte und fing von vorne an. »Sie fehlt mir derart, dass es mich von innen her zerreißt. Genau wie ihre Mutter. Sie sind bereits zu Bett gegangen, während ich ihnen später folge.«

Selzer ließ ihn an seiner Sichtweise festhalten. Was brachte es nach all den Jahren? Das Schicksal der Familie war längst besiegelt. Stattdessen lauschte er in die Stille des riesigen Gebäudes. In der Ferne rauschte nur dumpf ein Zug vorbei. Gleichzeitig hoffte er, die Kollegin in Sicherheit. Wie es schien, hatte sie sich gut versteckt. »Sagen Sie mal, in welcher Beziehung standen Sie eigentlich zu Frau Uljanova?«

Für Sekunden herrschte angespannte Stille.

»Wer soll das sein?«

Selzer räusperte sich. »Die Haushälterin der Nissens.«

»Ach, Sie meinen die Olga. Die ist hübsch, nicht wahr? Sie hat bei uns immer die Blumengebinde bestellt. Jede Woche einen Strauß.«

Er kannte Olga. Das erklärt auch, wieso er wissen konnte, wann Frau Nissen daheim war. Leichter konnte man die Familie nicht ausspionieren, überlegte Selzer.

»An mir war sie nie interessiert. Sie hat sich nichts aus Älteren gemacht.«

Selzer leckte über seine Zähne und überlegte. »Weil Sie am 14.02.1975 geboren wurden?«

»Nein«, widersprach der Fremde vehement. »Am 14. war der Unfall. Aber Sie haben recht, 1975 ist mein Geburtsjahr. Ich machte beide Ereignisse zu einem.«

Wäre das auch geklärt, dachte sich Selzer. *Deshalb mussten die Frauen am 14. sterben. Es war der Todestag von Frau und Tochter.* Der Kriminalist bemühte sich, den Mann in der Dunkelheit auszumachen. Zwar kannte er dessen Namen, nur nicht sein Gesicht. Er berührte sein Pistolenhalfter und schielte nach rechts, in der Annahme, dass sich Nadine irgendwo versteckt hielt.

»Was ist los? So ruhig? Hat's Ihnen die Sprache verschlagen oder erwarten Sie noch jemanden?«, bohrte der andere nach.

Selzers Halsschlagader begann zu pulsieren. Zackig wie eine Uhr. »Ich denke nicht. Sie etwa?«, konterte er geschickt und spürte den Schweiß entlang der Schläfen. *Ob er was ahnt? Lass dich nicht aus der Reserve locken.*

Irgendetwas raschelte und hörte sich an wie das Knistern von Bonbonpapier.

Was war das? Selzer geduldete sich, bis er ein winziges Detail von seinem Gegenüber erhaschen konnte. Ein Lichtkegel gab es schließlich frei. *Klein und zierlich,* schätzte er, bis er den Mann wieder aus dem Licht heraustreten sah. *Das muss er sein.* Unvermutet waren rechts die Umrisse einer weiteren Person zu erkennen. *Wenn ich sie sehe, sieht er sie auch. Mist. Nadine, verschwinde, du bringst dich in Gefahr.*

Schritte ertönten vor Selzer und ein Schatten näherte sich der Tür.

Was soll ich machen? Ruhe bewahren oder ihn aufhalten? Und wenn alles in die Luft geht? Er durfte kein Risiko eingehen. Noch nicht.

Selzer vernahm eine kurze Rangelei, in dessen Folge der Fremde gemeinsam mit der Polizistin ins Gewächshaus zurückkehrte. »Ich dachte, Sie kämen alleine. Anscheinend haben Sie die Kameras übersehen. Nun, da wir jetzt zu dritt sind und die junge Dame ganz sicher nicht durch meine Hand sterben will, könnten wir unser Gespräch fortsetzen. Sollte sich noch jemand von Ihren Leuten hier versteckt halten, wäre das für Ihre Kollegin allerdings äußerst ungesund.«

Im Anschluss vernahm man das laute Fluchen seiner Mitarbeiterin.

»Lassen Sie sie gehen und nehmen mich statt ihrer!«, versuchte Selzer, die Lage zu retten, und rief ihr zu: »Nadine, alles okay bei dir? Geht's dir gut?«

»Noch geht's ihr gut«, erklärte der Fremde hämisch. »Noch!«

Gleichzeitig antwortete auch sie: »Ohne Waffe am Schädel ginge es mir besser.«

Er ist bewaffnet. Das ändert die Lage, resümierte Selzer.

Erneut vernahm man ein Rascheln.

»Hinsetzen!«, befahl der Mann mit der Schusswaffe und zielte auf Nadine. »Ziehen Sie das fest um Ihre Hände.« Augenblicklich wurde es ruhig. »So ist es gut.« Wieder zurrte es und ließ Selzer vermuten, dass sie gefesselt wurde. Möglicherweise mit einem Kabelbinder. Nachdem er ihr Klagen hörte, war er sich dessen sicher.

Nadine starrte auf ihre Finger, danach schaute sie sich um. Entsetzt entdeckte sie dicht neben sich einen merkwürdigen Kasten. *Gott, was hat der vor? Das Ding sieht aus wie ein Sarg. Scheiße. Uns fehlt immer noch sein Geständnis ... Daniel? Unternimm endlich was! ... Und wenn ich ...?*

»Dürfte ich Sie etwas fragen?«, begann sie zögerlich.

»Nur zu!«, murrte der Fremde und ließ Selzer nicht aus den Augen.

»Wieso die Ankündigungen mit einem Gedicht?«

Der Unbekannte schnalzte mit der Zunge. »Dann wissen Sie, wer ich bin! Stimmt doch, oder?«

Nadine nickte. »Ihr Name ist Alexander Knoll. Der Ehemann der verstorbenen Manuela Knoll und der Vater von Saskia.«

Knoll schaute zu ihr hinab. »Immerhin kennen Sie ihren Namen. Für die anderen waren sie nur die *beklagenswerten Unfallopfer.*«

Die Kriminalistin wurde mutig. »Oder sollte ich Sie besser Scherber nennen, wie der Name Ihrer Gärtnerei?«

»Egal, sprechen Sie mich an, wie Sie wollen.« Plötzlich Stille. »Meine Frau liebte Hermann Hesse und ganz besonders sein Rosengedicht. Was lag da näher, als es für meine Zwecke zu nutzen?«

Nadine, das machst du hervorragend, dachte Selzer und ließ die beiden vorläufig miteinander reden. Gleichzeitig suchte er nach einem Weg, sie zu befreien. Doch die Gefahr einer Explosion schien zu groß. Und noch etwas ließ ihn vorerst besonnen handeln. Niemand hatte Kenntnis von alledem. Zum anderen war er an der Geschichte von Knoll interessiert. Selzer entwich unbeabsichtigt ein Seufzen, was Knoll dazu ermunterte, zu ihm zu blicken.

»Ach, Sie hatte ich ganz vergessen«, log er und lächelte süffisant, was von Nadine nicht unbeobachtet blieb.

Red du nur. »Ich verstehe immer noch nicht, woher Sie das Formaldehyd hatten«, warf Selzer ein und schaute sich suchend um. *Wo könnte er nur die Sprengkapseln versteckt haben? Wenn ich nur besser sehen würde.* »Sie müssen lange an Ihrem Plan gefeilt haben, um ihn auf diese Weise durchführen zu können.« Er forderte Knoll heraus.

»*Lange?* Das kommt darauf an. Anfangs wollte ich niemanden ermorden. Dass meine Frau und die Kleine sterben mussten, war das Schlimmste, was mir passieren konnte. Nachdem ich erfahren habe, dass ihr Tod leichtsinnig herbeigeführt wurde und man die Schuldige nicht einmal zur Rechenschaft zog, fühlte ich mich verpflichtet zu handeln. Ob es letztendlich richtig war, darf jeder für sich selbst entscheiden. Mir war nach Rache.«

»Und das Formaldehyd?«, hakte Selzer erneut nach.

Knoll presste Luft durch die Nase, was Nadine vernahm, aber ihr Kollege nicht.

»Stellen Sie mir jetzt ernsthaft diese Frage? Ich bin

Gärtner! Das Zeug bekommt man in jeder Apotheke und im Internet.« *Glaubst du wirklich, ich liefere dir meinen Schwiegervater ans Messer? Er hat damals Tochter und Enkelin verloren und ist zu alt, um wegen Beihilfe ins Gefängnis zu kommen.*

»Vermutlich hat Ihnen jemand geholfen«, meinte Selzer.

»*Vermutlich hat Ihnen jemand geholfen?* Wer sollte das gewesen sein?«, kam es abschätzig von Knoll.

Nadine konnte am Gesichtsausdruck erkennen, dass er nicht die Wahrheit sagte. Die Wiederholung der Fragestellung bestätigte ihre Annahme, die als verbreitete Verzögerungstaktik von Lügnern galt. Gleichzeitig spielte sie an der Fessel und hoffte, sich daraus zu befreien. Trotz Schmerz, den der Kunststoff auf der Haut hinterließ, war sie gewillt, sich nichts anmerken zu lassen.

»Und wozu die Schändung der Leichen?«, fragte Selzer forsch weiter.

Knoll ließ sich mit der Antwort Zeit. »Ich konnte dem nicht widerstehen. Sie sollten für ihre Taten an den Pranger gestellt werden. Allerdings war ich davon überzeugt, dass die Polizei die Symbolik nicht verstehen wird.«

»Das haben wir zunächst auch nicht«, äußerte sich Selzer kleinlaut. »Tja und an Selbstüberschätzung leiden bekanntlich viele Mörder«, kam es dann energisch.

»Was wollen Sie damit sagen?«, fragte Knoll und fühlte sich an seiner Ehre gekratzt.

Mensch, Daniel, treib es nicht auf die Spitze. Der Kerl ist bewaffnet, dachte Nadine und rutschte unruhig auf ihrem Stuhl umher. Während sie das tat, schob sie das Plastik Stück um Stück über den Handballen, doch die letzte entscheidende Etappe glückte ihr nicht.

***

Zur gleichen Zeit am anderen Ende der Stadt

Den Rücken der Wand zugekehrt und sich ständig mit der Hand über den Mund fahrend, saß Charlotte Kaufmann an ihrem alten Sekretär. Ahnte sie, in welcher misslichen Lage Nadine jetzt steckte? Doch etwas ging ihr nicht aus dem Kopf. *Wieso hat sich Harald so abschätzig geäußert? Kennt er etwa den leiblichen Vater von Isabell Nissen? Ich muss diese Frau unbedingt googeln.*

Kurz entschlossen klappte sie ihren Laptop auf, schaltete ihn an, um wenig später das leise Schnaufen des Lüfters zu vernehmen. Die Suchmaschine machte es ihr nicht leicht. *Wie soll ich aus 288.000 Ergebnissen die Richtige finden?* Charlotte atmete tief durch. Sie differenzierte die Suchanfrage um ein paar wichtige Details und klickte auf den Button *Bilder,* in der Hoffnung fündig zu werden. »Aber! Das kann doch nicht sein.« Entsetzt legte sie die flache Hand auf ihren Mund. »Wie aus dem Gesicht geschnitten«, schlussfolgerte sie. »Ich muss Rudi anrufen. Sofort!«

Nachdem die Entscheidung gefallen war, griff sie zum Telefon.

»Rudi? Sitzt du? Wenn nicht, tue es bitte!«

Hufnagel war zu müde, um zu widersprechen. Es war sein heiliger Freitagabend und die Aussicht auf einen Fernsehfilm stand ihm bevor. Geduldig hörte er zu und vernahm den Namen jenes Mannes, dem Isabell Nissen wie aus dem Gesicht geschnitten war. »Hast du verstanden, was ich gesagt habe? Harald Neuhold ist der leibliche Vater.« Charlotte Kaufmann machte eine

Redepause. »Er hat es die ganze Zeit gewusst.«

Hufnagel haderte mit sich. Entweder nahm er das Wissen mit auf die Couch oder aber er unterrichtete seinen Chef davon. Das schlechte Gewissen ließ ihn jedoch vom ersten Gedanken abkommen und zum Telefon greifen. Ohne Erfolg. Selzer nahm nicht ab, weil er vorausschauend das Handy auf stumm geschaltet hatte.

Ein leises Musizieren erklang, das hörbar lauter wurde und Knoll aufschrecken ließ. »Was zum Teufel ist das?«, wollte er wissen.

Nadine begann zu drucksen: »Ich fürchte mein Handy.«

»Her damit!«, schrie er sie an, riss es der Polizistin aus der Hand, die ihn sogleich am Handgelenk packte und von sich schob. Knoll lachte nur und verzog schmerzerfüllt das Gesicht. Sie trat auf ihn zu, während er Schritt für Schritt zurückwich, seine Waffe zog und sie gegen sich selbst richtete. »Das Leben war einfach nicht fair zu uns.« Tränen stiegen ihm in die Augen, die er wegzublinzeln versuchte. Doch jetzt wünschte er sich nur noch, dass es schnell zu Ende ging. Sein Dasein hatte keinen Sinn mehr. Die Liebsten waren tot. Was sollte er alleine noch auf dieser Welt?

Es war leise geworden, keiner sagte etwas, bis plötzlich.

Mit einer raschen Handbewegung zog Alexander Knoll das schwarze Tuch vom Sarg und klappte den Deckel hoch. Gleichfalls schrie er wütend drauf los: »Bleiben Sie, wo Sie sind, sonst knalle ich Sie ab!« Geschwind setzte er sich in die Kiste, blickte zum Himmel und sprach mit übertriebenem Pathos:

»Endlich werden wir wieder beieinander sein.« Sekunden später presste er die Mündung der Waffe unter sein Kinn und drückte ab. Ein ohrenbetäubender Schlag hallte durch das Gewächshaus und ließ irgendwo eine Scheibe zu Bruch gehen, während Knoll blutüberströmt in den Sarg fiel.

Nadine erschrak ebenso wie Selzer, der wie angewurzelt stehen blieb. Der Albtraum war zu Ende. Die beiden sahen sich wortlos an, bis er den Blick von ihr löste. »Ich hätte mir ein anderes Ende für ihn gewünscht … Gott sei Dank ist dir nichts passiert. Lass uns verschwinden. Den Rest erledigen dann die Kollegen.«

***

Zu Beginn der nächsten Woche

Daniel Selzer hielt einen Moment andächtig inne. Er fühlte sich wie gerädert, aber nicht, weil er zu wenig geschlafen hatte, nein vielmehr bereitete ihm der Rücken Schmerzen, was er jedoch gleich wieder von sich schob. Er schloss die Akten dreier Mordfälle und legte sie auf die linke Seite seines Schreibtisches. Ein fader Beigeschmack blieb sowie die Frage, ob sich die Morde hätten verhindern lassen können.

Nachdem auch Nadine das Büro betreten hatte, fand sie einen üppigen Blumenstrauß auf ihrem Tisch vor. Ohne ein Wort ging sie darauf zu, genoss den Duft von grünem Leben, den sie in letzter Zeit derart vermisst hatte. Der Zweifel, den sie dem Valentinstag gegenüber hegte, war für einen Moment lang verschwunden und ließ sie an Familie Knoll denken. *Liebe lässt sich nicht fangen und sie lässt sich auch nicht unterdrücken. Sie findet immer einen Ort zum Wachsen, egal wo und egal wann. Selbst der Tod vereint sie noch. Auch wenn ihr Leben tragisch enden musste, blieb ihnen Zeit für das Glück. Ein kostbares Gut, das nicht jedem zuteilwird. Herr Knoll versöhnen Sie sich bitte mit den Toten.*

Und auch Lucia wurde von ihr bedacht. Man hatte ihr Unrecht getan, was die junge Frau letztlich umdenken ließ. Sie hatte ihren Beruf aufgegeben und kehrte Deutschland den Rücken. Wohin ihre Spur letztendlich führte, war niemandem bekannt.

ENDE

Nachwort

Wenn Hoffnung stirbt, stirbt die Seele. Mit Unbehagen begleiten einen Gedanken, die sich entfalten und die Zeit noch einmal im Geiste zurückdrehen lässt. Momente der Erinnerung keimen auf. Im Gestern war alles schön. Es heißt, die Hoffnung stirbt zuletzt. Sie ist das Vertrauen auf einen letztlich guten Ausgang eines Ereignisses. Wenn er nicht eintrifft, nimmt das Schicksal seinen Lauf. Liebe wird zu Hass. Hoffnung zu Hoffnungslosigkeit. Irgendwann kommt der Punkt, an dem man akzeptieren muss, dass es kein Happy End gibt. Das Glück kann man nicht erzwingen. Manchmal muss man aufgeben, nicht weil man zu kraftlos ist, sondern weil das Ziel die Anstrengung nicht wert ist. Das Leben lässt sich nicht beliebig formen. Man muss es nehmen, wie es kommt. Mit dem Blick gerichtet nach vorne kann neue Hoffnung keimen.

Das Buch ist für all jene, die das Scheitern nicht akzeptieren wollen. Denjenigen, die vorausschauen und sich Glück erhoffen.

Was würdest **DU** antworten,
wenn man **DICH** fragt,
wie definierst **DU** Glück?

Das Wörterbuch beschreibt Glück als einen besonders günstigen Zufall und als eine erfreuliche Fügung des Schicksals.

Liebe Leserin,
lieber Leser,

herzlichen Dank, dass Sie dieses Buch gekauft haben. Ich hoffe, dass Sie beim Lesen genauso viel Spaß hatten wie ich beim Schreiben. Zu jeder Jahreszeit hat ein Urlaub am Bodensee seinen eigenen Charme – erleben Sie es selbst!

Wenn Ihnen meine Krimis gefallen, habe ich noch eine Bitte an Sie. Als verlagsunabhängige Autorin kümmere ich mich auch um das Marketing meiner Bücher. Daher bin ich auf Ihre Unterstützung angewiesen. Sie helfen mir, wenn Sie meine Bücher bewerten, über sie sprechen und sie weiterempfehlen. Twittern Sie über das Buch, erwähnen Sie es auf Facebook, Instagram oder anderen Plattformen.

Ich belohne meine treuen Leserinnen und Leser bei jeder Neuerscheinung, indem sie das E-Book für einige Zeit zu einem sehr günstigen Preis erwerben können. Sie erfahren von diesen Aktionen auf meinen Seiten im Internet sowie unter: www.janettejohn.de

In jedem Fall freue ich mich und wünsche Ihnen alles Gute!

Herzliche Grüße vom Bodensee

Ihre Janette John